BERND KÖSTERING

Falkenspur

OBSESSION Aus einer Galerie werden Bilder der aufstrebenden Offenbacher Künstlerin Claudia Jansen gestohlen. Der Privatdetektiv Herbert Falke erhält den Auftrag, die Gemälde zu suchen. Dabei gerät die Inhaberin der Galerie ebenso unter Verdacht wie ihre Angestellten. Doch alle Spuren führen ins Leere.

Gleichzeitig befindet sich Falkes Enkelin Franziska in Gefahr: Sie wird von einem Stalker belästigt, der sogar in ihre Wohnung eindringt. Auch Claudia Jansen wird verfolgt, weshalb sie nicht mehr malen kann, obwohl ihre Bilder gefragter denn je sind. Hängen beide Stalking-Fälle zusammen? Haben sie etwas mit den gestohlenen Bildern zu tun? Warum erinnert das Verhalten einer Person sehr stark an die zentrale Figur eines Klassikers der Weltliteratur? Liegt darin des Rätsels Lösung?

Bernd Köstering, geboren 1954 in Weimar, ist ein Krimiautor der leisen Töne. Seine Romane und Kurzgeschichten zeigen ein feines Gespür für die Beweggründe der handelnden Menschen. Er entwickelte zusammen mit dem Gmeiner-Verlag das Genre des Literaturkrimis, in dem ein bekanntes Werk der Weltliteratur den jeweiligen Fall auslöst oder auflöst. Seine Goethekrimis um den Privatermittler Hendrik Wilmut haben unter Fans inzwischen Kultcharakter. Er wohnt mit seiner Familie in Offenbach am Main und veröffentlichte bisher vier Romane, zahlreiche Kurzgeschichten und Krimirätsel.

Besuchen Sie den Autor unter www.literaturkrimi.de

Bisherige Veröffentlichungen im Gmeiner-Verlag:
Falkensturz (2014)
Von Bänken und Banken in Frankfurt am Main (2013)
Goethesturm (2012)
Goetheglut (2011)
Goetheruh (2010)

BERND KÖSTERING

Falkenspur

Ein Literatur-Krimi

GMEINER SPANNUNG

Personen und Handlung sind frei erfunden.
Ähnlichkeiten mit lebenden oder toten Personen
sind rein zufällig und nicht beabsichtigt.

Besuchen Sie uns im Internet:
www.gmeiner-verlag.de

Im Ehnried 5, 88605 Meßkirch
Telefon 07575/2095-0
info@gmeiner-verlag.de

1. Auflage 2016

Lektorat: Katja Ernst
Herstellung: Mirjam Hecht
Umschlaggestaltung: U.O.R.G. Lutz Eberle, Stuttgart
unter Verwendung eines Fotos von: © iskren87 – Fotolia.com
Druck: CPI books GmbH, Leck
Printed in Germany
ISBN 978-3-8392-1844-0

Für Mia-Sophie

DIE HAUPTFIGUREN DER FALKE-SERIE

Herbert Falke, ehemaliger Journalist, auf der Suche nach Handtaschenräubern, Stalkern und Bilderdieben.

Andreas Falke, sein Sohn, auf der Suche nach seiner verschwundenen Frau.

Franziska Falke, seine Enkelin, auf der Suche nach ihrer eigenen Identität.

Gianni Mussner, Herberts bester Freund, mit der täglichen Sucht, sein Südtiroler »Bon di!« in Offenbach bekannt zu machen.

Jaqueline »Jacky« Jansen, Franziskas beste Freundin, mit dem Versuch, Recht, Freundschaft und Familie in Einklang zu bringen.

Skander »Alex« Halima, Franziskas Mitschüler, auf der Suche nach dem perfekten Leben.

Nina Heckmanns, Kriminalhauptkommissarin, auf der Suche nach einem fähigen Mitarbeiter.

Matthias Bennert, Kriminaloberkommissar, Nina Heckmanns' immer gut gekleideter Mitarbeiter, an dessen Fähigkeiten sie zu glauben versucht.

PROLOG: SONNTAG, 14. MAI

Franziska hatte nur einen Wunsch: zu vergessen. Ihre Erlebnisse in den Dietesheimer Steinbrüchen, den Streit zwischen Vater und Großvater, die Anfeindungen von Bennert und Melissa, die vagen Erinnerungen an ihre Mutter – all das wollte sie am liebsten in die Gedankenmülltonne werfen. Nur an Alex mochte sie noch denken. Ob es ihm gut ging in Tunesien? Und zwar nicht nur irgendwie gut, sondern so, wie er es liebte: perfekt. Sie bezweifelte das.

MONTAG 13. JULI

Franziska Falke schloss die Wohnungstür hinter sich, ging in die Küche, öffnete den Kühlschrank und goss sich ein Glas Orangensaft ein. Damit marschierte sie in ihr Zimmer und warf die Schultasche aufs Bett. Sie war müde. Sechs Stunden Unterricht, Stufe 11 der Leibnizschule, das schlauchte. Sie hob das Glas an den Mund. Dabei fiel ihr Blick auf das oberste Fach des Bücherregals. Irgendetwas irritierte sie. Sie setzte das Glas wieder ab. Ein Buch. Das Physikbuch. Es stand nicht dort, wo es hingehörte, bei den Naturwissenschaften, sondern zwischen den Geschichtsbüchern. Instinktiv griff sie nach dem Ruhestörer. Die Seiten klappten auseinander, ein großes Eselsohr sprang ihr entgegen. Oben rechts. Unwillkürlich schüttelte sie den Kopf. Das sah ihr gar nicht ähnlich, sie respektierte Bücher, konnte umgeknickte Seiten nicht leiden. Nun ja, so etwas mochte schon mal passieren, dachte sie, schließlich war sie nicht Mrs. Perfect. Ihr Hals war trocken, sie nahm einen Schluck Orangensaft. Dann stellte sie das Physikbuch an seinen angestammten Platz zurück. Plötzlich hörte sie seltsame Geräusche von der Wohnungstür, so als würde jemand dagegentreten. Sie ging langsam in Richtung Tür. Wieder dieses Poltern.

Ihre Hand lag auf der Türklinke. Sie zögerte.

Dann die Stimme ihres Vaters: »Hallo, Franzi, mach bitte auf, ich hab keine Hand frei!« Sie öffnete. Draußen im Flur stand Andreas Falke, er hatte seine Aktentasche unter den Arm geklemmt und hielt zwei Pizzakartons in den Händen.

»Mahlzeit!«, sagte er grinsend.

*

Herbert Falke hatte seine Schwiegertochter nie gemocht. Vor allem weil sie seinen Sohn ständig kleinmachte. Andreas liebte und bewunderte sie. Insbesondere das Bewundern war ein Problem. Sie lebten nicht auf Augenhöhe, führten kein partnerschaftliches Verhältnis. Wenn es um eine Entscheidung ging, war Karin immer die Maßgebende. Ob Wohnort, Kind, Urlaub oder Geld – jedes Mal gab Andreas nach. Sogar intellektuell wollte sie ihn ausstechen. Kein Fernsehquiz, kein Kartenspiel, kein Kreuzworträtsel bei dem sie nicht ihre geistige Überlegenheit zeigte. Das war keine echte Partnerschaft – fand Herbert. Andreas sah das naturgemäß anders. Herbert hatte lange mit sich gerungen, ob er seinen Sohn darauf ansprechen sollte. Als er endlich den Mut dazu gefunden hatte, war es bereits im Ansatz zu einem riesigen Streit gekommen. Wahrscheinlich gab Andreas ihm Mitschuld an Karins Verschwinden. Er hatte es nie ausgesprochen, aber Herbert spürte es.

Seit dem Tod seiner Frau Christel wohnte Herbert Falke in einer kleinen Dreizimmerwohnung in der Offenbacher Brinkstraße. Er fühlte sich wohl hier, vermisste weder das Haus auf der Rosenhöhe noch den Garten. Aber Christel, die vermisste er. Aus dem Wohnzimmer klang die blaue Beatles-CD: »I Want to Hold Your Hand.« Ja, wenn er noch einmal ihre Hand halten könnte, ihre schmale, dünne Hand. Am Ende war sie durch die Krankheit fast zu einer Kinderhand verkümmert. Gedankenverloren stand er in der Küche und überlegte, was er eigentlich hier wollte. Ach ja: Abendessen. Er öffnete den Kühlschrank. Genug Käse und Schinken, dazu Tomate und Gurke sowie eine halbe Flasche Apfelwein, das konnte ein passables Abendessen werden. Sein Blick fiel auf den Brotkorb: leer. Ein Abendessen ohne sein geliebtes dunkelkrustiges Bauernbrot war unmöglich. Herbert zog ein kariertes Sakko über, verließ die Wohnung und schwang sich auf seine rosafarbene Vespa. Früher hatte er oft bei der Bäckerei Kress eingekauft, aber seit den Ereignissen im Mai in den Dietesheimer Steinbrüchen mied er die Gegend um den unteren Buchrainweg, dort wo Andreas und Franziska wohnten, fuhr lieber zum Supermarkt in der Sprendlinger Landstraße.

Herbert erinnerte sich noch genau an die Szene: Andreas hatte ihm unmissverständlich den Umgang mit seiner Enkeltochter Franziska untersagt. Ja, er verstand das, schließlich hatte er – wenn auch unabsichtlich – Franziska in Lebensgefahr gebracht. Doch irgendwann musste Schluss sein mit dieser Strafaktion. Er hatte versucht, mit seinem Sohn zu reden, aber der hatte sofort abgeblockt. Franziska war er seitdem nur einmal begegnet, auf einer Familienfeier in Gießen. Sie hatte Herbert angesehen wie ein verletztes Tier. Zu mehr als einem dünnen »Hallo, Opa!« hatte es nicht gereicht, dann hatte Andreas sie von ihm weggezogen. Vor dem Vorfall im Mai hatte er mit Franziska oft Kleinkriminelle gejagt, Fahrraddiebe und Handtaschenräuber. Die Polizei schaffte es offensichtlich nicht, sich um solche Typen zu kümmern. Herbert hatte nur eine vage Ahnung, was die Gründe betraf, und musste zugeben, dass sie ihn nicht wirklich interessierten. Aber die Probleme der Opfer, die interessierten ihn. Und da er es als Journalist gewohnt war, sauber zu recherchieren, hatte es sich zu Beginn seines Rentnerdaseins angeboten, solche Fälle selbst in die Hand zu nehmen. Das brachte ihm einige Probleme mit den Polizeibehörden ein. Der Name Falke war nicht gerade beliebt im Polizeipräsidium Südosthessen. Dennoch waren Franziska und er ein erfolgreiches Duo gewesen. Mit Betonung auf »waren«. Jetzt bearbeitete er seine Fälle allein. Nur sein ehemaliger Kollege und Freund Gianni Mussner war manchmal mit von der Partie, soweit dessen journalistische Tätigkeit beim Offenbach-Kurier ihm das erlaubte.

Die Warteschlange vor der Bäckereifiliale im Supermarkt war so lang, dass sie fast bis zum gegenüberliegenden Dönerstand reichte. Als er endlich an der Reihe war und das Brot bezahlte, merkte er, dass jemand dicht hinter ihm stand. Nicht irgendeine Person, sondern eine, die er kannte. Das spürte er. Ganz langsam steckte er das Wechselgeld ein, dann drehte er sich um.

»Hallo, Opa!«

Sie sah gut aus, wie immer, groß und schlank, ihre dunklen Haare waren zu einem Pferdeschwanz gebunden. Ihre braunen Augen strahlten.

Er sagte nichts, nahm sie einfach in den Arm. Die Leute in der Warteschlange hinter Franziska nahmen geduldig an dem Wiedersehen teil.

»Was willst du denn kaufen?«, fragte er.

»Zwei Kreppel für Jacky und mich.«

Er beugte sich zu ihr hinüber. »Schmecken die nicht beim Kress besser?«, flüsterte er.

»Ja schon, aber …«

Er drehte sich zu der Verkäuferin um. »Zwei Kreppel bitte, einen mit Marmelade und einen mit Pflaumenmus!«

Franziska lächelte. Sie verließen den Supermarkt. Franziskas Fahrrad stand direkt neben seinem Motorroller.

»Franziska, ich habe versucht …«

Sie schüttelte den Kopf. »Ich hab's auch versucht, null Chance. Ich denke, Papa braucht noch Zeit.«

»Aber du bist erwachsen. Fast, zumindest.«

»Ja, trotzdem. Wir müssen abwarten. Außerdem redet er immer noch von … dieser Frau.«

Der Satz traf Herbert bis ins Mark. Auch wenn er Karin nicht sonderlich leiden konnte, war es doch jedes Mal schockierend, wenn Franziska ihre eigene Mutter als »diese Frau« bezeichnete. Vor acht Jahren hatte Karin Falke ihre Familie verlassen. Als Franziska klar geworden war, dass ihre Mama aus freien Stücken gegangen war, hatte sie sich eine sogenannte »Muttersperre« verordnet. Nur wenige Menschen wussten davon, er selbst, Andreas natürlich, Franziskas beste Freundin Jacky, Gianni und dessen Partnerin Eva Lorenz. Andere ging das nichts an.

»Hast du einen neuen Fall?«, fragte sie.

»Nichts Besonderes, nur Kleinigkeiten.«

»Okay, dann kommst du ja ohne mich klar …«

Herbert nickte. »Ich vermisse dich, Franzi!«

»Ich dich auch, Opa!« Sie lächelte vorsichtig. »Du hast eine neue Brille, oder?«

»Ja, endlich. Eine Gleitsichtbrille.«

»Sieht gut aus!«

»Danke.«

»Wir waren lange nicht mehr auf dem Bieberer Berg …«

»Ja. Das müssen wir nachholen. Die Kickers-Spieler haben schon nach dir gefragt!«

Sie lachte, und er freute sich über ihr Lachen.

»Bist du absichtlich hierher gegangen, um mich eventuell zu treffen?«, fragte Herbert.

Franziska nickte und versuchte, ihr gerötetes Gesicht vor ihm zu verbergen. Sie umarmten sich zum Abschied. Dann fuhr Herbert Falke mit seiner Vespa davon.

DIENSTAG 14. JULI

Kamilla Beskow parkte ihren Wagen im Innenhof der Heyne-Fabrik. Die Sonne stand bereits hoch über Offenbach, doch die Frische der Nacht war noch zu spüren. Kamilla Beskows Wohlempfinden war extrem vom Wetter abhängig. Ein klarer Sommermorgen, der einen heißen Tag ankündigte, war genau das, was sie heute brauchte. Mit schwingendem Schritt ging sie auf die Eingangstür ihrer Galerie zu. Sie wollte gerade den Zahlencode eingeben, als sie erstarrte. Die Tür stand eine Handbreit offen. An Türblatt und Rahmen befanden sich zahlreiche Kratzer und Dellen, offensichtlich Spuren von Einbruchwerkzeug. Sie streckte die Hand aus, zögerte. Der Dieb konnte noch in den Räumen der Galerie sein. Sie nahm ihr Mobiltelefon aus der Handtasche und wählte die 110. »… Galerie Beskow, ehemalige Heyne-Fabrik … Genau, Ludwigstraße 180, ist ausgeschildert.« Dann versteckte sie sich einige Meter entfernt hinter einem Trafohäuschen und behielt die Tür im Blick. Mit zitternden Fingern zündete sie sich eine Zigarette an. Nichts rührte sich. Als der Streifenwagen um die Ecke bog, hatte sie die Zigarette noch nicht einmal zu Ende geraucht, sie warf den Rest zu Boden und trat die Glut aus.

Zwei Uniformierte stiegen aus. »Frau Beskow?«

»Ja.«

»Polizeioberkommissar Neumann vom 2. Revier. Das ist Polizeikommissarin Schmied.«

Kamilla Beskow nickte. Sie zeigte auf die Tür. Ihr blonder Pagenkopf bewegte sich aufgeregt hin und her. »Ich habe nichts angefasst.«

»Gut so«, sagte Neumann.

»Ich hatte … Also, ich dachte, es könnte ja noch jemand drin sein.«

Neumann nickte und gab seiner Kollegin ein Zeichen. Beide zogen ihre Dienstwaffe und liefen auf die Tür zu. Die Polizistin schob die Tür langsam mit dem Fuß auf, während ihr Kollege bereitstand, die Waffe im Anschlag. Keine Reaktion aus dem Inneren. Schritt für Schritt, sich gegenseitig sichernd, drangen sie in das Gebäude ein. Nach endlos erscheinenden Minuten kamen sie zurück. »Keiner drin!«

»Ich muss nachsehen, was gestohlen wurde«, sagte Kamilla Beskow.

»Gut, aber fassen Sie bitte nichts an, die Spurensicherung ist unterwegs.«

Kamilla Beskow ging durch den schmalen Gang, wollte schon die Bürotür öffnen, zog dann aber ihre Hand zurück und folgte dem Gang weiter bis in die große Ausstellungshalle. Die rohen Wände waren weiß getüncht, auf dem Boden lag helles Parkett, die hohen Fenster der ehemaligen Fabrik ließen die Morgensonne hereinfluten. Kamilla Beskows Blick tastete die Wände ab. Sie kannte jedes Objekt. »Hier fehlt nichts!«, sagte sie.

Eine Treppe führte ins Obergeschoss, zum Dachatelier. Der Raum maß ungefähr 200 Quadratmeter, eine Wand war in Dunkelblau gehalten, die anderen in Weiß. Das gesamte Dach bestand aus alten Industriefenstern, mit bulligen Stegen. Teilweise war der Fensterkitt abgebröckelt. Trotz der frühen Tageszeit war der Raum bereits gut aufgeheizt. Und mitten auf der blauen Wand fehlte ein Bild.

Kamilla Beskow fühlte ihre Knie weich werden. Zum Glück bemerkte die Polizistin ihr Schwanken und schob ihr schnell einen Stuhl hin. Sie ließ sich fallen. »Wieder ein Jansen!«

»Ein Bild von Claudia Jansen? Das fehlt?«, fragte Neumann.

Sie nickte.

»Warum sagen Sie ›wieder‹?«

»Bereits das dritte.«

Der Polizeioberkommissar sah sie fragend an.

»Letztes Jahr wurde schon ein anderes Bild von ihr gestohlen, hier, aus dem gleichen Raum. Daraufhin habe ich eine Stahltür mit Alarmsystem einbauen lassen. Zuvor war ich mit der Galerie in Seligenstadt, in einem Altbau, schlecht gesichert, kein Kunststück, da einzubrechen. Dort wurde das erste Jansen-Bild gestohlen.«

»Haben Sie einen Strafantrag gestellt?«

»Sie meinen Anzeige erstattet, ja natürlich, können Sie alles nachlesen, die Bilder sind bis jetzt nicht wieder aufgetaucht.«

Die Polizistin inspizierte die blaue Wand. »Hier hängt ein kleines Schild: ›Verkauft‹. Galt das für das gestohlene Bild?«

»Ja.«

»Wenn ich mal fragen darf, was kostet denn so ein Gemälde?«

»Ein Jansen liegt zwischen 5.000 und 10.000 Euro, je nach Größe und Technik.«

Kamilla Beskow hörte Oberkommissar Neumann leise durch die Zähne pfeifen. »Dieses hier«, ergänzte sie, »also das gestohlene, ›Blumen im Nordwind‹, das habe ich für 8.000 Euro verkauft.«

»An wen?«, fragte Neumann.

»Muss ich das beantworten?«

»Ich sag's mal so: Sie müssen als Zeugin auf jeden Fall die Wahrheit sagen.«

»Also gut, es sollte an die Familie Schneider gehen.«

»Adresse, Telefonnummer? Wir müssen mit den Leuten sprechen.«

»Horst und Konstanze Schneider.«

»Der Oberbürgermeister und seine Frau?«

»Ja.«

»Gut, wir werden das … diskret behandeln«, sagte Neumann.

»Danke!« Kamilla Beskow nickte ihm freundlich zu.

»Sagen Sie, gibt es eine Erklärung dafür, dass ausgerechnet drei Bilder von Frau Jansen gestohlen wurden?«

»Claudia Jansen ist derzeit *die* aufstrebende Künstlerin im Rhein-Main-Gebiet, sie ist sehr gefragt und ich mache gute Geschäfte mit ihren Exponaten. Die anderen Bilder, die unten hängen, sind … na ja, eher Durchschnitt. Und die drei gestohlenen Werke gehören sicher zu Claudias Prunkstücken.«

»Gut, danke für die Auskünfte. Bitte kommen Sie morgen früh um 9 Uhr auf das 2. Revier in der Berliner Straße, wir müssen Ihre Aussage aufnehmen.«

Die Beamten vom Kriminaldauerdienst betraten die Galerie. Polizeioberkommissar Neumann hatte sich schon zum Gehen gewandt, da drehte er sich noch einmal um: »Frau Beskow, eine letzte Frage: Die beiden anderen Bilder, waren die vor dem Diebstahl auch schon verkauft?«

»Das erste nicht, aber das zweite.«

»An wen?«

»Äh …«

»Bitte!«

»Ich sag's mal so: an einen Wiesbadener Minister, der in Offenbach wohnt.«

*

Auch wenn die Sitzplätze im Kurssystem nicht so fest verteilt waren wie früher im Klassenverband, hatten sich doch Gewohnheiten eingeschlichen. Franziska saß im Mathekurs üblicherweise neben Mia-Sophie, damit diese von ihren Mathematikfähigkeiten profitierten konnte, während sie im Deutschkurs wiederum neben Jacky saß, wegen deren guter Deutschkenntnisse. Um den Kreis zu schließen, so dachte Franziska, hätte Jacky eigentlich noch von Mia-Sophies Schwerpunkt etwas abbekommen müssen, aber der war Sport, und Jacky war selbst eine gute Sportlerin. Sie betrieb asiatischen Kampfsport. Für Franziska selbst war Sport eher zweitrangig, sie begeisterte sich schon immer für Zahlen. Bereits im Kindergartenalter hatte ihre Erzeugerin – sie vergaß die selbst auferlegte Muttersperre nur selten – ihr Kopfrechnen beigebracht.

Die heutige Mathematikstunde bei Frau Fischer-Dübel war durchaus interessant, jedenfalls für Franziska. Mia-Sophie hingegen konnte mit Differenzialrechnung und Kurvendiskussionen wenig anfangen. Ein paar Nachhilfestunden mussten da wohl Abhilfe schaffen.

In der großen Pause trafen sie Jacky in der Cafeteria der Leibnizschule. Sie saß am Stammtisch der Freundinnen direkt am Fenster zum Sportplatz und aß ein Salamibrötchen. Mia-Sophie holte sich ein Schokocroissant, Franziska konnte so früh noch nichts essen, sie nahm einen Milchkaffee. Das Essen und Trinken wurde umrahmt vom profanen Geplauder über das Alltägliche, Schulhefte drängten sich zwischen Teller und Tassen, an den Hausaufgaben wurden letzte Korrekturen vorgenommen.

Jacky griff in ihre Tasche und holte eine CD heraus. »Hier Franzi, die neue von Laith Al-Deen!«

»Wow, danke!« Sie betrachtete die Titelliste. »Geil, ich freu mich tierisch auf das Konzert nächste Woche!«

»Na ich erst!«, grinste Jacky.

Aus einer anderen Ecke der Cafeteria klangen französische Laute herüber.

»Ah, die Franzosen sind da«, sagte Mia-Sophie, »wieder vom Lycée George-Sand in Puteaux. Wie immer die Stufe 10.«

»Zum Glück haben wir mit denen dieses Jahr nichts zu tun«, sagte Franziska.

»Hat deine Schwester nicht eine Austauschschülerin?«, fragte Jacky in Richtung Mia-Sophie.

»Ja, stimmt, eine Madeleine Richard, ist ganz okay.«

»Gut, dass dieser blöde Duc Isère diesmal nicht dabei ist«, sagte Franziska.

»Na ja«, meinte Mia-Sophie, »so blöd fand ich den gar nicht.«

»Also hör mal«, fiel Jacky ein, »der hat Franzi doch so hirnrissig angebaggert ...«

»Ist ja gut Mädels!«, unterbrach Franziska. Sie erinnerte sich noch genau an Ducs Satz: »Hey, bist du ’ne geile Alte!« Ein Satz, der es nicht wert war, noch einmal ausgesprochen zu werden. »Das sagen doch alle!«, hatte Duc noch entschuldigend hinterhergeworfen.

Die Schulklingel unterbrach das Gespräch der drei Freundinnen. Während sie das Geschirr wegbrachten, sagte Jacky: »Es gibt übrigens eine Neuigkeit. Ich weiß, wen wir als Deutschlehrer bekommen!«

»Na endlich«, sagte Franziska, »ständig diese wechselnden Aushilfslehrer, das war echt ätzend.«

»Er kommt von einer anderen Schule und heißt Ernst Hoffmann. Nächsten Montag fängt er schon an.«

»Ernst Hoffmann«, meinte Mia-Sophie, »was für ein Uralt-Name!«

»Egal«, sagte Franziska, »immer noch besser als unser letzter Deutschlehrer.«

Jacky und Mia-Sophie nickten, nahmen Franziska in ihre Mitte und verließen die Cafeteria.

In der nächsten Pause schaltete Franziska kurz ihr Handy ein und entdeckte eine Nachricht von Jacky. »Muss dringend mit dir reden. Stichwort: Bilder. 12.30 Uhr, wie immer!« Der Ausdruck »wie immer« bedeutete, dass sie sich bei Jackys Oma trafen. Sie bewohnte das Dachgeschoss der Jansen-Villa, mit separatem Eingang. Für ihre Enkeltochter hatte sie dort vor Jahren in einer ehemaligen Abstellkammer ein zweites Kinderzimmer eingerichtet. Der Raum hatte einen dreieckigen Grundriss, überall lagen Matratzen und Kissen herum, als Kinder hatten die Freundinnen sich dort prächtig ausgetobt. Ein Fenster gab es nicht, aber durch ein kleines Guckloch konnten sie über das südliche Offenbach schauen. Inzwischen war der Dreiecksraum zu einer Art Refugium für die beiden Teenager geworden. Hier wurden Dinge besprochen, die keiner hören sollte, hier wurden geheime Pläne geschmiedet, Träume geteilt und von Laith Al-Deen und seiner Musik geschwärmt. Franziska war sich nicht sicher, ob Jackys Eltern überhaupt von diesem Raum wussten. Sie hatte wenig Kontakt zu ihnen, der Vater war ein bekannter Strafverteidiger und die Mutter eine recht erfolgreiche Malerin. Jacky nutzte den Dreiecksraum auch, um in Ruhe zu lesen. Sie las viel, darunter Bücher, die Franziska nie anrühren würde. Goethe zum Beispiel. Und Franziska wusste, dass sie den geheimen Wunsch hegte, Schriftstellerin zu werden. Ein bisschen beneidete sie Jacky um diesen Traum, denn sie selbst hatte noch keinerlei Vorstellungen von ihrer Zukunft. Eins stand jedenfalls fest: Jaqueline Jansen wusste mit Worten umzugehen, und wenn sie schrieb, es sei dringend, dann war es auch dringend.

Außerdem spekulierte Franziska auf ein Mittagessen bei Jackys Oma, die hervorragend kochen konnte. Und da sie generell nicht frühstückte, bekam sie spätestens um 12 Uhr mächtig Hunger.

Franziska hatte jedoch keine Ahnung, über welche Bilder Jacky mit ihr reden wollte.

*

Herbert Falke war technisch begabt, galt in seiner aktiven Zeit als erfahrener Journalist und hatte eine gute Allgemeinbildung. Was er jedoch nicht konnte, war kochen. Mit Ausnahme von Spaghetti. Da er aber nicht jeden Tag Nudeln essen wollte, landete er mehrmals in der Woche in einem Restaurant. Pizzeria Tevere, HesseWirtschaft in der Senefelderstraße oder Dönergrill am Starkenburgring. Heute saß er in der HesseWirtschaft und gönnte sich ein fünf Zentimeter dickes Rippchen mit Sauerkraut und Bauernbrot. Der Gastraum war nicht sonderlich gemütlich, hatte etwas vom rauen Charme einer Bahnhofshalle, aber er liebte die Atmosphäre. Die Speisekarte war förmlich auf ihn zugeschnitten, meistens traf er jemanden, den er kannte, und Anita, die Kellnerin, wusste genau, in welcher Mischung sie ihm den Sauer Gespritzten servieren musste. Er hatte soeben das Besteck beiseitegelegt, als sein Mobiltelefon klingelte.

»Hallo, hier ist Jacky!«

Er meinte sich verhört zu haben. »Wer?«

»Jacky … also Jaqueline Jansen, die Freundin von Franziska.«

»Ja, ja, Jacky, ich weiß, wer du bist. Ich bin nur etwas überrascht, dass du mich anrufst, nach allem was passiert ist.«

»Ich muss dringend mit Ihnen sprechen, können wir uns treffen? Am besten heute noch.«

»Ja, können wir. Um 16 Uhr im Café Stääbche am Wilhelmsplatz, ist das okay?«

»Cool, ich komme.«

Die Vespa mit der »Mädchenfarbe«, wie Gianni es einmal ausgedrückt hatte, war Herberts ständiger Begleiter. Viele Mitmenschen in Offenbach erkannten ihn nur an seinem rosafarbenen Motorroller und winkten ihm schon von Weitem zu. So auch die beiden Besitzer des Café Stääbche.

»Wie immer?«, fragte Corinna.

»Ja, wie immer!«, antwortete Herbert Falke und winkte Monika durch die Küchentür zu.

Kaum hatte er einen Espresso und eine Lemon Soda vor sich stehen, öffnete Jacky die Tür. Er hatte sie lange nicht gesehen, doch die hennaroten Haare und das Nasenpiercing waren eindeutige Wiedererkennungsmerkmale. Sie streckte ihm sofort die Hand entgegen. »Hallo!«

»Hallo, Jacky, was möchtest du trinken?«

»Cappuccino, aber wenn Sie nichts dagegen haben, bezahle ich den lieber selbst.«

Herbert war überrascht. »Natürlich.« Im nächsten Moment wich seine Überraschung der Erkenntnis, dass Jacky sich nicht verändert hatte.

»Herr Falke, Sie haben mich damals zwar ziemlich angegriffen, aber …«

»Tut mir leid!«

»Schon okay, ich meine, irgendwie war das ja auch uncool von mir, dass ich Franzi nicht helfen wollte. Hab viel drüber nachgedacht.«

Er schwieg.

»Hauptsache, ihr ist nichts passiert«, sagte Jacky.

Herbert nickte. Der Cappuccino wurde serviert.

»Ich brauche Ihre Hilfe!«

Herbert Falke sah sie erstaunt an.

»Sie haben sicher von den gestohlenen Bildern meiner Mutter gehört …«

»Von *einem* Bild habe ich gehört, letztes Jahr.«

»Ja, aber inzwischen sind es drei.«

»Ach!«, sagte Herbert Falke. Sofort war sein Spürsinn erwacht. »Weißt du mehr darüber?«

»Ja. Das erste heißt ›Clownerien‹. Es wurde letztes Jahr im März gestohlen. Damals hatte Frau Beskow ihre Galerie noch in Seligenstadt, sie verkauft alle Bilder meiner Mutter. Dann, im letzten Sommer, ist sie nach Offenbach in die Heyne-Fabrik umgezogen. Kurz danach wurde das zweite Bild geklaut, ›Nachthelle‹, so heißt es. Ein echt krasses Bild, mit einem Blick über den Main bei Nacht, und auf der anderen Flussseite steht ein Mann, der eine Art … hellen Schatten wirft. Keinen Heiligenschein, aber schon so etwas wie eine Erleuchtung. Die

Aussage, die ist wirklich gut. Hat wohl auch etwas mit meinen Eltern zu tun, also … wie sie sich kennengelernt haben. Mein Vater stammt von der anderen Mainseite, aus Fechenheim.«

»Du magst die Bilder deiner Mutter?«

»Ja … Nicht alle, am besten finde ich die mit dem plastischen Effekt.«

Herbert Falke sah sie fragend an.

»Der Untergrund besteht aus einem kräftigen Papier. Bevor sie anfängt zu malen, faltet sie es mit einer speziellen Technik auf, sodass man später einen plastischen Eindruck bekommt. Bei ›Nachthelle‹ hat sie die Wellen des Mains damit so cool hinbekommen, dass man wirklich meint, etwas sei in Bewegung.«

»Du kannst das sehr gut beschreiben«, sagte Herbert.

Sie lächelte.

»Was geschah nach dem zweiten Diebstahl?«, fragte er.

»Na ja, wieder wurde alles von der Polizei aufgenommen. Mein Vater hat sich noch mit eingeschaltet, hat über einen Staatsanwalt, den er gut kennt, nachfragen lassen, was die Ermittlungen der Polizei machen. Ohne Erfolg. Frau Beskow hat zumindest ein neues Sicherheitssystem für ihre Räume einbauen lassen, hat aber nichts genutzt, denn letzte Nacht ist das dritte Bild geklaut worden.«

Herbert zog die Augenbrauen hoch.

»›Blumen im Nordwind‹, so lautet der Titel. Inzwischen ist meine Mutter ziemlich verzweifelt und aufgeregt und … unruhig. So kenne ich sie gar nicht. Die Polizisten sagen immer, sie tun ihr Bestes, aber es kommt nichts dabei heraus. Ich möchte meiner Mutter so gerne helfen, ich … ich habe Geld, das können Sie haben!«

»Heißt das, ich soll die Bilder suchen?«

»Ja, Herr Falke, bitte!«

»Wissen deine Eltern davon?«

»Meine Mutter nicht, sie möchte das alles am liebsten verheimlichen, fürchtet um ihren Ruf als Künstlerin. Meinem Vater habe ich es erzählt. Er ist zwar nicht begeistert davon, zumal Sie damals, na ja, Sie wissen schon …«

»Ja, ich habe mich persönlich bei ihm entschuldigt.«

»Das fand er auch gut. Das Geld kommt von ihm.«

»Aha, also nicht von deinem Sparkonto?«

»Nein. Und noch etwas …«

»Ja?«

»Ich habe heute mit Franzi darüber gesprochen, hab sie gefragt, ob sie damit einverstanden ist, Ihnen den Auftrag zu geben, gerade jetzt, wo sie nicht dabei sein kann.« Sie zögerte kurz. »Na ja, jedenfalls hat sie nichts dagegen, und sie meint, einen Besseren als Sie könne ich nicht finden!«

Herbert Falke war gerührt.

»Und, machen Sie's?«, fragte Jacky.

»Ja, ich nehme den Auftrag an«, antwortete Herbert Falke.

Sie strahlte. »Danke! Ich darf Sie jedoch bitten, auf keinen Fall meiner Mutter zu sagen, dass mein Vater und ich Sie beauftragt habe, sie könnte sonst meinen, wir wollten ihr persönlich nachspionieren oder so was Ähnliches, verstehen Sie?«

»Ja, ich verstehe«, sagte Herbert.

»Darf ich Sie einladen?«, fragte Jacky. »Von meinem Sparkonto?«

Er lachte. »Gerne!«

*

Als Gianni Mussner an diesem Mittwoch nach Hause kam, war es bereits kurz vor Mitternacht. Nachdem er die offizielle Pressemitteilung des Polizeipräsidiums zum Diebstahl in der Heyne-Fabrik ausgewertet hatte, sprach er mit der Galeriebesitzerin. Das brachte zwar keine Neuigkeiten, aber immerhin konnte er guten Gewissens schreiben, mit Kamilla Beskow gesprochen zu haben. Anschließend musste er nach Heusenstamm fahren, um von der Jahrestagung des Kleintierzüchtervereins zu berichten, danach ins Hafen 2. Das dortige Konzert einer bislang völlig unbekannten Sängerin aus Polen stellte sich als echtes Kleinod der Musikszene heraus, doch er war so müde gewesen, dass er nach drei Liedern die Segel hatte streichen müssen. Für den Bericht würde das reichen. Durch seine jahrelange Erfahrung konnte er den Kern einer Veranstaltung nach etwa einem Drittel ihres Ablaufs erkennen und beschreiben. Am nächsten Vormittag würde er zwei Stunden Zeit haben, um die drei Artikel zu Papier zu bringen. In den letzten Jahren waren der Zeitdruck und der unregelmäßige Arbeitsrhythmus zur Belastung für ihn geworden. Gegen einen frühzeitigen Ruhestand hätte er nichts einzuwenden, zumal er beabsichtigte, mit Herbert ein Detektivbüro zu gründen. Doch die Chancen auf ein vorzeitiges Ende seiner Arbeit als Journalist standen schlecht.

Seine Partnerin Eva Lorenz war vor dem Fernseher eingeschlafen, als er das Wohnzimmer betrat. Er holte sich eine Flasche Bier aus dem Kühlschrank und setzte sich neben sie.

»Da bist du ja endlich«, murmelte sie schlaftrunken.

»Du hättest schon ins Bett gehen können!«, sagte er.

»Nein, ich muss dir noch eine Neuigkeit erzählen.«

Er hob die Augenbrauen.

»Deine Schwester hat aus Brixen angerufen, sie wollte mit dir über den 80. Geburtstag eures Vaters sprechen. Ich habe sie aufs Wochenende vertröstet.«

»Und das war alles?«

»Na, warte ab. Du schreibst doch über das geklaute Jansen-Bild, oder?«

»Ja, stimmt.«

»Das 2. Revier hat festgestellt, dass der Einbruch nur vorgetäuscht war.«

»Was? Woher weißt du das? Ich meine, so etwas hört man doch nicht nebenbei während seiner Arbeit in der Telefonzentrale des Polizeipräsidiums …«

»Stimmt, aber es ist besser, du kennst den Namen meiner Informantin nicht. Dafür solltest du ein Detail wissen: An der Tür gab es Einbruchspuren, von einem Stemmeisen oder so was. Aber die Spuren am Türrahmen befanden sich in einer anderen Höhe als die am Türblatt, verstehst du?«

Gianni nahm einen Schluck Bier. »Ja, verstehe. Hätte man die Tür tatsächlich aufgehebelt, müssten die Spuren an beiden Seiten in der gleichen Höhe sein.«

»Genau!«

»Versicherungsbetrug?«

»Möglich.«

»Gibt es eine Pressekonferenz?«, fragte er.

»Ja, morgen Nachmittag um 15 Uhr.«

»Super, danke! Jetzt schnell unter die Decke!«

Evas Augen leuchteten. »Sehr gerne!«

MITTWOCH, 15. JULI

Das Telefon riss Herbert unsanft aus dem Schlaf. Er setzte die Brille auf und warf einen Blick auf den Wecker: 6.30 Uhr. »Ja …?«, nuschelte er.

»Bon di, Herbie!«

»Mann, Gianni, so früh …?«

»Steh auf, die Sonne scheint«, sagte er in seinem unvergleichlichen Südtiroler Dialekt, den er selbst nach über 30 Jahren in Deutschland nicht abgelegt hatte. »Muss gleich in die Redaktion. Hast du vom Diebstahl des Jansen-Bilds gehört?«

»Natürlich.«

»Interessante Wendung, wird wohl bald ein Fall Beskow sein. Wäre etwas für dich, wollte ich nur sagen.«

»Wieso Fall Beskow?«, fragte Herbert.

»Der Einbruch war fingiert, die Beskow ist in Schwierigkeiten.«

»Was? Von wem weißt du das?«

»Na, von wem wohl …«

Herbert Falke lächelte. Eva Lorenz hatte auch ihm schon manch nützliche Information geliefert. »Okay, gute Story für die morgige Ausgabe des Kuriers.«

»Ja, aber um 15 Uhr findet eine Pressekonferenz statt, dann wissen es alle Journalisten. Ich geb's in die Online-Redaktion, muss deswegen gleich ins Büro. Kontaktierst du Frau Beskow?«

»Ja, werde ich, aber nicht wegen eines Auftrags, den habe ich in diesem Fall bereits.«

»Ach, von wem?«

»Das erzähle ich dir nach der Pressekonferenz«, sagte Herbert. »Bis später!«

»Bon di!«

*

Als Franziska Falke an diesem Mittag nach Hause kam, bemerkte sie, dass die Wohnungstür nur einmal abgeschlossen war. Üblicherweise drehte ihr Vater den Schlüssel zweimal herum, wenn er die Wohnung verließ, das war ihm wichtig. Und an diesem Morgen hatte er das Haus auf jeden Fall *nach* Franziska verlassen, weil er erst zur zweiten Stunde Unterricht gab. Er arbeitete als Lehrer am Offenbacher Albert-Schweitzer-Gymnasium. Nun ja, dachte Franziska, er ist eben auch kein Mr. Perfect.

Sie ging in die Küche und fand dort einen gelben Zettel auf dem Tisch: »Hab's leider nicht mehr geschafft, Essen vorzubereiten, kannst dir einen Döner holen!« Daneben lag ein Fünfeuroschein.

Sie lächelte. Doch sie hatte keine Lust, ihr Fahrrad aus dem Keller zu holen und in den Starkenburgring zu fahren. Stattdessen belegte sie eine Scheibe Brot dick mit Fleischwurst und aß einen Apfel dazu. Es muss ja nicht immer alles perfekt sein, dachte sie. Perfekt – schoss es ihr durch den Kopf, Mr. und Mrs. Perfect ... Sie ließ den Apfel fallen und raste in ihr Zimmer. Das Physikbuch stand noch am richtigen Platz. Sie atmete erleichtert aus, griff nach ihrem Tagebuch und besah sich den Eintrag von vorgestern: »Physikbuch verstellt. Was passiert hier? War jemand in unserer Wohnung?« Heute sah sie die Situation realistischer und musste zugeben, dass sie überreagiert hatte. Es war durchaus möglich, dass sie das Buch aus Versehen an einen falschen Platz gestellt und ihr Vater den Schlüssel in der Eile nur einmal herumgedreht hatte. Fast war sie im Begriff, den Text zu ändern, erinnerte sich dann aber an ihren Vorsatz, keinen Tagebucheintrag nachträglich zu korrigieren. Jedes einzelne Wort entsprang ihrer Gemütsfassung beim Schreiben und so sollte es auch bleiben. Tage, Wochen oder ein halbes Leben später konnte sie so nachvollziehen, wie sie sich an dem betreffenden Tag gefühlt hatte. Sie legte das Tagebuch zurück in die Schreibtischschublade.

Als sie das Zimmer verlassen wollte, flog ihr Blick noch einmal über das Bücherregal. Sie stockte, blieb stehen, sah genauer hin. Was sie jetzt entdeckte, nahm ihr fast die Luft: Zwischen den Geschichtsbüchern, genau dort, wo sie gestern das Physikbuch entdeckt hatte, stand jetzt Ronja Räubertochter. Sie griff danach, schlug den Buchdeckel auf und … tatsächlich, ihre eigene kindliche Handschrift: »Franziska Falke«. Es war *ihre* Ronja Räubertochter, ihr eigenes Buch, das sie bisher in einem Karton tief unten im Keller wähnte.

*

Herbert Falke stellte seine Vespa in der Nähe des Polizeipräsidiums ab, direkt am Dreieichpark, wo er auch parkte, wenn er eine Veranstaltung im Musikpavillon besuchte. Offenbach besaß keinen großen Park wie den Englischen Garten oder den Grüneburgpark. Die kleineren städtischen Grünanlagen waren über das gesamte Stadtgebiet verteilt: Leonhard-Eißnert-Park, Büsing-Park, das Gelände um das Rumpenheimer Schloss, das Offenbacher Mainufer und natürlich der Wetterpark.

Um kurz vor drei betrat er den Pressesaal des Polizeipräsidiums Südosthessen. Er nutzte für solche Fälle seinen alten Presseausweis, das Ablaufdatum wurde selten kontrolliert. Gianni hatte ihm schon mehrfach geraten, sich einen Gewerbeschein zu besorgen, um sich als privater Ermittler selbstständig zu machen. Im Grunde war das ganz einfach, denn dieser Beruf war durch keine Ausbildungsvorgaben geschützt.

Aber Herbert plagten Skrupel. Erstens hatte er bisher nur Kleinstdelikte bearbeitet, außerdem würde ihn die offizielle Einrichtung einer Detektei Falke selbst unter Druck setzen. Immerhin hatte er an einem juristischen Grundkurs bei der IHK teilgenommen, um die wichtigsten rechtlichen Zusammenhänge zu kennen. Und im Mai war das Honorar von Alfred Sival, seinem ersten Auftraggeber, auf Herberts Konto gelandet. Es suchte noch immer einen Platz in seiner Steuererklärung.

Der Pressesaal war nur halb gefüllt, Herbert entdeckte Gianni in der ersten Reihe und suchte sich selbst einen Platz im hinteren Bereich. Auf der Bühne saßen an weißgedeckten Tischen die Sprecherin des Polizeipräsidiums, Katja Klee, gewandet in ein graues Designerkostüm mit pinkfarbener Bluse, der Leiter des 2. Reviers, Polizeirat Dorbart, in tadelloser blauer Uniform – beide kannte Herbert noch aus seiner aktiven Zeit – und Kriminalhauptkommissar Olschewski in T-Shirt und 15 Jahre alten Jeans, zuständiger Ermittler vom K13.

Katja Klee zog sich ein Mikrofon heran. »Ich gebe Ihnen einen kurzen Überblick zum ersten Fall«, sagte sie. »In der Nacht von Montag, dem 13. Juli, auf Dienstag, dem 14. Juli, wurde zwischen 19 Uhr und 8 Uhr morgens aus der Galerie von Frau Kamilla Beskow, Ludwigstraße 180 in

Offenbach, ein Bild entwendet. Es trägt den Titel ›Blumen im Nordwind‹, hat eine Größe von 80 mal 80 Zentimeter und wurde von der Offenbacher Künstlerin Claudia Jansen in Acryltechnik gestaltet. Zunächst sah es so aus, als sei in die Räume der Galerie eingebrochen worden.«

Sofort erfüllte Unruhe den Raum, überall wurde gemurmelt und geflüstert. Die Pressesprecherin blickte streng in die Runde, langsam kehrte wieder Ruhe ein. »Inzwischen hat sich herausgestellt, dass der Einbruch vorgetäuscht war.«

Herbert hatte von hinten einen guten Überblick. Mehrere Hände schossen in die Höhe, Gianni blieb ruhig sitzen.

Katja Klee zeigte auf einen grauhaarigen Journalisten.

»Dieter Keller, Frankfurter Anzeiger«, stellte er sich vor. »Woher wissen Sie, dass der Einbruch fingiert war?«

»Dazu gebe ich weiter an Polizeirat Dorbart!«

Dorbart räusperte sich umständlich. »Es geht um die Eingangstür der Galerie. Wir haben festgestellt, dass die Spuren an Türzarge und Türblatt nicht symmetrisch sind, sondern sich auf verschiedenen Höhen befinden. Die Beschädigungen wurden also unabhängig voneinander erzeugt, womit der Verdacht naheliegt, dass die Tür mit der Magnetkarte geöffnet und die Einbruchspuren nachträglich angebracht wurden.«

Alle schrieben eifrig mit, nur Gianni nicht.

»Das hört sich nach Versicherungsbetrug an«, sagte eine Journalistin.

Damit schaltete sich Kriminalhauptkommissar Olschewski ein. »Frau Beskow wurde dazu bereits vernommen, bisher ist noch alles offen, ich darf Sie also bitten, keine Mutmaßungen zu verbreiten!«

»Hat sie denn überhaupt eine Versicherung?«, fragte die Frau nach.

Olschewski lächelte jovial. »Liebe Frau …«

»Gärtner, Nicole Gärtner, Seligenstädter Heimatbote.«

»Liebe Frau Gärtner, Sie werden sicher verstehen, dass wir keine Einzelheiten preisgeben können, solange die Ermittlungen noch laufen.«

»Nein, das verstehe ich nicht …«

»Das ist auch nicht nötig«, ging Katja Klee dazwischen, »Sie brauchen es nur zu akzeptieren.«

Herbert Falke hob die Hand. Die Pressesprecherin kniff die Augen zusammen. »Herr Falke, ich dachte, Sie sind bereits im Ruhestand?«

Alle drehten sich zu Herbert um. »Nicht so ganz, Frau Klee, den ein oder anderen Nebenjob habe ich noch …«

»Ja, leider!«, meinte die Pressesprecherin. Alles lachte.

Herbert ließ sich davon nicht beeindrucken. »Herr Olschewski, falls es sich nicht um Versicherungsbetrug handeln sollte, welche Alternativen bleiben dann?«

Alle starrten auf den Kriminalhauptkommissar. »Nun, in jedem Fall handelt es sich um einen fingierten Einbruch, denn die Spuren können nur bei offen stehender Tür angebracht worden sein. Dazu muss sie jemand auf legale Weise geöffnet haben. Mehr kann ich derzeit nicht sagen.«

»Vielleicht mit einer gefälschten Magnetkarte?«, fragte Herbert.

»Möglich. Aber wie bereits erwähnt, kann ich dazu nichts Weiteres sagen.«

»Wie hoch ist der verursachte Schaden?«, fragte die Frau aus Seligenstadt.

Katja Klee blätterte in ihren Unterlagen. »Der Gesamtschaden liegt bei etwa 7.000 Euro.« Sie sah sich im Raum um. »Wenn Sie keine weiteren Fragen haben, gehen wir zum nächsten Fall über. Heute Morgen um 6.30 Uhr wurden im Stadtteil Lauterborn …«

Herbert stand auf und verließ den Pressesaal. Er überquerte die Parkstraße und ging zu seiner rosa Vespa, die Gianni und ihm als Treffpunkt diente. Die Sonne stach inzwischen kraftvoll vom Himmel. Es dauerte einige Minuten, bis Giannis typisches »Bon di!« erklang.

»Hallo, Gianni, wo warst du noch?«

»Bei Eva in der Telefonzentrale.«

»Die Telefonzentrale ist doch im Keller, darfst du da einfach so rein?«

»Na ja, die Kollegin am Empfang kennt mich.«

»Und, wie läuft's beim Kurier?«

»Der Chef war sehr zufrieden mit meinem Beitrag.«

»Gut. Gratuliere!«

»Danke. Vom wem hast du den Auftrag bekommen?«

»Von Jaqueline Jansen!«, antwortete Herbert Falke. Er berichtete ausführlich von seinem Gespräch mit Jacky. Besonders der Aspekt, dass Herr Jansen gut zahlen würde, gefiel Gianni. Sein Traum vom gemeinsamen Detektivbüro rückte damit ein Stück näher.

»Eines ist jedoch sehr wichtig, Gianni: Jacky möchte unter keinen Umständen, dass ihre Mutter erfährt, dass sie mich beauftragt hat, die Bilder zu suchen. Sie könnte das als Einmischung oder Nachspionieren verstehen. Und nachdem ich Jacky beim letzten Fall etwas hart angegangen bin, muss ich das respektieren, verstehst du?«

»Geht klar, Herbie. Was hast du jetzt vor?«

»Ich muss herausbekommen, wer außer Frau Beskow noch eine Magnetkarte hat oder hatte«, antwortete Herbert Falke.

»Kein Versicherungsbetrug?«

»Weiß ich noch nicht. Zuerst muss ich wissen, ob sie überhaupt eine Versicherung abgeschlossen hat.«

Plötzlich stand eine Frau im grauen Designerkostüm mit pinkfarbener Bluse neben ihnen. »Herr Mussner, passen Sie auf, dass *Sie* eine gute Versicherung haben. Wir werden herausfinden, woher Sie die Information vor der Pressekonferenz bekommen haben.«

»Aber Frau Klee«, sagte Gianni Mussner, »Sie wissen doch, meine Informationsquellen sind vertraulich.«

»Ich weiß, das hindert uns aber nicht daran, Ihre Informationsquelle aufzuspüren und versiegen zu lassen.«

»Darf ich Sie ein Stück mitnehmen?«, fragte Herbert. »Die Farbe Ihrer Bluse passt gut zu meiner Vespa …«

Sie sah Herbert gelangweilt an. »Nein, danke!«

Dann drehte sie sich um, öffnete die Tür ihres metallicblauen Cabrios, das direkt neben Herberts Motorroller stand, warf theatralisch ihr Haar zurück und rauschte mit offenem Verdeck davon.

»Hoffentlich bekommt sie keinen Sonnenstich!«, sagte Herbert Falke.

»Ich meine fast, den hat sie schon«, entgegnete Gianni.

*

In der Dämmerung dieses schönen Sommertages stand René Isère, den alle »Duc« nannten, in einem Hauseingang des Buchrainwegs. Die dunkle Kleidung und die schwarze Baseballkappe ließen seine Silhouette mit der Hauswand verschmelzen. Gern hätte er sich eine Zigarette angezündet, doch er befürchtete, dass Franziska ihn dann von ihrem gegenüberliegenden Fenster aus sehen konnte. Vor etwa einer halben Stunde hatte sie das Licht eingeschaltet und die Gardine zugezogen. Von Zeit zu Zeit sah er den langen, schmalen Schatten ihres vorbeihuschenden Körpers. Er atmete jedes Mal tief ein.

Als Duc letzten Sommer erfahren hatte, dass er die zehnte Klasse wiederholen musste, hatte sich zunächst eine enorme Wut in seinem Innern zusammengeballt. *Merde!* Das war sein meistgebrauchtes Wort in dieser Zeit. Dann fiel ihm ein, dass er nicht nur den Lehrstoff wiederholen würde, sondern auch die Klassenfahrt nach Offenbach. *Eh bien!* Alles Negative hatte auch seinen Vorteil. Also büffelte er das ganze Jahr über, nicht mit *plaisir*, aber erfolgreich. Er wollte alles vermeiden, was ihn irgendwie von der Klassenfahrt abhalten konnte. Am Ende fürchtete er schon, dass die Fahrt in diesem Jahr gar nicht stattfinden würde, aber diese Sorge war unbegründet. Seit 1956, dem Jahr nach der Unterzeichnung der Städtepartnerschaft zwischen Puteaux und Offenbach, hatte diese Reise jedes Jahr stattgefunden, immer mit Schülern der Klasse 10 im sprachlichen Schwerpunkt. Die meisten konnten sich dann schon einigermaßen auf Deutsch verständigen. Duc selbst kam mit der deutschen Sprache gut klar, war schon mehrmals mit seinen Eltern auf Geschäftsreise in Deutschland gewesen und hatte einen Brieffreund in Freiburg. Sein Problem in der Schule waren nicht die Sprachen, sondern die Mathematik. In diesem Fach war Franziska ein Ass, und er bewunderte sie dafür.

In diesem Jahr war er bei einer schrecklich konservativen Familie im Offenbacher Stadtteil Bieber untergekommen. Wahrscheinlich würden sie gleich wieder meckern, weil er zu spät nach Hause kam. Sein Austauschpartner Emil war eine Memme. Schon dieser Name, Emil, *terrible*!

Ducs Eltern kümmerten sich nicht darum, wann er heimkam. Sie arbeiteten und waren reich. Das war alles. Die Familie Isère wohnte draußen vor den Toren von Puteaux in einer großen Villa, die sie einem verarmten Herzog abgekauft hatte. Das hatte Duc seinen Spitznamen eingebracht.

Gegen halb elf erlosch das Licht in Franziskas Zimmer. Wenige Minuten später löste er sich aus der Nische des Hauseingangs und schlenderte den Buchrainweg entlang. »*Bonne nuit!*«, murmelte Duc, während er sich eine Gauloises ansteckte.

DONNERSTAG, 16. JULI

Wie immer trank Franziska zum Frühstück nur einen Milchkaffee. Oft schon hatte Andreas Falke seine Tochter gefragt, ob sie nicht doch etwas essen wolle. Nein, hatte sie jedes Mal geantwortet. Heute fragte er nicht. Er hatte es eilig, stand im Wohnzimmer und schlürfte seinen Kaffee im Stehen.

»Du, Papa«, sagte Franziska, »kann ich dich mal was fragen?«

»Wenn es nicht zu lange dauert … Wir haben schon die ganze Woche Zeugniskonferenzen, ich muss gleich los.«

»Du kennst doch mein Buch, Ronja Räubertochter …«

»Was?«

»Ja, ich weiß, ist lange her, aber du erinnerst dich doch an das Buch oder?«

»Ja, natürlich.« Andreas Falke nahm den letzten Schluck Kaffee. »Das habe ich dir zu einem Geburtstag geschenkt, ich glaube zum zehnten.«

»Genau. Hast du es in letzter Zeit mal in der Hand gehabt … irgendwie?«

»Na, du stellst ja Fragen, natürlich nicht, was sollte ich damit? Du, Franzi, sei mir nicht böse, aber ich muss los, vielleicht können wir beim Mittagessen darüber sprechen.«

»Ja, ja«, sagte Franziska. Andreas Falke gab ihr einen Kuss auf die Stirn und schon war er verschwunden. Schlechter Zeitpunkt für solch eine Frage, dachte Franziska.

Den ganzen Vormittag über ging ihr das Buch nicht aus dem Kopf. Als sie mittags nach Hause kam, stand ihr Vater in der Küche und briet Schnitzel. Sie winkte mit einem kurzen »Hallo!« durch die Küchentür und ging schnurstracks in ihr Zimmer. Konnte das wahr sein – oder halluzinierte sie? Sie riss alle Geschichtsbücher aus dem Regal, dann alle anderen Bücher, verstreute sie im ganzen Zimmer, warf eins auf das andere, wühlte in dem Haufen, aber sie fand es nicht: Ronja Räubertochter. Das Buch war verschwunden.

»Was machst du denn da?«, fragte ihr Vater, in der Tür stehend.

»Ach … Ich wollte mal das Bücherregal aufräumen.«

»Aha.« Er zögerte. »Wolltest du mich heute früh nicht etwas fragen? Was war das noch?«

»Nein, nein, danke, also … Das hat sich erledigt«, sagte Franziska.

»Gut, dann komm bitte zum Essen, es gibt dein Lieblingsgericht: Schnitzel mit Kartoffelsalat.«

Franziska versuchte zu lächeln, dann stand sie auf und folgte ihrem Vater in die Küche. Ihr Lieblingsessen schmeckte heute irgendwie fad. Nach dem Essen verschwand sie umgehend in ihrem Zimmer. Alles – aber auch wirklich alles – musste im Tagebuch vermerkt werden. Akribisch und vollständig. Sonst würde sie sich vielleicht nie mehr an diese eigenartigen Vorgänge erinnern.

*

Herbert hatte sich auf das Gespräch mit Kamilla Beskow gut vorbereitet, hatte sogar die Dokumentation einiger alter Fälle auf seinem Rechner durchgesehen, um sich aus den Gesprächsprotokollen Anregungen zu holen. Die wichtigsten Fragen an Frau Beskow waren in einer

Notizdatei auf seinem Tablet-Computer gespeichert. Frau Beskows Kalender war gut gefüllt, sodass sie ihm eigentlich erst in drei Tagen einen Termin geben wollte. Auf sein Drängen opferte sie ihre einstündige Mittagspause, im Gegenzug versprach er, einen Imbiss mitzubringen.

Nachdem er die Vespa neben einem Trafohäuschen geparkt hatte, nahm er eine Plastiktüte mit Essen aus dem Gepäckfach. An der Eingangstür zur Galerie erkannte Herbert keinerlei Gebrauchsspuren, geschweige denn Einbruchspuren. Offensichtlich hatte Kamilla Beskow schnell gehandelt und eine neue Tür einbauen lassen. Ein Blick auf die Armbanduhr: 12.59 Uhr. Er klingelte. Über eine Gegensprechanlage meldete er sich mit Namen und hielt seinen alten Presseausweis vor die Videokamera. Es summte, er trat ein. Kamilla Beskow kontrollierte nochmals persönlich seinen Presseausweis, dann führte sie ihn in ihr Büro. Der Raum war groß und zweckmäßig eingerichtet, zwei Schreibtische, ein breiter Aktenschrank, ein Tresor, ein Kühlschrank, darauf eine Kaffeemaschine. In der einen Ecke eine Tür mit der Beschriftung »Toilette«, in der anderen Ecke eine Sitzgruppe mit vier Stühlen.

»Bitte nehmen Sie Platz, Herr Falke!«

»Danke. Essen Sie chinesisch?«

»Ja, gerne.«

Herbert Falke nahm die beiden Nudelboxen aus der Tüte und gab Kamilla Beskow eine Tüte mit Serviette, Stäbchen und einer Miniflasche Sojasoße.

»Vom Panda-Imbiss, sehr gut!«, sagte Herbert.

Sie aßen schweigend, sahen sich dabei immer wieder an und taxierten sich gegenseitig. Sie trug ihre blonden Haare zu einem Pagenkopf geschnitten. Herbert wartete. Er wartete immer, wenn er von seinem Gesprächspartner Informationen bekommen wollte, ganz cool – so hatte Franziska einmal gesagt –, bis sein Gegenüber es vor Neugier nicht mehr aushielt und von sich aus eine Frage stellte. So auch heute.

»Sie arbeiten also für den Offenbach-Kurier?«

Herbert hatte den Mund gerade voll, was ihm ganz recht war. Er nickte.

»Aber da war doch schon ein Kollege von Ihnen hier, ein Herr …«

»Mussner«, sagte Herbert. Glück muss der Mensch haben, die Kenntnis dieses Namens verschaffte ihm Glaubwürdigkeit.

»Genau. Und was wollen *Sie* dann noch?« Ihr Tonfall war nicht mehr so freundlich, er musste vorsichtig sein.

»Herr Mussner hat heute leider keine Zeit, aber wir hätten gerne noch ein paar weitere Informationen zu den Bildern, deswegen hat er mich geschickt. Wenn wir mehr Details veröffentlichen, werden sie vielleicht schneller gefunden.« Herbert war stolz auf diesen Einfall.

»Schauen Sie, Herr Falke«, antwortete Kamilla Beskow, »erstens sind Sie in Offenbach ja nicht gerade unbekannt, ich denke da nur an den Bürgeler Handtaschenraub im Mai. Außerdem habe ich die Details zu den Bildern bereits an die Polizei gegeben, die sollten inzwischen auf deren Website zu finden sein. Und drittens … Na ja, ich möchte Ihnen ja nicht zu nahe treten, aber es könnte doch sein, dass Sie bereits im Ruhestand sind und deswegen Ihr Presseausweis abgelaufen ist, oder?«

Herbert konnte gerade noch einen Hustenanfall unterdrücken.

»Möchten Sie vielleicht etwas zu trinken?«, fragte Kamilla Beskow.

Herbert nickte stumm. Sie ging zum Kühlschrank und kam mit einer Flasche Mineralwasser und zwei Gläsern zurück. Er kippte sein Wasser in einem Zug herunter.

»Also?«, fragte sie.

Er schob seine Nudelbox beiseite. »Nun, da hilft wohl nur die schonungslose Wahrheit.«

»Ich bitte darum!«

Herbert putzte seine Brille, um sich etwas Bedenkzeit zu verschaffen. »Sie haben vollkommen recht, ich arbeite seit meiner Rente ab und zu als privater Ermittler. Das mit dem Handtaschenräuber war noch honorarfrei, also im Allgemeininteresse sozusagen.«

Kamilla Beskow warf ihren Blondschopf nach hinten und wartete darauf, dass er weitersprach.

»Jetzt arbeite ich allerdings im Auftrag«, fuhr Herbert fort. »Und bevor Sie mich fragen: Mein Auftraggeber möchte anonym bleiben.«

Kamilla Beskows grüne Augen fixierten ihn. »Gut, Herr Falke, das scheint mir nachvollziehbar. Ihr Glück, sonst hätte ich Sie jetzt rausgeworfen, Nudeln hin oder her – die schmecken übrigens gut.«

Herbert lächelte. »Entschuldigen Sie, ich war mir nicht sicher, wie Sie auf einen Privatermittler reagieren würden.«

»Können Sie mir denn wenigstens sagen, was das Ziel ihres Auftrags ist?«

Er sah keinen Grund, ihr das zu verheimlichen. »Ich soll die Bilder finden«, antwortete er.

Sie überlegte einen Moment. »Gut, das ist natürlich auch *mein* Bestreben. Ich mache Ihnen einen Vorschlag: Wir arbeiten zusammen.«

»Äh … wie meinen Sie das?«

»Sie bekommen alle Informationen von mir, die Sie

brauchen. Ich frage Sie nicht nach Ihrem Auftraggeber und unterrichte niemanden über unsere Zusammenarbeit. Dafür beweisen Sie, dass ich an dem Diebstahl der Bilder nicht beteiligt war. Einverstanden?«

Ganz schön clever die Frau, dachte Herbert. Aber durchaus fair. Er zog die Nudelbox wieder heran, stopfte sich den Mund voll und dachte nach. Die Bilder zu finden und die Unschuld von Frau Beskow nachzuweisen, waren zwar verschiedene Aufgaben, doch beide hingen zusammen. Wenn er die Bilder fand, würde er sehr wahrscheinlich auch wissen, wer sie gestohlen hatte.

»Einverstanden!«, sagte er und schaufelte den Rest der Nudeln mit großem Appetit in sich hinein.

Als er fertig war, sagte sie: »So, jetzt haben wir noch genau 35 Minuten. Fragen Sie alles, was Sie wissen müssen.«

*

Gianni Mussner saß seit zwei Stunden an seinem Schreibtisch in der Redaktion. Er hatte die wichtigen Artikel bereits verfasst und an den Chef vom Dienst geschickt. Die gestohlenen Bilder waren erst morgen wieder dran, wenn er Neuigkeiten von Herbert bekommen würde. Auf diese Weise war er den anderen Zeitungen immer ein Stück voraus. Gegen 12 Uhr rief Eva auf seinem Handy.

»Bon di, Evchen, Sehnsucht nach mir?«

»Ja, aber nicht so, wie du denkst. Wir müssen uns sehen, so schnell wie möglich.«

»So dringend? Geht das nicht telefonisch?«

»Nein, bitte nicht am Telefon.« Ihre Stimme vibrierte leicht.

Gianni zog die Stirn in Falten. »Mach einen Vorschlag …«

»Zum Mittagessen beim Deutschen Wetterdienst«, sagte sie, »dahin kann ich laufen.«

»Okay, halbe Stunde?«

»Ja, das passt, bis gleich.«

Gianni parkte seinen Wagen in der Frankfurter Straße. Die Kantine des Deutschen Wetterdienstes war auch für Nichtangestellte zugänglich und bekannt für gutes und preiswertes Mittagessen. Sie entschieden sich beide für Cordon Bleu mit Kartoffelecken und Salat.

»Die Katja Klee«, begann Eva, »die ist gefährlich.«

»Wieso?«, fragte Gianni erstaunt.

»Ich glaube, sie hat dich gestern gesehen, als du bei mir in der Telefonzentrale warst. Jedenfalls kam sie heute früh zu mir rein und faselte was von Diskretion und ›Schauen Sie mal, was in Ihrem Arbeitsvertrag steht‹ und Ähnliches. Die ahnt wohl, dass ich dir Informationen gebe. Wir müssen aufpassen.«

»Na, langsam. Du gibst mir nur Informationen, die sowieso kurze Zeit später an die Öffentlichkeit gehen. Ich bekomme sie lediglich etwas früher. Außerdem kann das niemand nachweisen, auch nicht Frau Klee. Alles geschieht mündlich.«

»Nicht so ganz, die Daten zu Frau Landwehr im Mai habe ich kopiert.«

»Kann aber keiner nachweisen, also alles paletti!«, sagte er.

Sie zog ihre Stirn in Falten. »So locker wie du sehe ich das nicht. Jedenfalls solltest du mich vorläufig nicht mehr im Präsidium besuchen.«

»Wir quatschen doch nur einen Moment, weiter nichts.«

Evas Stimme zog an. »Egal, bis auf Weiteres wirst du mich nicht mehr besuchen. Ich habe keine Lust, meinen Job zu verlieren.«

»Na gut«, brummte Gianni vor sich hin.

*

Herbert Falke schaltete seinen Tablet-Computer ein und öffnete die vorbereiteten Notizen. »Frau Beskow, gab es außer den fingierten Einbruchspuren an der Eingangstür noch andere Hinweise auf gewaltsames Eindringen in Ihre Galerie?«

»Nein, ich habe alles kontrolliert«, antwortete Kamilla Beskow.

»Wie genau funktioniert das elektronische Zugangssystem?«

»Meine Kollegin Anna und ich haben einen Zahlencode, der sich nach einem bestimmten System täglich ändert. Weiterhin gibt es drei Magnetkarten, auf denen der Code quasi gespeichert ist. Die haben eine begrenzte Gültigkeit von einem Jahr, dann werden sie neu programmiert. Eine davon hat dauerhaft unsere Putzfrau, die anderen beiden liegen verschlossen in meinem Schreibtisch für den temporären Zugang falls notwendig.«

»Gut. Dieses System, wie sicher ist das?«

»Ich bin kein Computerexperte, aber es ist schon recht ausgeklügelt. Ich erkläre Ihnen mal das Codesystem vom letzten Jahr: Tagesdatum plus 1 und Monat minus 1. Damit ändert sich der Zugangscode täglich. Wenn man das System kennt, ist es aber leicht, sich den Tagescode herzuleiten. Jeweils zum Jahresanfang wird das System geändert.«

»Aha«, sagte Herbert, »für den 1. Mai letzten Jahres wäre der Code also beispielsweise 0204.«

»Richtig!«

»Wer hat solch eine temporäre Codekarte bekommen?«

»Oh, da muss ich überlegen. Letztes Jahr hat uns ein Student von der HfG, Sie wissen schon, von der Hochschule für Gestaltung …«

Herbert Falke nickte.

»… ja, der hat uns beim Umzug geholfen und hatte eine Karte, dann … Ach ja, die Künstler selbst, zur Vorbereitung einer Vernissage. Dieses Jahr waren das Florian Kannenmacher, Brisko Günther und natürlich Claudia Jansen.«

»Okay, wer ist Ihre Kollegin?«

»Anna Andresen, sie arbeitet halbtags für mich, macht den betriebswirtschaftlichen Teil, Marketing und Pressearbeit.«

»Können Sie mir bitte eine der beiden Codekarten geben?«

»Warum?«

»Ich möchte untersuchen, wie leicht der Zugangscode, der ja auf der Karte hinterlegt ist, geknackt werden kann.«

Sie sah ihn erstaunt an. Mit einem zögerlichen »Okay …« ging sie zum Schreibtisch und griff in eine Schublade. »Hier, also … normalerweise gebe ich die nur gegen Unterschrift aus.«

»Kein Problem, wo soll ich unterschreiben?«

»Nein, lassen Sie nur, ich weiß ja, wo sie ist.«

»Danke. Schreiben Sie mir bitte Namen und Adresse der Putzfrau und der beiden anderen Künstler auf?«

Sie ging zum Schreibtisch, setzte sich an den Computer und suchte einige Daten zusammen. »Auch die Adresse von dem HfG-Studenten?«

»Nein, danke, Sie haben ja gesagt, dass das Codesystem jedes Jahr geändert wird, damit entfallen die Kandidaten vom letzten Jahr.«

»Das stimmt natürlich …«, murmelte sie vor sich hin und druckte kurze Zeit später eine Liste aus.

»Wissen Sie, in welche Richtung die Polizei ermittelt?«, fragte Herbert.

»Bis jetzt haben die nur nach meiner Versicherung gefragt, mehr weiß ich nicht.«

»Es wäre gut, wenn Sie mit denen Kontakt halten könnten und immer mal wieder nachfragen, ob es Ergebnisse gibt.«

»Gut, ich versuche es«, sagte sie.

»Haben Sie denn eine?«

»Wie bitte?«

»Eine Versicherung.«

»Natürlich. Als ich mit der Galerie nach Offenbach umgezogen bin, habe ich eine abgeschlossen, über den BVDG, den Bundesverband Deutscher Galerien und Kunsthändler. Inzwischen habe ich so wertvolle Kunstwerke hier hängen, dass dies unvermeidbar ist.«

»Wie hoch waren die ›Blumen im Nordwind‹ versichert?«

»Mit 10.000 Euro. Man bekommt aber immer nur den Marktwert erstattet, der liegt bei ca. 8.000 Euro.«

»Also kein Betrag, für den sich ein Versicherungsbetrug lohnen würde.«

»Richtig. Das habe ich dem Kommissar …«

»Olschewski?«

»Ja, das habe ich dem auch gesagt. Der hat aber gar nicht darauf reagiert.«

Herbert nickte. »Gut, die Einzelheiten zu den Bildern

finde ich dann wohl auf der Webseite des Polizeipräsidiums.«

»So ist es. Zudem habe ich den Verlust der drei Bilder im Art Loss Register eingetragen.«

»Entschuldigung, in welchem Register?«

»Art Loss. Das ist ein weltweites Register für verlorene oder gestohlene Kunst, inklusive der Raubkunst aus dem Zweiten Weltkrieg. Da können Sie mal reinschauen, die Registrierung ist kostenlos.«

»Danke. Finde ich da 52 beiden Bilder?«

Kamilla Beskow lächelte. »Nein, die dürfen aus Datenschutzgründen nicht veröffentlicht werden. Die Polizei kennt sie natürlich.«

Herbert sah sie fragend an.

»Ich schreibe sie Ihnen mit auf die Namenliste!«

»Danke.«

Sie reichte ihm die Liste.

»Oh, prominente Kundschaft!«

»Ja, ich kenne Frau Schneider vom ›Netzwerk Frauen für Offenbach‹. Ich habe sie bereits über den Diebstahl informiert.«

»Und?«

»Sie ist von niemandem auf das Bild angesprochen, schon gar nicht unter Druck gesetzt worden. Der Kaufvertrag ist fertig, er liegt derzeit noch bei meinem Rechtsanwalt. Eigentlich sollte er morgen unterzeichnet werden.«

»Gute Vorarbeit!«, sagte er.

»Danke.«

Herbert gab ihr die Hand. »Auf gute Zusammenarbeit.«

Sie lächelte. »Auf gute Zusammenarbeit!«

*

15.21 Uhr, SMS von Mia-Sophie an Franziska: »Duc ist in der Stadt. Meine Schwester hat mit ihm gesprochen. Hat nach dir gefragt. LG MiSo«

15.26 Uhr, SMS von Franziska an Jacky:

»Muss dich dringend sprechen. 16 Uhr, wie immer? Franzi«

15.28 Uhr SMS von Jacky an Franziska: »Hab gleich Training. 20 Uhr. Okay? LG Jacky«

15.29 Uhr SMS von Franziska an Jacky: »Okay.«

*

Da seine Enkelin ihn seit Mai nicht mehr besuchen durfte, hatte Herbert das Gästezimmer umgeräumt. Die Schlafliege stand noch an ihrem Platz – vielleicht durfte Franziska eines Tages doch wieder bei ihm übernachten –, aber der Schreibtisch, den sie oft für ihre Schularbeiten genutzt hatte, war inzwischen einem Labortisch gewichen. Als Privatermittler benötigte er ein Mindestmaß an technischer Ausstattung: einen optischen Arbeitsplatz mit Kaltlichtquelle, Auflicht, Schräg- und Streiflicht, ein Set von Lichtfiltern und eine UV-Lichtquelle, darüber ein Stativ mit einer nagelneuen, fest montierten digitalen Kamera, die direkt mit dem PC verbunden war – seine bisherige konnte er weiterhin für mobile Einsätze gebrauchen –, verschiedene Lupen, ein Mikroskop, mehrere Behälter mit Ruß-, Magnet- und Fluoreszenzpulver, verschiedene chemische Schnelltests sowie einen neuen PC mit Kartenleser, hochauflösendem Flachbettscanner und verschiedenen kriminaltechnisch nutzbaren Programmen. Sebastian, der Eigentümer von Basti's E-Shop, hatte ihn beraten. In seinem Lieblingsfotogeschäft hatte er sich eine Mini-Filmkamera gekauft, die trotz ihrer unauffälligen Abmessungen tolle Videoaufnahmen lieferte. Zudem hatte er sich eine große externe Festplatte besorgt, denn er benötigte Platz zur Dokumentation all seiner Fälle mit Beschreibung, Fotos und Videos. So war er immer in der Lage, alte Fälle nachzulesen und daraus zu lernen. Ein erheblicher Teil seiner Ersparnisse war für die technische Aufrüstung draufgegangen. Und viel Zeit, denn in den letzten Wochen hatte Herbert Stunde um Stunde mit der Erprobung der neuen Technik zugebracht.

Er schob Kamilla Beskows Magnetkarte in den Kartenleser und ließ die Decodierungssoftware darüberlaufen. Die Codestruktur war relativ einfach, für das laufende Jahr wurde die Systematik Tag plus 2 und Monat minus 2 verwendet. Jede der fraglichen Personen konnte prinzipiell den diesjährigen Code dechiffriert haben. Herbert musste sich also mit allen vier Verdächtigen befassen. Mit der Putzfrau, laut Liste eine gewisse Nadine Esch, mit den beiden Künstlern Florian Kannenmacher und Brisko Günther sowie mit Frau Beskows Kollegin Anna Andresen. Viel Arbeit für die nächsten Tage.

Um sich genau über die gestohlenen Bilder zu informieren, besuchte er die Webseite des Polizeipräsidiums Südosthessen, auf der man Beschreibungen von entwendeten Gegenständen finden konnte. Die drei gestohlenen Bilder waren aufgeführt, auch alle polizeilich wichtigen Daten. Danach meldete Herbert sich bei dem von Kamilla Beskow empfohlenen Art Loss Register an. Das ging schnell, und er konnte umgehend auf die Datenbank zugreifen. Um eine Suche durchzuführen, musste er den Titel des jeweiligen Bilds eingeben, eine grobe Beschreibung, den Künstler, das Medium, auf dem oder aus dem das Kunstwerk gearbeitet worden war – das wusste er von Jacky – und den oder die bisherigen Besitzer. Er fand die drei Bilder sofort. Aus den selbst ermittelten Angaben und den zusätzlichen im Art Loss Register enthaltenen Informationen erstellte er eine Faktendatei zu jedem Bild:

»Clownerien«, 80 × 80 Zentimeter, Acrylfarbe auf Papier mit Falttechnik, champagnerfarbenes Passepartout, blauer Metallrahmen. Künstlerin: Claudia Jansen, Offenbach. Eigentümer: Kamilla Beskow, Offenbach. Voriger Eigentümer: Friedrich Günther. Entwendet am 21. März letzten Jahres aus der damaligen Galerie Beskow, Gartenstr. 33, Seligenstadt.

»Nachthelle«, 90 × 120 Zentimeter, Acrylfarbe auf Papier mit Falttechnik, lichtblaues Passepartout, silberner Metallrahmen. Künstlerin: Claudia Jansen, Offenbach. Eigentümer: Claudia Jansen, Offenbach. Vorige Eigentümer: keine. Entwendet am 2. September letzten Jahres aus der Galerie Beskow, Ludwigstr. 180, Offenbach.

»Blumen im Nordwind«, 100 × 140 Zentimeter, Acrylfarbe auf Papier mit Falttechnik, weißes Passepartout, dunkelroter Metallrahmen. Künstlerin: Claudia Jansen, Offenbach. Eigentümer: Claudia Jansen, Offenbach. Vorige Besitzer: keine. Entwendet am 13. Juli dieses Jahres aus der Galerie Beskow, Ludwigstr. 180, Offenbach.

Das Interessanteste war der Vorbesitzer der »Clownerien«: Friedrich Günther. Oder Brisko Günther? Herbert Falke suchte im Internet nach dem Namen Brisko und stellte fest, dass Brisko eine slawische Kurzform von Friedrich war. Also doch. Herbert war zu müde, um darüber nachzudenken, was dies bedeuten könnte. Draußen hatte inzwischen die Dämmerung eingesetzt. Er öffnete das Fenster, kühle Luft strömte herein, es hatte leicht zu regnen begonnen. Kopfschmerzen hatten heimlich von seinem rechten Stirnbereich Besitz ergriffen. Er stellte sich in den Flur und schwang die ausgestreckten Arme auf und ab, schön gleichmäßig, so als wollte er fliegen. Zehnmal, dann die Hände nach vorn zusammenbringen, Pause, dasselbe erneut mit den Händen nach hinten, dann nach links und nach rechts. Drei Minuten Pause. Und das Ganze noch einmal. Hoffentlich brachte es die erhoffte Linderung. Er legte sich schlafen.

*

»Ich fasse es nicht, dieser Duc ist hier, dieser ätzende Typ, der soll sich verpissen!« Franziska musste sich zusammennehmen, um nicht laut loszubrüllen. Wobei das niemand gehört hätte, denn Jackys dreieckiges Refugium war äußerst schalldicht. »Der ist bestimmt nur wegen mir hier, weiß nicht, wie er das gedreht hat.«

»Ich habe mit Mia-Sophies Schwester gesprochen«, sagte Jacky. »Er hat in der zehn eine Ehrenrunde gedreht, deswegen ist er jetzt wieder dabei.«

»Dem Honk würde ich zutrauen, dass er absichtlich sitzengeblieben ist.«

»Na, na …«

»Du weißt doch, wie blöd der mich angemacht hat.«

»Ja, ich weiß. Hat er dich denn irgendwann mal … angefasst?«

Franziska sah ihre Freundin empört an. »Na, das wäre ja noch schöner!«

»Okay, pass auf, in der Schule bleibe ich bei dir, wenn er ankommt, sag ihm ganz deutlich, dass du nicht mit ihm sprechen willst. Falls es brenzlig wird, du weißt ja …« Sie ließ ihre Handkante mehrmals durch die Luft sausen.

»Danke«, murmelte Franziska und ließ sich auf eine der Matratzen fallen. Trotz des Hilfsangebots ihrer Freundin fühlte sie sich miserabel. Ausspioniert. Ausgeliefert.

»Nimm's nicht so schwer«, sagte Jacky. »Duc hat sich wirklich derbe danebenbenommen, ist auch sonst voll der Nullchecker, dazu noch diese langen Fetthaare, aber ich denke nicht, dass er dich antatschen wird.«

Franziska schüttelte verzweifelt den Kopf. »Ich weiß nicht …«

Jacky legte ihr die Hand auf die Schulter. »Was ist los, Franzi? Du hast doch was. Noch was anderes …«

Franziska nickte. Sie war 17 Jahre alt, doch wie sie auf der alten Matratze saß, dort, wo sie schon mit sieben Jahren gekauert hatte, hätte sie am liebsten losgeheult, so wie damals. Sie lehnte sich an die Wand, schloss die Augen und atmete tief durch. Dann, langsam, Stück für Stück, mit Pausen, die Jacky endlos erscheinen mussten, erzählte sie von dem Physikbuch. Und von Ronja Räubertochter.

»Puh!«, sagte Jacky. Dann schwieg sie eine ganze Weile. »Meinst du, jemand ist in eurer Wohnung gewesen?«

Franziska sah sie an. »Sieht fast so aus. Was soll ich denn jetzt machen?«

»Weiß dein Vater davon?«

»Nein, beim Physikbuch dachte ich, es könnte ein Versehen von mir gewesen sein. Und das Ronja-Buch war ja am nächsten Mittag, als ich mit ihm sprechen wollte, wieder weg. Wie soll ich da etwas beweisen? Er hält mich doch für blöd!«

»Nein, Franzi, das glaube ich nicht, dein Vater war immer cool, wenn du ein Problem hattest. Du musst mit ihm reden, ihm alles erzählen. Er wird sicher nicht behaupten, dass du fantasierst. Bestimmt nicht.«

Franziska nickte.

»Glaubst du denn, dass Duc die Bücher verstellt hat?«, fragte Jacky.

»Ich weiß nicht, zutrauen würde ich es ihm, nur so, um mich zu ärgern. Aber es wurde ja nicht eingebrochen und ... woher soll der einen Wohnungsschlüssel haben?«

»Habt ihr in letzter Zeit mal ein Schlüssel verloren?«

»Nein.«

»Kann Duc den irgendwann kopiert haben? War er überhaupt mal in eurer Wohnung?«

»Nein. Noch nie.«

»Hmm, komische Sache.«

Beide saßen nebeneinander auf den Matratzen, versunken in ihre eigenen Gedanken.

»Jacky, meinst du, ich kann Alex einen Brief schreiben? Nach Tunis?«

Ihre Freundin sah sie überrascht an. »Hast du denn die Adresse?«

»Ja, sein Onkel hat sie mir gegeben. Er hat die Wohnung von Alex' Eltern in der Flutstraße übernommen.«

Jacky überlegte einen Moment. »Du ... vermisst ihn, oder?«

Zum Glück war das Licht in Jackys Dreiecksraum so schummrig, dass Franziska rot werden konnte, ohne dass es auffiel. »Na ja ... schon«, sagte sie.

»Und das fällt dir ausgerechnet jetzt ein, wo wir über Duc sprechen?«

»Ja, wieso? Was meinst du damit?«

»Ach nichts, hat mich nur gewundert. Ja, ich denke, du solltest ihm einen Brief schreiben. Er wird sich bestimmt freuen.«

Franziska nickte erleichtert und legte das Kinn auf die Knie.

»Weißt du was, Franzi, ich könnte mal meinen Vater fragen, was man gegen so einen … Bücherversteller unternehmen kann, nur so, ohne bestimmten Anlass und ohne deinen Namen zu nennen. Okay?«

Franziska hob unschlüssig die Schultern. »Wenn du meinst …«

Als sie in der Dämmerung nach Hause ging, begann es leicht zu regnen. Sie setzte ihre Kapuze auf, überquerte den Taunusring und stand nach wenigen Minuten vor ihrem Haus. Auf der anderen Straßenseite, im Eingang der Schuberts, entdeckte sie einen glühenden Punkt, so als würde jemand versteckt im Dunkel rauchen. Sie war aber ziemlich sicher, dass bei den Schuberts niemand rauchte.

An diesem Abend schloss sie nicht nur die Wohnungstür zweimal ab, sondern auch ihre Zimmertür.

FREITAG, 17. JULI

Nadine Esch arbeitete als Putzfrau, jeden Morgen von 5 bis 10 Uhr und jeden Abend von 18 bis 21 Uhr. Und das täglich, außer sonntags. Sie war als Alleinerziehende für zwei Kinder verantwortlich. Trotzdem war sie sofort bereit, sich Zeit für ein Gespräch mit Herbert zu nehmen, ab 11 Uhr bei ihr zu Hause in Offenbach-Bürgel. Herbert gefiel ihre fröhliche, unkomplizierte Art.

Der Blick zum Himmel versprach einen weiteren schönen Sommertag. Er beschloss, auf dem Weg nach Bürgel am Schultheisweiher, dem Offenbacher Badesee, Station zu machen. Er stellte seinen Motorroller neben dem dortigen Kiosk ab, holte sich eine Apfelsaftschorle und setzte sich auf eine Bank mit Blick auf den See, um über den Fall nachzudenken. Warum hatte Friedrich »Brisko« Günther die »Clownerien« von Claudia Jansen gekauft? Wie gut kannten sich die beiden damals? Genau genommen muss er das Bild ja gar nicht gekauft haben, Frau Jansen konnte es ihm auch *geschenkt* haben. Und danach verkauft er es an die Galeristin? Unwahrscheinlich. Das musste geklärt werden. Er döste eine halbe Stunde in der Sonne. Dann wurde es Zeit für den Besuch bei Nadine Esch.

Sie wohnte in einem Mietshaus aus den Siebzigern. »Ei gude, Herr Falke, komme Se rein. Mei Kinner sinn noch in de Schul.«

Herbert betrat den schmalen Flur der Dreizimmerwohnung. Sie führte ihn ins Wohnzimmer, in dem ihr Bügelbrett und ein riesiger Korb Wäsche standen. Er hatte sich am Telefon bereits als Privatermittler vorgestellt.

»Was wolle Se denn wisse?«

»Frau Esch, wann genau haben Sie am 13. Juli bei Frau Beskow in der Galerie gearbeitet?«

»Was für'n Wochedach war des denn?«

»Ein Montag.«

»Mondachs, da abbeit isch immer von 18 bis 21 Uhr in de Galerie.«

»Ja, gut, ich meine, sind Sie sicher, dass das auch an diesem Montag so war? Könnten Sie vielleicht in Ihrem Kalender nachsehen?«

»Isch brauch kaan Kalenner.«

»Ach so …«, meinte Herbert. Er zögerte. »Also gut, ist Ihnen an diesem Tag etwas aufgefallen? Irgendetwas Ungewöhnliches?«

»Naa, alles normal. Die Fenster warn all zu, die Alarmanlach eingeschald, nix Besonneres.«

»Und am Dienstag?«

»Am Diensdach, da awweit isch kurz im Atelier, nur von 18 bis 19 Uhr, immer abwechselnd, verstehn Se, und …« Sie stockte.

»Und?«

»Na ja, uffm Bode im Dachatelier, hinne unner som klaane Tisch, da lach 'n zusammegeknüllde Zeddel. Normal sieht mer so was net, nur wenn mer drunnerguggt, beim Staubsauche.«

»Aha, stand etwas drauf?«

»Ja, abber des war so undeutlisch geschriwwe.«

»Sie konnten also nichts entziffern?«

»Nein, konnt isch net.«

»Haben Sie den Zettel noch?«

»Nein, den habbisch in de Müll geschmisse, wusst ja net, dass der wischtisch is.«

»Hmm, schade. Als sie am Montag die Galerie verließen, war da sonst noch jemand anwesend, Frau Beskow oder Frau Andresen?«

Sie schüttelte den Kopf. »Die warn all schon fort.«

Er dachte an die Abmessungen der Bilder. »Besitzen Sie eigentlich ein Auto?« Sekunden später fielen ihm die Vermögensverhältnisse von Nadine Esch ein. Blöde Frage.

Sie schüttelte den Kopf. »Wisse Se, isch mach alles mit'm Fahrrad, des klappt wunderbar!«

»Gut, Frau Esch, falls Ihnen noch etwas einfällt, wäre ich dankbar, wenn Sie mich anrufen.« Damit gab er ihr seine Visitenkarte.

»Ja, des mach isch gern.« Sie sah lächelnd auf die Karte. Doch sie hielt sie so, dass die Schrift auf dem Kopf stand. »Herr Falke, gell?«

»Ja, genau, Frau Esch!«

»Viel Erfolsch noch bei Ihrne Suche nach dene Gemälde.«

»Oh, danke!

»Se schaffe des schon. Mit Ihrm karierde Saggo sehn Se jetz schon aus wie de Sherlock Holmes!« Sie lachte dabei, so herzlich und von innen heraus, dass Herbert mitlachen musste, ob er wollte oder nicht.

Er verabschiedete sich. Eine alleinerziehende Frau, die weder lesen noch schreiben konnte, brachte ihre Kinder und sich selbst mit Putzjobs durch. Respekt. Sie selbst kam für den Diebstahl der Bilder in Eigenregie nicht mehr infrage. Es wäre natürlich möglich, dass jemand Frau Esch beauftragt hatte, die Bilder zu stehlen, eine Bildbeschreibung hätte genügt und die Gelegenheit hatte sie auch.

Doch für Herbert Falke war nach diesem Gespräch klar: Nadine Esch war aus dem Kreis der Verdächtigen ausgeschieden.

Kaum hatte er das Mietshaus in Bürgel verlassen, klingelte sein Mobiltelefon.

»Hier Kamilla Beskow. Herr Falke, es ist etwas Seltsames passiert. Ich weiß nicht, ob das für Sie wichtig ist, aber ich wollte es Ihnen auf jeden Fall mitteilen.«

»Ja, Frau Beskow, das ist gut. Um was geht es denn?«

»Die Nachricht von den gestohlenen Bildern hat den Marktwert von Frau Jansens Werken erhöht. Ich habe gestern Nachmittag drei neue Aufträge bekommen.«

»Ach, wie schön, gratuliere!«

»Ja, danke. Das Problem ist nur, Frau Jansen will die Aufträge nicht ausführen.«

»Was?«

»Sie erfindet alle möglichen Ausreden, um nicht zu malen. Das kenne ich überhaupt nicht von ihr. Gestern behauptete sie, gerade keine kreative Phase zu haben. Eine Stunde später meinte sie, die Bilder würden sowieso gestohlen, also warum sollte sie dann überhaupt noch welche malen. Heute früh sagte sie, das spezielle Papier, auf dem sie malt, sei nicht lieferbar.«

»Und Sie haben keine Idee was dahintersteckt?«

»Nein, absolut nicht. Wenn Frau Jansen ein ängstlicher Typ wäre, dann könnte ich das zweite Argument ja noch verstehen. Aber sie ist alles andere als das. Ihr Wahlspruch war immer: *Un peintre, qui craint les détracteurs, n'est point digne d'art.*«

»Ein Maler, der die Kritiker fürchtet, ist der Kunst nicht würdig.«

»Genau. Woher können Sie so gut Französisch?«

»Ich war in meiner Jugendzeit mehrmals in Frankreich. Vielen Dank, Frau Beskow, ich weiß zwar noch nicht, was ich davon halten soll, aber ich denke drüber nach.«

Auf seinem Handydisplay sah er, dass Gianni während des Gesprächs mit Kamilla Beskow angerufen hatte. Er hörte dessen Nachricht auf der Mailbox ab: »Bon di, Herbie. Pass auf, heute findet noch mal eine Pressekonferenz wegen des Jansen-Beskow-Falls statt, wie immer, 15 Uhr. Muss was Wichtiges sein, diesmal habe ich keinen Informationsvorsprung, Eva muss etwas vorsichtig sein. Du solltest kommen, bis später!«

Einige Puzzlestücke lagen schon auf dem Tisch. Bisher passte allerdings keines ins andere. Und die fehlenden Teile konnte er nicht einfach aus dem Spielekarton nehmen, sondern musste sie Stück für Stück suchen. Als Nächstes war Anna Andresen an der Reihe.

*

An diesem Freitag fiel die erste Doppelstunde aus, weil der Geschichtslehrer erkrankt war. Nach dem Frühstück, als ihr Vater bereits die Wohnung verlassen hatte, prüfte Franziska, ob der Kellerschlüssel dort lag, wo er liegen sollte. Ja, in der rechten Schublade des Flurschranks, da fand sie ihn. Sie stieg hinab in den Keller. Das Schloss an dem zu ihrer Wohnung gehörigen Verschlag war unbeschädigt. Nun ja, wenn der Unbekannte tatsächlich in die Wohnung kam, konnte er auch den Schlüssel gefunden und später zurück in die Schublade gelegt haben. Sie sah den Karton sofort. Ein typischer Umzugskarton mit dem Aufdruck einer Speditionsfirma. Quer über die Frontseite war mit blauem Filzstift »Kinderbücher Franzi« geschrieben. Die Handschrift ihres Vaters. Der Karton stand auf einem anderen, gut zugänglich. Sie konnte sich nicht daran erinnern, ob er dort schon zuvor gestanden hatte. Ronja Räubertochter steckte zwischen der Kleinen Raupe Nimmersatt und den Kindern von Bullerbü. Sie meinte zu erkennen, dass Ronja Räubertochter weniger staubbehaftet war als die anderen Bücher, aber wie sollte sie das wirklich erkennen, hier unten, im Dunkel des Kellers? Und was würde es bringen, wenn sie den Karton nach oben schleppte, um das herauszubekommen? Sie verriegelte das Vorhängeschloss des Kellerverschlags.

Als Franziska gegen 10 Uhr das Haus verlassen wollte, bemerkte sie etwas Helles im Briefkasten. Neugierig geworden lief sie nochmals hoch in die Wohnung, um den Briefkastenschlüssel zu holen. Auf dem weißen Umschlag prangten zwei Briefmarken. Der Brief war an Franziska Falke adressiert. Sie riss den Umschlag auf.

Liebe Franziska,

Du kennst mich wahrscheinlich nicht, das kann ich verstehen. Aber ich kenne Dich. Es tut mir leid, dass ich Dich damals verlassen musste. Irgendwann werde ich Dir das erklären. Ich denke oft an Dich.

K.

Sie ließ sich auf die Treppe fallen. Ihr war so schlecht, dass sie befürchtete, sich an Ort und Stelle übergeben zu müssen. Was dachte sich ihre verdammte Erzeugerin dabei? Schlagartig wurde ihr klar, dass sie in den letzten Tagen von seltsamen Ereignissen getrieben wurde. Bevor sie die Kontrolle über ihr eigenes Leben verlor, war es Zeit, sich ein paar strukturierte Gedanken zu machen. Und möglicherweise etwas zu unternehmen. Der aktuelle Zustand ihres Magens brachte sie auf eine Idee. Sie schrieb eine SMS an Jacky: »Kann heute nicht kommen, bin voll am Göbeln. Wohl was Schlechtes gegessen.« Dann zwang sie sich, langsam die Treppe hinaufzugehen, die Wohnungstür aufzuschließen, hineinzugehen, die Tür zu schließen und den Schlüssel von innen zweimal herumzudrehen. Zur Sicherheit stellte sie einen Stuhl unter die Türklinke. Als Kind gab es bei Magenproblemen immer Cola und Salzstangen. Warum sollte das nicht auch heute helfen? Es half. Nach einer halben Stunde fühlte sie sich besser. Sie versuchte, analytisch zu denken, so wie sie es von Opa Herbert gelernt hatte. Was waren die Fakten? Erstens: Jemand war in die Wohnung eingedrungen. Davon war sie inzwischen überzeugt. Das musste immer dann passiert sein, wenn sie in der Schule war und ihr Vater arbeitete. Zum Glück nicht nachts. Sie war sich sicher, dass sie das hören würde, denn sie hatte einen leichten Schlaf. Zum ersten Mal freute sie sich darüber. Zweitens: Dieser Jemand hatte einen Wohnungsschlüssel. Woher? Das galt es zu klären. Drittens: Ihre Erzeugerin hatte ihr einen Brief geschrieben. Sie las die Zeilen nochmals. Rein sachlich betrachtet, alle Emotionen beiseitegelassen, waren sie nichtssagend. Unsinnig. Diese Frau hatte noch nicht einmal den Mut besessen, ihren Namen auszuschreiben. »K.« statt »Karin«. Saublöd. Oder war der Brief gar nicht von ihrer Erzeugerin? »K.« konnte auch für einen anderen Namen stehen. Karola, Klara, Katja, Kerstin und so weiter und so fort. Zu viele Unbekannte in der Gleichung. Aber wer sonst als *sie* sollte ihr solch einen Brief schreiben? »Du kennst mich wahrscheinlich nicht …« Da hätte sie eher ein »Du kennst mich wahrscheinlich nicht *mehr*« erwartet. Doch was spielte ihre eigene Erwartung schon für eine Rolle? Der Brief selbst war maschinell geschrieben. Nicht so die Adresse auf dem Umschlag. Eine Handschrift, an die sie sich nicht erinnern konnte. Sie rannte in ihr Zimmer und wühlte alles hervor, was unter dem Bett lag. Da war er, ein hellbrauner Karton, fest verklebt. Sie holte eine Schere und zerschnitt das Klebeband. Franziska atmete tief durch. Dann öffnet sie den Karton. Erinnerungen an die Vergangenheit. Kleine Geschenke, Postkarten, ein Stofftier, eine Wintermütze, ein Buch von Ken Follett, der Zettel, den ihre Erzeugerin am Tag des Verschwindens zurückgelassen hatte. »Seid mir bitte nicht böse, ich muss los!« Mehr hatte Karin Falke nicht hinterlassen. Franziska verglich die Schrift mit derjenigen auf dem Briefumschlag von heute. Sie war unsicher. Schließlich war sie keine Handschriftenexpertin. Aber sie wusste, wer das klären konnte. Gegen alle Widerstände. Schließlich war sie erwachsen. Fast, jedenfalls.

*

Als Herbert Falke zum zweiten Mal in dieser Woche den Pressesaal des Polizeipräsidiums Südosthessen betrat, erlebte er eine faustdicke Überraschung. Neben Katja Klee, heute im dunkelblauen Hosenanzug, und Polizeirat Dorbart, wie immer in gestärkter Uniform, saß Kriminalhauptkommissarin Nina Heckmanns. Er grüßte sie mit einem kurzen Lächeln. Sie winkte freundlich zurück. Seit den Vorgängen in den Dietesheimer Steinbrüchen verband sie eine Art professionelle Freundschaft. Sie leitete das K11, zuständig für Verbrechen gegen Leib und Leben. Was hatte das mit den gestohlenen Bildern zu tun? Gianni setzte sich neben ihn. Auch er kannte Nina Heckmanns. Bevor sie die Gelegenheit hatten, ihre Gedanken auszutauschen, eröffnete Katja Klee die Veranstaltung.

»Meine Damen und Herren, wir haben diese Pressekonferenz auf ausdrücklichen Wunsch von Frau Claudia Jansen einberufen. Sie – und natürlich auch wir – erhoffen uns von der Öffentlichkeit Hilfe bei der Lösung dieses Falls. Frau Jansen wollte eigentlich selbst hier sein, was aber wegen einer Knöchelverletzung nicht möglich ist. Nun zum Fall: Frau Jansen wird von einem Stalker belästigt. Da wir diese ›Nachstellung‹, wie es im Amtsdeutsch heißt, sehr ernst nehmen, hat der Polizeipräsident entschieden, den Fall an das K11 zu geben. Frau Kriminalhauptkommissarin Heckmanns wird Sie weiter unterrichten.«

»Vielen Dank, Frau Klee. Als ›Nachstellung‹ im Sinne des Paragrafen 238 StGB wird das beabsichtigte und wiederholte Verfolgen und Belästigen eines Menschen bezeichnet, und zwar in einer solchen Art und Weise, dass die Sicherheit dieses Menschen bedroht ist und er in seinem Lebensablauf deutlich beeinträchtigt wird. Dies ist bei Frau Jansen der Fall. Der Täter hat Frau Jansen mehrmals vor dem Haus aufgelauert, auch abends im Dunkeln. Er schickt ihr ständig SMS-Nachrichten, heute Vormittag waren es zehn Stück. In zwei Fällen hat er unerwünschte Geschenke vor dem Haus abgestellt. Letzte Woche ist er mehrfach in das Haus der Familie Jansen eingedrungen, zum Glück immer vormittags, wenn niemand zu Hause war. Seine Angewohnheit ist es dabei, Bücher zu verstellen und Nachrichten in Form von kleinen Zetteln zu hinterlassen. Details dazu möchte ich aus ermittlungstechnischen Gründen nicht nennen. Frau Jansen hat seitdem Angstzustände und Schlafstörungen. Besonders ihre Kreativität ist beeinträchtigt, sie kann seit einigen Tagen nicht mehr malen. Kriminalhauptkommissar Olschewski vom K13 und wir vom K11 arbeiten in diesem Fall eng zusammen. Wir sind der Ansicht, dass der Bilderdieb und der Nachsteller ein und derselbe Täter ist. Wir erhoffen uns Hinweise aus der Bevölkerung. Falls jemand eine Person gesehen hat, die sich vormittags im oberen Buchrainweg auffällig benommen hat oder sich abends in dunkler Kleidung in Hauseingängen versteckt, so sollte er dies umgehend an das 2. Revier in der Berliner Straße melden. So weit meine Informationen zu diesem Fall.«

Sofort gingen mehrere Hände hoch. »Wie kommen Sie zu der Annahme, dass der Stalker auch die Bilder gestohlen hat? Können Sie das bitte erläutern?«

»Nun ja, ich kann mit Rücksicht auf unsere Ermittlungen nur einen Teil davon näher ausführen. Es gibt verschiedene Arten von Stalkern. Hier handelt es sich um den beziehungssuchenden Typ. Er schätzt die Beziehungsbereitschaft des Opfers völlig falsch ein, will dem Opfer nah sein und bewundert es. Beim Eindringen in das Haus der Familie Jansen wurden zwei sehr persönliche Gegenstände von Frau Jansen entwendet, auch die drei gestohlenen Bilder haben zum Teil eine persönliche Geschichte.«

»Welche persönlichen Gegenstände wurden denn entwendet?«

Nina Heckmanns schüttelte den Kopf. »Das geht nicht an die Öffentlichkeit. Der Täter könnte dies sonst als positive Bewertung seiner Tat ansehen und zur Wiederholung neigen. Ich darf Sie bei dieser Gelegenheit dringend bitten, keine Spekulationen anzustellen. Das ist eine Frage des verantwortungsvollen Journalismus.«

»Glauben Sie, dass es sich um einen Mann handelt, der Frau Jansen nachstellt?«

»Ja, da sind wir sicher«, antwortete Nina Heckmanns. »Es gibt eindeutige Hinweise, jedoch müssen wir auch diese vertraulich behandeln.«

»Die vom Stalker hinterlassenen Zettel sind doch sicher kriminaltechnisch untersucht worden?«

»Ja, natürlich. Leider ohne verwertbare Ergebnisse. Die Zettel sind Computerausdrucke, alles Standard. Und der Täter hat keine Fingerabdrücke hinterlassen.«

Der Rest der Pressekonferenz bestand aus belanglosen Fragen und flachem Geplänkel. Gianni und Herbert schlichen sich hinaus.

»Muss sofort in die Redaktion«, sagte Gianni. »Ein Bier heute Abend? HesseWirtschaft?«

»Geht klar!«, antwortete Herbert. »Wenn's auch 'n Äppelwoi sein darf!«

*

Als Franziska an diesem Abend nach Hause kam, winkte ihr Frau Schubert von der anderen Seite der Straße zu. »Hallo, Franzi!«

Sie winkte zurück, überquerte die Straße und begann mit ihrer Nachbarin ein unverfängliches Gespräch über das Wetter und die Schule. Schuberts Kinder gingen auch auf die Leibnizschule, waren aber deutlich jünger als Franziska. So ganz nebenbei berichtete Franziska von einigen Mitschülern, die jede Pause in der Raucherecke verbrachten. Frau Schuberts Gesichtsausdruck sprach Bände.

»Sie rauchen nicht?«, fragte Franziska.

»Nein, nein, mein Mann hat mit Asthma zu tun, unser ältester Sohn auch. Erbliche Veranlagung.«

»Oh, das tut mir leid!«, sagte Franziska.

Sie verabschiedeten sich und Frau Schubert bedankte sich für das Gespräch. Sie hatte drei Söhne und freute sich jedes Mal, wenn sie mit Franziska plaudern konnte. Vermutlich hätte sie gerne noch eine Tochter gehabt.

Als Franziska die Straße bereits zur Hälfte überquert hatte, zögerte sie, blieb stehen, drehte sich um, ging wieder zurück. Sie meinte, während ihres Gesprächs mit Frau Schubert vor deren Haustür etwas gesehen zu haben, unbewusst, aus dem Augenwinkel heraus. Und tatsächlich, unter einem Busch, direkt neben dem Eingang lag eine nur halb gerauchte Zigarette, schnell weggeworfen, noch nicht einmal ausgetreten. Sie bückte sich. Quer über dem Filter konnte sie etwas lesen: »Gauloises«. Sie überlegte, ob sie den Zigarettenstummel als eine Art Beweis mitnehmen sollte, aber allein bei dem Gedanken, etwas in die Hand zu nehmen, das sehr wahrscheinlich von Ducs Lippen berührt worden war, überkam sie ein Gefühl des Ekels. Sie drehte sich um, rannte über die Straße und ließ die Haustür hinter sich zufallen.

»Papa, ich müsste mal mit dir reden, hast du Zeit?«

»Ja«, sagte Andreas Falke, »ich räume nur noch schnell den Tisch ab.«

Franziska war froh, dass sie noch am selben Abend den Mut gefunden hatte, mit ihm zu reden. Sie holte die Whiskyflasche aus dem Wohnzimmerschrank. *Die* Flasche, die immer nur dann geöffnet wurde, wenn etwas Wichtiges zu besprechen war.

»Oh, so schlimm?«, fragte er.

Sie nickte. Ihr Vater trank üblicherweise nicht viel Alkohol, mal ein Bier oder ein Glas Wein, aber nichts Hochprozentiges. Nur manchmal, in besonderen Stressmomenten, zum Beispiel wenn es um seine verschwundene Frau ging, dann holte er die Whiskyflasche hervor. Franziska nahm zwei Gläser und goss ein.

»Ich glaube, ich werde verfolgt, Papa.«

»Wie bitte?« Er sah sie besorgt an. »*Verfolgt?* Also … was meinst du damit?«

»Irgendjemand steigt mir nach, ich weiß nicht, was er oder sie will, keine Ahnung, aber es fühlt sich … total krass an!«

»Gibt es denn konkrete … Ereignisse, Hinweise?«

»Ja. Die Person hat in meinem Zimmer Bücher verstellt.«

»Wie … in deinem Zimmer? Er war in unserer Wohnung?« Entsetzen lag in seiner Stimme. »Wie ist er hier reingekommen?«

»Es gibt keine Einbruchspuren, er muss einen Schlüssel haben.«

Franziskas Vater nahm einen Schluck Whisky. »Nicht zu fassen. Und du bist ganz sicher?«

»Ja, Papa. Er hat mein Physikbuch verstellt, es stand plötzlich zwischen den Geschichtsbüchern. Da stelle ich es nie hin. Klar, ich kann mich mal vertun. Aber nicht mit Ronja Räubertochter, die eigentlich in einem Karton im Keller liegen sollte.«

»Ach deswegen … Verdammt, bist du ihm begegnet? Warst du in Gefahr?«

Sie schüttelte den Kopf. »Nein, muss immer vormittags gekommen sein, wenn wir beide nicht zu Hause waren.«

»Meine Güte …«, er sah sich um, als erwarte er ungebetenen Besuch.

»Ja, der Gedanke, dass ein Fremder in unserer Wohnung war, ist …«

»Entsetzlich!«, ergänzte er.

»Was denkst du, sollen wir etwas unternehmen? Ich meine, nicht dass ich Panik schieben würde, aber …«

»Franzi, du hast Angst!« Er nahm sie in den Arm. Sie nickte stumm. Eine Weile lag ihr Kopf auf seiner Schulter. »Natürlich unternehmen wir etwas. Ich rufe die Polizei an.« Er klopfte ihr beruhigend auf die Schulter.

»Warte mal bitte, ich muss dir noch etwas erzählen.«

»Noch was? Du weißt, wer es ist?«

»Ja … nein, ich weiß es nicht. Ich vermute es nur.«

»Also, raus damit!«, sagte er.

Dann berichtete sie ihm von der ganzen Geschichte mit Duc Isère im vergangenen Jahr, davon, dass er zurzeit wieder in Offenbach war und dass sie glaubte, ihn vor dem Haus gesehen zu haben.

»Meine Güte, Franzi, warum hast du mir das nicht schon längst erzählt?«

»Ach, Papa, ich bin 17, ich kann auch ein paar Probleme allein lösen. Außerdem habe ich ja noch Jacky.«

»Ja, zum Glück.« Er wirkte etwas beleidigt. Das musste man einem alleinerziehenden Vater wohl zugestehen, dachte Franziska. »Kann es sein, dass dieser Duc in dich verliebt ist?«, fragte ihr Vater.

»Was? Nein, Quatsch!«

»Jungs tun seltsame Dinge, wenn sie in ein Mädchen verknallt sind.«

Franziska leerte ihr Whiskyglas. Sie schüttelte sich. Einige Minuten saßen sie am Wohnzimmertisch und jeder hing seinen eigenen Gedanken nach.

Franziska entschied sich, ihrem Vater noch nichts von

dem Brief zu sagen, er hätte die Abkürzung K. sofort mit Karin in Verbindung gebracht, das wäre zu viel gewesen für einen Abend.

»Papa, ich habe eine Bitte. Das mit der Polizei ist … na ja, schwierig. Die kommen dann schon wieder in die Schule, das hatten wir gerade erst im Mai, und die Franzosen werden auch vernommen, also, wenn es dann *nicht* dieser blöde Duc war, dann steh ich ziemlich blamiert da, weißt du …«

»Hmm. Hast du eine andere Idee?«

»Ja. Wir fragen einen erfahrenen Privatermittler um Rat.«

»Nein, auf keinen Fall!«

Franziska sprang auf. »Pass auf, Papa, ich bin zwar noch keine 18, aber nicht mehr weit entfernt. Ich kann selbst entscheiden, was ich tue. Und das ewige Problem mit deinem eigenen Vater kannst du endlich mal überwinden.«

»Das geht dich gar nichts an!«

»Doch, das geht mich etwas an, ich bin nämlich der Streitpunkt, falls du das vergessen hast! Wenn du Gefahr laufen willst, deine Tochter lächerlich zu machen, dann ruf eben die Polizei an. Vielleicht ist ja Herr Kriminaloberkommissar Bennert dran, mit dem wirst du deine Freude haben. Und jetzt gehe ich zu meinem Großvater. Daran kannst du mich nicht hindern.« Während sie den letzten Satz aussprach, war sie schon auf dem Weg zur Wohnungstür.

»Franzi!«

Sie sah im Augenwinkel, wie er hochschoss und hörte, wie sein Stuhl umfiel. Dann schlug sie wütend die Tür hinter sich zu und rannte die Treppe hinunter. Sie verzichtete darauf, das Fahrrad aus dem Keller zu holen, rannte stattdessen auf die Straße, um die Ecke in die Geishornstraße und versteckte sich im Shop der Tankstelle. Nur für den Fall, dass ihr Vater ihr doch folgen würde. Aber er tauchte nicht auf. Um ihre Anwesenheit in der Tankstelle zu rechtfertigen, kaufte sie sich ein Eis und marschierte damit in Richtung Brinkstraße. Mit sich zufrieden, aber irgendwie doch wieder nicht. Hoffentlich war ihr Großvater zu Hause.

*

René Isère, den sie Duc nannten, hatte aufgehört, vor Franziskas Haus zu stehen und sie sehnsuchtsvoll zu beobachten. Sie hätte ihn gestern Abend fast entdeckt, als er im Hauseingang der Schuberts gestanden hatte. Er hatte angenommen, sie sei in der Wohnung, doch dann war sie plötzlich die Straße entlanggekommen, aus Richtung der Bäckerei. Sofort hatte er seine Zigarette weggeworfen und sich bewegungslos in den Hauseingang gedrückt. Sie hatte einen Moment gezögert, in seine Richtung geblickt, dann war sie ins Haus gegangen. Zum Glück war keiner der Schuberts in diesem Moment aus dem Haus gekommen. *Quel bonheur!*

Doch er konnte nicht aufgeben. Dazu war ihm Franziska zu wichtig. Und er wollte einiges mit ihr klären, was die Vergangenheit betraf. Dazu musste er sie persönlich sprechen. In der Schule war sie ständig in Begleitung ihrer Freundin. Irgendwie flößte ihm diese Jacky Respekt ein, auch wenn er das nie zugeben würde. Vor einem Mädchen zurückzuweichen, *inacceptable,* das ging gar nicht.

Also hatte er einen Plan gemacht. Er wollte ein paar von Franziskas Freundinnen – zum Beispiel Mia-Sophie –

nach ihrem Kursplan fragen und dann die Belegungspläne am schwarzen Brett genau studieren, sodass er einen Zeitpunkt fand, an dem Franziska eine Freistunde und Jacky eine Kursbelegung hatte. Dann konnte er versuchen, mit Franziska Kontakt aufzunehmen. Am besten in der Cafeteria. In der Öffentlichkeit würde sie kein Theater machen. *Une bonne idée!*

*

Franziska fror. Der Abend war kühl geworden, und sie hatte in der Eile keinen Pullover mitgenommen. Die Vespa stand vor Opa Herberts Haus in der Brinkstraße, aber er war nicht zu Hause. Franziska wählte seine Handynummer. »Bitte hinterlassen Sie eine Nachricht!« Sie wollte aber keine Nachricht hinterlassen, sie wollte mit ihm sprechen. Der Dönergrill hatte schon geschlossen, in die Pizzeria Tevere traute er sich wahrscheinlich nicht, zu nah am Buchrainweg. Blieb also nur die HesseWirtschaft.

Sie sah ihn sofort, an seinem Lieblingstisch, hinten links. Dass Gianni bei ihm war, gefiel ihr nicht sonderlich, am liebsten hätte sie ihren Großvater allein gesprochen. Sie zögerte, blieb mitten im Lokal stehen. Dann erkannte sie, dass auch Eva mit am Tisch saß. Franzi lächelte. Lange Zeit hatte sie ihre mütterliche – es fiel ihr fast schwer dieses Wort nur zu denken! – Freundin nicht gesehen. Da ihr Vater Gianni ebenfalls ein Kontaktverbot auferlegt hatte, war dieses fast automatisch mit auf Eva übergegangen. Eine Art zwischenmenschliche Kettenreaktion. Eva bemerkte Franziska zuerst. Sie sprang auf, kam auf sie zu und umarmte sie. Für die anderen Gäste musste das lustig aussehen. Eine ältere, rundliche Dame im Schlabberlook herzte eine junge, schlanke Frau, die einen ganzen Kopf größer war als sie. Franzi begrüßte Gianni, dann umarmte sie Opa Herbert. Er strahlte. Sie setzte sich neben ihn. »Weiß Andreas, dass du hier bist?«, fragte er.

»Ja, er weiß, dass ich bei dir bin. Er fand das zwar nicht gut, aber das ist mir egal.«

Eva warf ihr einen aufmunternden Blick zu. Anita kam vorbei und fragte, was Franziska trinken wolle. Sie bestellte eine Cola.

Opa Herbert sah sie besorgt über den Brillenrand an. »Was ist denn los?«

»Habt ihr etwas Zeit?«, fragte Franziska. Alle drei nickten und rückten enger zusammen. Dann berichtete Franziska alles, was sie zuvor bereits ihrem Vater erzählt hatte. Physikbuch, Ronja Räubertochter, unbeschädigte Wohnungstür, Duc Isère – nur den Brief von K. verschwieg sie. Als sie geendet hatte, bemerkte sie einen merkwürdigen Ausdruck auf den Gesichtern von Opa Herbert und Gianni. Sie sahen sich an, wandten sich wieder Franziska zu, flüsterten kurz miteinander.

»Was ist denn los?«, fragte Franziska.

Ihr Großvater atmete tief ein und sagte: »Also, erst einmal, ich bin entsetzt, dass jemand euren Wohnungsschlüssel hat, ihr müsst morgen sofort ein neues Schloss einbauen lassen!«

Franziska nickte. »Und weiter?« Sie merkte, dass da noch etwas anderes war.

»Pass auf, heute Nachmittag waren Gianni und ich bei einer Pressekonferenz des Polizeipräsidiums. Dort wurde bekannt gegeben, dass Frau Jansen von einem Stalker verfolgt wird.«

»Wie bitte?«

»Ja, er hat ihr Nachrichten geschickt, Geschenke vor die Tür gestellt und …«, Herbert machte eine kurze Pause, »er war im Haus und hat dort Bücher verstellt.«

»Was? Bücher verstellt?« Franziska war entsetzt. Gleichzeitig verwirrt.

»Frau Jansen ist so verunsichert, dass sie seitdem nicht mehr malen kann«, ergänzte Opa Herbert.

»Hast du jemandem von diesen Vorgängen erzählt?«, fragte Gianni. »Abgesehen von Andreas.«

»Nein, natürlich nicht, außer …« Sie stockte. »Doch, Jacky.«

»Jaqueline Jansen?«, fragte Eva.

Franziska nickte.

»Na ja, das kann Zufall sein«, sagte Opa Herbert.

Franziska fuhr sich mit der Hand durchs Haar. »Komischer Zufall.«

»Der Jansen-Stalker soll auch die drei Bilder gestohlen haben«, sagte Gianni.

»Aha.« Jetzt verstand sie gar nichts mehr. Der ganze Tag war ihr zu viel geworden. Sie sehnte sich nach ihrem Zimmer, nach ihrem Bett und schöner Musik.

»Ich gehe mal zur Toilette«, sagte ihr Großvater.

Das war ein Zeichen. Franziska wartete kurz, stand auf und meinte, sie müsse auch mal. Im Vorraum der Toilette wartete sie auf Opa Herbert. Als er herauskam, umarmten sie sich erneut. Das Familienproblem war noch nicht geklärt, aber sie hatten sich wieder.

»Franzi, wir müssen das gemeinsam mit Andreas klären, zu dritt.«

Franziska nickte energisch. »Ja, wir sollten nur einen günstigen Augenblick abpassen.« In diesem Moment wusste sie nicht, wie nah dieser Augenblick war. »Opa, ich wollte dir noch etwas anderes erzählen. Das weiß Papa bis jetzt nicht.« Dann berichtete sie von dem Brief, davon, dass sie meinte, er käme von ihrer Erzeugerin, dass sie sich aber nicht sicher war.

»Du liebe Zeit, was für ein Tag!«, sagte Opa Herbert.

»Ja, ein heftiger Tag. Und ich habe das Gefühl, er ist noch längst nicht zu Ende.« Damit übergab sie ihm zwei Umschläge. »Das ist der besagte Brief, und hier … Eine Schriftprobe von ihr.«

Ihr Großvater sah sich den Umschlag an, mit dem das Schreiben von K. gekommen war. »Der Brief ist im Postverteilerzentrum 10 abgestempelt. Wo ist das?«

»Berlin Zentrum. Das habe ich nachgesehen. Fragt sich nur, ob uns das weiterhilft.«

»Mal sehen«, antwortete er und sah in den zweiten Umschlag. »Ist das etwa … der bewusste Zettel von Karin?«

Franziska nickte.

»Ich, also … Ich hab ihn noch nie gesehen, immer nur davon gehört.«

Ihr Opa schien sehr beeindruckt zu sein.

Er räusperte sich. »Gut, ich habe eine Software, die kann Handschriftenvergleiche durchführen.«

»Cool!«

»Und du willst Andreas diesen Brief wirklich nicht zeigen?«

»Nein, Opa, vorläufig nicht, er würde abkotzen.«

»Wie bitte?«

»Na ja, das sagt man so …«

»Bitte, Franzi, du weißt, dass ich solche Ausdrücke nicht mag.«

»Na ja, es würde sein Inneres nach außen kehren. Er ist mental mit der Sache noch nicht durch. Ich möchte ihm den Brief erst zeigen, wenn wir definitiv wissen, dass er nicht von seiner Frau stammt.«

»Gut. Einverstanden.«

Franziska war sehr erleichtert, dass ihr Großvater sie ernst nahm. Denn Frau Jansen war so offensiv aufgetreten, mit konkreten Anschuldigungen dem Stalker gegenüber und mit der Schilderung ihrer eigenen Befindlichkeiten, dass Franziska sich in Momenten des Zweifels fragte, ob sie einer mentalen Fata Morgana erlegen war.

Als sie zurück an den Tisch kamen, wartete ihr Vater dort auf sie.

*

Obwohl Kamilla Beskow mit der Galerie nach Offenbach umgezogen war, hatte sie ihre Privatwohnung beibehalten. Seligenstadt war ein netter, gemütlicher Ort mit einer kleinen Altstadt, einem alten Benediktinerkloster und einer lokalen Brauerei – zum Wohnen sehr angenehm. Doch Kamilla Beskow brauchte als kreativer Mensch ein ebenso kreatives Umfeld. Da waren die Voraussetzungen in Offenbach einfach besser. Allein durch die Hochschule für Gestaltung gab es einen Pool an jungen, fantasiebegabten Leuten in der Stadt, der interessante Perspektiven bot. Wenn das Geschäft weiter so gut lief, wollte sie sich eventuell eine Wohnung im neu entstehenden Offenbacher Hafenviertel kaufen, direkt am Main, mit Blick auf die Frankfurter Skyline.

Das alles ging ihr durch den Kopf, als sie beim jährlichen Hoffest der Seligenstädter Brauerei der Livemusik lauschte. Noch saß sie allein an einem der Biertische. Eine Gruppe gut gelaunter Männern hielt den Nebentisch besetzt. Einer der Männer, ein blonder Typ mit kräftigen Schultern und tiefer Stimme, hatte sich schon zweimal nach ihr umgedreht. Die Band hatte gerade einen Rock 'n' Roll beendet, als Kamilla Beskow hinter sich eine Stimme vernahm.

»Hallo, Ludmilla!«

Sie drehte sich um. Brisko Günther stand hinter ihr.

»Ich heiße immer noch Kamilla.«

»Ach was, das ist doch kein Name. So heißt dieser schreckliche Tee, den mir meine Mutter immer gegeben hat, wenn ich kotzen musste!« Er lachte laut.

»Was willst du?«

Er näherte sich ihrem Ohr, was ihr zuwider war. »Du hast der Polizei ja wohl nicht etwa erzählt, dass die ›Clownerien‹ mal mir gehört haben, oder?«

»Der Polizei habe ich es nicht erzählt, aber ich habe das Bild im Art Loss Register eingetragen.«

»Wie? Du hast es im Art Loss Register eingetragen?« Seine Stimme wurde immer lauter. »Mit mir als Vorbesitzer?«

»Natürlich.«

»Bist du verrückt, oder was?«

Kamilla Beskow stand auf. »Pass auf, Brisko, jetzt ist es mein Bild, und was ich damit mache, geht dich gar nichts an!«

»Ich möchte in diese Sache nicht mit reingezogen werden, womöglich interessiert sich das Finanzamt noch dafür.«

»Das ist ja wohl kein Problem für dich. Es sei denn, du hast irgendwelche krummen Dinger gedreht, aber das hast du ja sicher nicht, *oder?*«

»Du verdammte Schlampe …« Er packte sie hart am Arm.

Dem blonden Mann mit den breiten Schultern genügte ein einziger Schlag, um Brisko Günther niederzustrecken. Das krachende Nasenbein erzeugte ein hässliches Geräusch. Kamilla Beskow schrie auf, sofort sammelten sich weitere Gäste um sie, einer zog sein Mobiltelefon aus der Tasche und rief die Polizei, andere kümmerten sich um Brisko Günther, der benommen am Boden lag. Kamilla sah sich um. Der große Blonde mit den breiten Schultern war verschwunden.

*

Herbert stand auf. »Hallo, Andreas, möchtest du dich zu uns setzen?« Ein kurzer Moment des Schweigens entstand.

»Ja, danke.« Er nahm Platz.

»'n Abend, der Herr. Was darf's denn sein?«, fragte Anita. Herbert war froh, dass sie sofort zur Stelle war.

»Ein kleines Pils, bitte!«

»Geht klar, der Herr, in sieben Minuten bin ich zurück.«

Es herrschte eine fast unerträgliche Stille. Keiner traute sich, das Gespräch zu beginnen. Herbert spürte, dass es in diesem Moment der Wiederannäherung an seinen Sohn zu dominant gewesen wäre, wenn er das Wort ergriffen hätte. So leid es ihm tat, er musste die Gesprächseröffnung Franziska überlassen. Endlich räusperte sie sich. »Also, Papa, ich habe Opa und den andern hier …«, sie machte eine allumfassende Handbewegung, »… schon berichtet, was bei uns passiert ist. Sie sind auch der Meinung, dass wir das Türschloss auswechseln sollen!«

Andreas nickte. Er räusperte sich. »Kennt jemand einen seriösen Schlüsseldienst?«

Eva Lorenz sah auf. »Bei uns im Präsidium gibt es eine Liste mit zuverlässigen Spezialisten für Türschlösser. Ich arbeite zwar morgen nicht, ist ja Samstag, aber ich kann die Liste besorgen.«

Andreas lächelte. »Danke, Eva. Wie schnell kommen die denn?«

»Üblicherweise noch am gleichen Tag. Auch samstags.«

»Ah, gut, aber Franzi und ich müssen morgen Vormittag beide in die Schule, Bundesjugendspiele.«

Herbert verspürte eine zunehmende Wärme in der Stimme seines Sohnes. »Andreas … ich kann gerne in eurer Wohnung auf den Schlüsseldienst warten. Wenn ihr wollt, koche ich später auch etwas zu essen.«

Andreas lachte. Und alle lachten mit. In Herbert Falkes Innerem löste sich ein dicker Knoten.

»Trotzdem würde ich gern wissen, wer einen Schlüssel zu unserer Wohnung hat«, sagte Franziska. »Ich meine zu dem jetzigen Schloss.«

»Dazu hätte ich eine Idee«, sagte Herbert. »Aber ihr müsstet alle helfen!«

Anita kam mit dem Pils für Andreas. Er trank es in einem Zug aus, so als wollte er mit Macht etwas herunterspülen. Dann steckten die fünf Personen an Tisch 26 in der HesseWirtschaft die Köpfe so dicht zusammen, dass ein Beobachter hätte vermuten können, hier sei eine konspirative Sitzung im Gange.

*

Jaqueline Jansen, die meistens Jacky genannt wurde, saß an diesem Abend in ihrem dreiecksförmigen Refugium. Sie hatte die kleine Wandlampe eingeschaltet, die ein kraftloses Licht auf die alten Matratzen warf, und dachte über ihre Mutter nach. Claudia Jansen hatte sich verändert. Üblicherweise achten Kinder nicht so sehr auf Persönlichkeitsänderungen ihrer Eltern, eher ist es umgekehrt, aber erstens hatte Jacky von ihrer Oma eine weitreichende Sensibilität für die Befindlichkeiten anderer Menschen gelehrt bekommen und zweitens merkte sie an Worten und Blicken ihres Vaters, dass auch er sich Sorgen um seine Frau machte. Jacky bemühte sich, die Verhaltensänderung ihrer Mutter an einem Datum festzumachen. Das war nicht einfach. Sie nahm einen Schluck aus ihrer Colaflasche und fischte ein Gummibärchen aus der Tüte. Vielleicht konnte sie sich an eine spezifische Reaktion erinnern, ein ungewöhnliches Wort … Sie setzte sich auf und straffte den Rücken. Ihr Hals fühlte sich trocken an. Noch ein Schluck aus der Flasche.

Sie wusste jetzt, um welchen Tag es ging. Um den Tag, an dem ihre Mutter zum ersten Mal sagte, dass sie nicht mehr malen wolle. Noch nie zuvor hatte sie etwas Ähnliches geäußert. Malen war ihr Traum gewesen. Es ging ihr weniger ums Geld, mehr um die künstlerische Anerkennung, das wusste Jacky. Damals, an dem bewussten Tag, hatten weder Jacky noch ihr Vater diese Bemerkung ernst genommen, hatten an eine kleine Verstimmung gedacht, eine kurze Weiße-Blatt-Phobie, die jeden Künstler und jeden Schriftsteller einmal plagte. Doch rückblickend gesehen war es etwas anderes gewesen, das wurde Jacky nun klar. Claudia Jansen, die aufstrebende Künstlerin, hatte seitdem nur noch kleine Aquarelle gemalt, nichts Besonderes – ihrem eigenen Anspruch zufolge. Seitdem war kein neues Acrylwerk mehr entstanden, keines dieser herrlichen Bilder mit der papiernen Struktur und den flächenhaften Lichteffekten.

Jacky erinnerte sich jetzt genau. Es war der Ostermontag. Es war die Stunde, in der ihre Mutter die ›Blumen im Nordwind‹ vollendete, die Minute ihres letzten Pinselstrichs, die Sekunde, die alles veränderte.

SAMSTAG, 18. JULI

Herbert Falke verließ gegen 6 Uhr seine Wohnung in der Brinkstraße. Die Utensilien für den heutigen Tag verstaute er im Gepäckfach der Vespa: seine Minikamera, den Tablet-Computer und etwas Zubehör. Sicherheitshalber packte er auch seine Werkzeugbox ein. Knatternd hielt er wenige Minuten später vor der Bäckerei Kress.

»Ei gude, Herr Falke, Sie habbisch ja schon lang net mehr gesehen!«, rief ihm die Verkäuferin entgegen.

»Ich werde jetzt wieder häufiger hier sein!«, lachte Herbert.

Kurz danach stand er mit einer großen Brötchentüte vor der Wohnung seines Sohnes. Andreas öffnete schlaftrunken die Tür. Herbert meinte, einen kurzen Schimmer der Überraschung in seinen Augen gesehen zu haben, so als sei er nicht sicher, ob das Treffen am vorigen Abend tatsächlich stattgefunden hatte. Während er in die Küche schlurfte, um Kaffee aufzubrühen, kümmerte sich Herbert um die Technik. Er holte eine Haushaltsleiter und befestigte die kleine Kamera an der Decke im Hausflur. Dort befand sich eine Lampe mit einem schützenden Metallkäfig, der der Minikamera als Deckung diente. Mit zwei Zentimetern im Durchmesser sah dieses Wunder der Technik von unten aus wie ein Tapetenfleck. Die Kamera nahm den gesamten Bereich vor der Wohnungstür auf, selbst wenn ein Besucher sich seitlich anzupirschen versuchte – das kontrollierte Herbert sofort auf seinem Tablet-Computer, der per Bluetooth mit der Kamera verbunden war.

Das Ganze hatte nur wenige Minuten gedauert und niemand war Herbert im Hausflur begegnet. Die meisten schliefen wohl noch. So weit war der erste Teil des Plans aufgegangen. Der zweite Teil sollte am Montag folgen, wenn Andreas und Franziska wieder den normalen Alltagstrott aufnahmen.

Franziska schlief noch. Andreas saß am Küchentisch, Herbert ihm gegenüber, beide eine dampfende Tasse Kaffee vor sich. Draußen war es bereits hell, die Küchenlampe brannte noch, die Morgennachrichten schnurrten aus dem Radio, ohne dass die beiden Männer sie wirklich registrierten. Sie mussten reden. Wahrhaft und offen. Endlich. Und sie schonten sich nicht: Andreas' Kindheitsprobleme in den Siebzigern, seine Schulzeit, als Versäumnis empfundenes Verhalten der Eltern, pubertäre Gefühlsserpentinen bis hin zu Vorwürfen, nicht für einen Bruder oder eine Schwester gesorgt zu haben. Demgegenüber Herberts finanzielle Sorgen in den Achtzigern, deren Hintergründe, die Andreas nahezu fremd waren, Christels Krankheitsphasen, an denen Andreas nach Ansicht seines Vaters nur ungenügend Anteil genommen hatte. Und Karin. Der wichtigste Disput ging um sie. Endlich gab Herbert zu, dass er ein Problem mit ihr hatte. Er benannte dieses Problem nicht, denn das hatte schon einmal zum Zerwürfnis geführt, er beschrieb es aus seinem Gefühl heraus, von einer inneren Abneigung herrührend, für die er sich nicht rechtfertigen konnte und auch nicht wollte. Trotz allem gab er unumwunden zu, dass er es bedauere, Karin nicht mehr bei ihrer Familie zu wissen. Auch die Auswirkungen auf Andreas erkannte er an, noch mehr diejenigen auf Franziska. Die Sorge um Franziska war der verbindende Strang zwischen Vater und Sohn. Andreas schien es zu besänftigen, dass sein Vater zum ersten Mal ausführlich über Karin und die Folgen ihrer Abwesenheit für Franziska sprach. Karin schwebte nicht mehr wie ein Phantom zwischen den beiden, sie stand vor ihnen, wie ein Problem, das angepackt und gelöst werden musste. Endlich hatten die Männer, die es beruflich gewohnt waren, sich in Wort und Satz auszudrücken, ihre gemeinsame Sprache wiedergefunden.

»Guten Morgen!« Franziska stand in der Küchentür, den Bademantel locker über den Schlafanzug geworfen. Herbert lächelte. Franziska sah zwischen den beiden hin und her, nicht sicher, ob sie ihrem Glück trauen konnte. Dann goss sie sich Kaffee ein, fügte Milch hinzu und setzte sich zwischen Vater und Großvater an den Tisch. Herbert bemerkte eine Zufriedenheit auf ihrem Gesicht, die ihm einerseits Hoffnung für Franziskas Zukunft schenkte, anderseits im Innern wehtat, weil Christel diese nicht sehen konnte.

Eine Stunde später hatten Andreas und Franziska ihre Sporttaschen gepackt und verließen gemeinsam die Wohnung.

Da Herbert keine Gelegenheit gehabt hatte, mit Franziska allein zu sprechen, schrieb er ihr eine SMS: »Habe mit Andreas alles besprochen. ALLES!« Eine Antwort erhielt er nicht. Das stufte er inzwischen als normal ein. Franziskas ehemaliger Mitschüler Alex hatte ihm das einmal ausführlich erklärt. Bei der heutigen Generation sei es nicht mehr üblich, jedes Mal zu antworten. Dass die SMS ankäme, sei bei der aktuellen Technik sowieso klar, und wenn es keine konkrete Frage in der Nachricht gebe, sei es ja auch nicht nötig zu antworten. Es war manchmal nicht leicht, mit der Jugend mitzuhalten – weniger aus technischer als aus kultureller Sicht. Und er konnte froh sein, dass Alex ihm das freundlich erklärt hatte, ohne die naturgegebene Überheblichkeit der Jugend. Überhaupt ein guter Junge, dieser Alex, dunkle Locken, gradliniger Charakter. Schade, dass er in seine Heimat Tunesien zurückgekehrt war.

Gegen 10 Uhr rief Eva an und teilte ihm mit, dass sie einen seriösen Schlüsseldienst gefunden habe, der bereit sei, in etwa einer Stunde bei ihm zu sein. Herbert deckte den Tisch ab, räumte das Geschirr in die Spülmaschine und kehrte die Brötchenkrümel zusammen. Noch eine halbe Stunde. Gelangweilt strich er durch die Wohnung. Er kannte jedes Zimmer in- und auswendig, es hatte sich seit Mai nichts verändert. Nur das zur Straße zeigende Wohnzimmerfenster war neu verglast worden. Der Riss, an den er sich fast liebevoll erinnerte, war verschwunden. Herbert öffnete die Tür zu Franziskas Zimmer. Alles sah normal aus. Auch das Bücherregal. Die Physikbücher standen neben den Mathe- und Chemiebüchern, die Geschichtsbücher ein Fach darunter, und »Ronja Räubertochter« war nirgends zu sehen. Dann entdeckte er unter Franziskas Bett einen Schuhkarton, dessen eine Ecke hervorlugte. Er schien fest mit braunem Paketklebeband verschlossen gewesen zu sein, doch es war zerschnitten. Neugierig öffnete Herbert den Karton. Ein tiefer Seufzer entfuhr ihm, als er entdeckte, dass es sich um die persönlichen Erinnerungen Franziskas an ihre Mutter handelte. Sein Gesicht wurde heiß, er schämte sich, wollte den Karton schon wieder schließen, als sein Blick auf eine Fotografie fiel. Sie zeigte Karin und einen Mann mit dunklem, lockigem Haar vor der Freiheitsstatue in New York. Herbert merkte, dass es ihm schwerfiel, sich an Karin zu erinnern. Auf dem Foto trug sie schulterlange, blonde Haare. Den Mann neben ihr kannte er nicht. Dann drehte er das Bild um. »Mit meinem Arbeitskollegen McBrise in New York, viele Grüße Mama!«, stand dort. Wäre es ein normaler Schnappschuss gewesen, hätte Herbert Falke keinen Anlass gehabt, sich weiter damit zu beschäftigen. Aber aus seiner Sicht war es keine normale Aufnahme. Die Körperhaltung der beiden Personen zueinander vermittelte Zusammengehörigkeit. Und Vertrauen. Sie berührten sich nur leicht an den Schultern, doch Herbert hatte den Eindruck, dass sie dadurch innerlich verbunden waren. Auch die ausdrückliche Erwähnung des Wortes »Arbeitskollege« machte ihn misstrauisch.

Herbert Falke steckte das Bild ein und schloss den Karton; pedantisch bemüht, alles so zu hinterlassen, wie er es vorgefunden hatte.

Dann klingelte es.

*

Franziska war eine mittelmäßige Sportlerin, und die Bundesjugendspiele gehörten nicht zu ihren Lieblingsveranstaltungen. Wie immer fand der Wettbewerb am letzten Samstag vor den Ferien statt. Das Thema Sport war für sie mit Blick auf das Abitur damit so gut wie erledigt. In der Stufe 12, der sie nach den Sommerferien angehören würde, wollte sie die Schwerpunkte auf ihre beiden Leistungskurse Mathematik und Englisch sowie Deutsch, Physik und Biologie legen. So zumindest der Plan.

Als sie die Leichtathletikübungen beendet hatte, setzte sie sich abseits der anderen Schüler in den Schatten der Bäume, die den Sportplatz der Leibnizschule zur Brandsbornstraße hin begrenzten. Sie schloss die Augen, ließ die Sonne ihre Füße streicheln und dachte nach. Wie war der Zusammenhang zwischen »ihrem« Bücherversteller und dem bei Frau Jansen entstanden? Sie versuchte, sich permanent einzureden, dass Jacky daran unbeteiligt war. Sie hatte ja nur mit ihrem Vater darüber reden wollen, und zwar ohne Franziskas Namen zu nennen – doch der winzig kleine Funken Unsicherheit in ihrem Hinterkopf war nicht zu löschen.

»Hallo, Franzi!«

Franziska dreht sich um. Jacky stand hinter ihr, an einen Baum gelehnt.

»Bist du sauer auf mich?«, fragte Jacky.

»Noch nicht«, antwortete Franziska.

»Dann bin ich ja gerade noch rechtzeitig gekommen …«

Sie lachten. Franziska zeigte auf den Platz neben ihr, Jacky setzte sich.

»Pass auf, Franzi, ich hab erst heute früh davon gelesen, ich meine von der Pressekonferenz gestern, von der Aussage meiner Mutter. Sie spricht kaum noch mit mir.«

»Was meinst du mit ›gelesen‹? Wo denn?«

»In der Zeitung, im Kurier, heute beim Frühstück.«

»Aha.« Franziska sah sie erstaunt an. »Und wie kommt deine Mutter auf diese angebliche Stalking-Geschichte?«

Jacky hob die Schultern. »Keine Ahnung, echt. Ich habe nur mit meinem Vater darüber gesprochen, gleich nachdem du bei mir warst, am Donnerstagabend. Meine Mutter kann auch nicht zufällig mitgehört haben, sie war gar nicht zu Hause. Donnerstags geht sie abends immer ins SportsAct.«

»Das ist das Fitnessstudio?«

»Ja.«

»Jeden Donnerstag?«

»Ja, immer. Außer an Feiertagen. Sie hat sich den Knöchel verstaucht, deswegen weiß ich, dass sie tatsächlich dort war.«

»Hast du meinen Namen genannt?«

»Nein, habe ich nicht. War ja so besprochen.«

»Und dein Vater? Ich meine, kann es sein, dass er mit deiner Mutter über das Bücherverstellen und den ganzen Kram gesprochen hat, mehr allgemein, aber so, dass sie die Idee aufgenommen hat?«

»Sehr unwahrscheinlich, er versucht, sie von allen zusätzlichen Belastungen fernzuhalten. Sie muss mit dem Verlust der Bilder klarkommen, das reicht.«

Franziska sah ihre Freundin an. »Vielleicht doch Zufall?«

Jacky schüttelte den Kopf. »Glaube ich nicht. So einen Zufall gibt es nicht. Außerdem …«

»Was?«

»Meine Mutter hat sich verändert. Ich weiß nicht genau, wie ich es ausdrücken soll … Sie ist irgendwie anders.«

»Und du hast keine Ahnung, was mit ihr los ist?«

Jacky schüttelte den Kopf und schon flossen die Tränen. Franziska nahm sie in den Arm. Sie fragte nicht weiter. Sie wusste, wie es sich anfühlte, wenn einem die eigene Mutter entglitt.

*

Der Schlüsseldienst hatte das Schloss der Wohnungstür ausgewechselt, einen breiten Sperrriegel angebracht, mit dicken Schrauben fixiert und Herbert für beide Schlösser je einen Satz Schlüssel übergeben. Als Herbert wieder allein war, säuberte er den Flur. Dann deponierte er den Tablet-Computer in Andreas' Schreibtisch, schnappte sein kariertes Sakko und fuhr nach Hause. Sie hatten vereinbart, dass Andreas und Franziska auf dem Rückweg von der Schule bei ihm in der Brinkstraße die neuen Schlüssel abholen sollten. Er brachte kaum die Geduld auf, einen Kaffee aufzusetzen, so gespannt war er auf die Suche nach McBrise. Während die Kaffeemaschine blubberte, fuhr bereits der Rechner hoch, während er Milch aufschäumte, wurde das Bild eingescannt. Er öffnete das Gesichtserkennungsprogramm, das automatisch auf einen speziell konfigurierten Internetbrowser zugriff. Im Feld »Input« gab er ein: »McBrise, New York«. Kein Ergebnis. Entweder war nirgendwo im Web ein Foto dieses Mannes vorhanden, oder es passte nicht zu dem Suchbegriff »New York«. Er löschte »New York« und überlegte, was er stattdessen eingeben könnte. Karin hatte das Bild an Franziska geschickt zu einer Zeit, als diese schon lesen konnte, also etwa sechs Jahre nach ihrem Umzug nach Offenbach. Damals arbeitete sie im amerikanischen Generalkonsulat Frankfurt. Frankfurt? Wieder kein Ergebnis. Karin war zuvor bei einem Ministerium in Berlin beschäftigt gewesen, bis kurz vor ihrer Heirat mit Andreas. Das passte zwar zeitlich nicht, aber einen Versuch war es wert. Berlin.

Das Ergebnis erschien sofort: »Kilian McBrise, geboren in Birmingham, England.« Kilian! Konnte Kilian identisch sein mit K.? Der Brief war in Berlin abgeschickt worden. Zufall? Herbert gab den vollen Namen bei Google ein, aber – zu seiner Enttäuschung – fand er dort rein gar nichts. Er versuchte es mit anderen Suchmaschinen, ebenso ohne Erfolg. In Bezug auf Kilian McBrise war das weltweite Web wie leergefegt. Seltsam … Jetzt gab es nur noch eine Möglichkeit: Eva Lorenz.

Er leerte die zweite Tasse Kaffee, dann rief er Gianni an. Der hörte sich seinen Wunsch an und seufzte: »Herbie, zurzeit läuft da nichts, die Klee hat Eva auf dem Kieker, sie kann sich im Moment nichts erlauben.«

»Aha, und was ist mit ihrer Freundin, wie hieß die noch?«

»Ja, die Bi… äh, egal, die weigert sich derzeit, Eva auch nur den geringsten Gefallen zu tun, schon gar nicht, die Polizeidatenbank zu durchsuchen. Bitte versteh das …«

»Gianni, du weißt, dass es um Franzi geht.«

»Weiß ich doch, Herbie, wenn ich dir irgendwie anders helfen kann, dann sag es bitte!«

»Schon gut, Gianni, danke!«

»Bist du jetzt sauer auf uns?«

»Nein, Gianni. Bin ich nicht.«

Er legte auf. Ein klein wenig verärgert war er schon, das musste er zugeben, doch er konnte Eva verstehen. Sie durfte ihren Job nicht gefährden. So hätte wohl jeder reagiert, aber ganz besonders Eva, die großen Wert darauf legte, ihren Lebensunterhalt eigenständig zu verdienen und von niemandem abhängig zu sein. Zwei kaputte Ehen hatten sie das gelehrt.

Herbert überlegte. Jede weitere Recherche würde sehr aufwendig sein und möglicherweise Kosten verursachen. Lohnte sich das? Wohl kaum. Er sollte das Bild am Montag besser wieder zurücklegen und seine Nachforschungen einstellen. Herbert Falke setzte neuen Kaffee auf und legte die vierte CD des blauen Beatles-Albums ein. »Here comes the sun.« Die Musik half beim Nachdenken. Er stierte vor sich hin, trank drei Tassen Kaffee, drehte die

Musik lauter, öffnete das Fenster. Als er es wieder schließen wollte, klemmte es. Er rüttelte daran und ärgerte sich, schlug gegen den Fensterrahmen und plötzlich entsprang aus der Mitte der Scheibe ein Riss, der in Sekunden diagonal über das Glas schoss, bis der Fensterrahmen ihm Einhalt gebot. In diesem Moment wusste er, dass er weitersuchen musste. Nach K. wie Kilian. Und er wusste jetzt auch, wer ihm helfen konnte.

Es klingelte. Er sah aus dem Küchenfenster: Franziska. Schnell versteckte er das Bild und öffnete die Tür. Seine Enkelin strahlte. Sie freute sich offensichtlich, wieder in seiner Wohnung sein zu dürfen. Er zeigte ihr seine neuen technischen Errungenschaften, erklärte ihr alle Funktionen und Möglichkeiten, aber auch die Grenzen. Sie staunte. Dann fragte sie nach dem Handschriftenvergleich. Vorsichtig nahm er die beiden Schriftproben aus der Plastikhülle und legte sie auf den Flachbettscanner. Es dauerte knapp fünf Minuten bis die hochauflösende Spezialsoftware den Scan abgeschlossen hatte. Dann ließ er den Handschriftenvergleich darüberlaufen. Auch das dauerte ein, zwei Minuten, Herbert wurde aufgefordert, einige Korrekturen vorzunehmen, Helligkeit und Kontrast anzupassen und einen erneuten Durchlauf zu starten. Dann erschien das Ergebnis: »Mit einer Genauigkeit von 65 Prozent sind die Vergleichsproben nicht identisch.« Herbert sah Franziska an.

»Was meinst du dazu?«, fragte sie.

Herbert schüttelte den Kopf. »Das ist zu wenig. 65 Prozent sind nur knapp zwei Drittel. Zu unsicher. Tut mir leid, aber das reicht nicht.«

Franziska nickte. »Schade!«

*

Kamilla Beskow wollte diesen Samstagabend allein in ihrer Wohnung in Seligenstadt verbringen. Nach den Erlebnissen vom Vortag beim Brauereifest hatte sie erst einmal genug von anderen Menschen. Was fiel diesem unverschämten Brisko ein? Sie dermaßen anzugreifen, in aller Öffentlichkeit – unfassbar! Auch wenn sie Gewalt verabscheute, musste sie zugeben, dass Brisko Günther den Schlag verdient hatte. Wer war nur der Mann mit den breiten Schultern? An sein Gesicht konnte sie sich nicht erinnern, nur an die warme Stimme.

Sie wollte herausfinden, warum Brisko so aufgebracht reagiert hatte. War er eifersüchtig auf Claudia Jansen, die zunehmend Erfolg hatte, während er als verarmter Künstler spitzwegähnlich vor sich hin dümpelte? Es konnte nur mit dem Bild zu tun haben, mit den »Clownerien«. Ein sehr schönes Werk, nicht das erste, das Claudia Jansen in der speziellen Papierfalt-Technik gearbeitet hatte, aber das erste, das eine Ausstrahlung hatte und eine Aussage in sich trug.

Beide Clowns waren fast gleich angezogen, aber unterschiedlich geschminkt und mit verschiedener Mimik dargestellt. Der eine war der Narr, der die Leute mit seinen Grimassen und seiner Tollpatschigkeit zum Lachen brachte, dabei immer fröhlich blieb und auch gern über sich selbst lachte. Der andere war der Bajazzo, der traurige Typ, der unsympathische Gegenspieler des Narren, der statt Freude eher Schadenfreude auslöste.

Selbst Kamilla Beskow kannte nicht alle Details dieser Technik, sie wusste nur, dass Claudia ein spezielles Papier benötigte, den Untergrund anfeuchtete und dann bearbeitete, sodass sich die Fläche aufwarf und eine dreidimensionale Struktur ausbildete. Bei den »Clownerien« hatte das zu einer imponierenden Darstellung der Faltenwürfe am Kragen der beiden Clowns geführt. Noch dazu hatte Claudia Jansen den Falten einen metallischen Effekt gegeben, bei dem einen Clown in hellblau, bei dem anderen in dunkelblau. Kamilla Beskow hatte dazu ein champagnerfarbenes Passepartout ausgesucht, kombiniert mit einem blauen Metallrahmen. Insgesamt ein Meisterwerk. Sie war sehr froh gewesen, es Brisko abkaufen zu können.

Kamilla Beskow stieg die Kellertreppe hinunter und öffnete die Tür zum Archiv. Hier verwahrte sie alte Unterlagen, die im Offenbacher Büro keinen Platz fanden. Sie zog einen Ordner mit den Ankaufunterlagen des vergangenen Jahres aus dem Regal. Die »Clownerien« hatte sie für 1.200 Euro von Brisko Günther gekauft. Sie hätte auch mehr bezahlt, aber er steckte zu dieser Zeit in einem finanziellen Engpass und *musste* verkaufen. Wenn es nicht gestohlen worden wäre, hätte sie dafür gut und gerne 7.000 Euro erlösen können. Als Brisko es ein Jahr zuvor von Claudia Jansen gekauft hatte, war diese noch völlig unbekannt gewesen. Wahrscheinlich hatte sie sich gefreut über die 300 Euro, die sie dafür bekommen hatte, es war ihr erstes Acrylbild, das sie verkauft hatte. Kamilla blätterte alle Unterlagen durch und las den Kaufvertrag, fand jedoch keinen Hinweis, der hätte helfen können. Trauerte Brisko tatsächlich nur seinem verlorenen Geld hinterher? Dann entdeckte sie etwas Interessantes: Hinten, auf der Rückseite des letzten Vertragsblatts, hatte jemand mit Bleistift eine Notiz gemacht und wieder ausradiert. Die Einprägung war noch zu sehen. Sie rannte nach oben, riss ihre Schreibtischschublade auf und griff nach einem Bleistift. Mit sanften, schnellen Bewegungen ließ sie den Stift über das Papier gleiten, bis Buchstabe für Buchstabe vor ihren Augen erschien: »KB 1.200 Euro/CJ 1.000 Euro.«

Was hatte das zu bedeuten? Schlagartig fiel ihr ein, dass Brisko Günther damals einen zweiten Käufer erwähnt hatte. CJ konnte eigentlich nur Claudia Jansen sein. Aber warum sollte sie ihr eigenes Bild zurückkaufen? Für mehr als das Dreifache des Preises, den sie zuvor von Brisko Günther bekommen hatte. Bei Gelegenheit musste sie das mit ihr klären.

Sie brachte den Vertrag zurück ins Kellerarchiv und schloss die Tür. Als sie die Treppe wieder heraufkam und durch das Milchglas der Haustür blickte, meinte sie, einen menschlichen Schatten bemerkt zu haben. Sie öffnete die Tür und sah die Straße hinunter. Ganz unten, wo die Henri-Dunant-Straße auf den Trieler Ring traf, entdeckte sie einen Schatten. Einen männlichen Schatten mit auffallend breiten Schultern.

*

Herbert Falke suchte in seinen Kontakten nach Nina Heckmanns. Im Mai hatte sie ihm ihre Telefonnummer gegeben.

»Hier ist der Anrufbeantworter von Nina Heckmanns, bitte hinterlassen Sie eine Nachricht!«

»Hallo, Frau Heckmanns, hier ist Herbert Falke. Ich hoffe, es geht Ihnen gut. Damals, also … an den Steinbrüchen, da haben Sie mir gesagt, ich könne Sie jederzeit anrufen, wenn Franziska oder ich Hilfe brauchen. Ich würde nun gerne darauf zurückkommen. Können wir uns morgen gegen 11 Uhr bei Franco im Caffé Cuore treffen? Ich lade Sie zum Frühstück ein. Vielen Dank.«

*

Duc konnte sein Glück kaum fassen. Mitten im Gewühl der sich schüttelnden Hip-Hopper im Offenbacher Szeneclub Hafen 2 entdeckte er Mia-Sophie. Er erkannte sie sofort an ihrem langen blonden Haar und der Stupsnase. Der Tipp seiner Klassenkameradin Madeleine Richard, die als Austauschschülerin bei Mia-Sophies Schwester wohnte, war Gold wert gewesen. Es hatte keinen Zweck, sich auf der Tanzfläche mit Mia-Sophie zu unterhalten, also besorgte er sich ein Glas Rotwein – es war deutscher Wein, wie er skeptisch feststellte – und postierte sich damit am Durchgang zur Damentoilette. Er wartete. Und wartete. Und wartete. Entweder trank Mia-Sophie nicht viel oder sie besaß eine gut trainierte Blase. Jedenfalls stand er dort seit fast zwei Stunden, in der Hoffnung, dass sie nicht nach Hause gehen würde, ohne auch nur einmal die Toilette zu besuchen. Den Wein hatte er längst ausgetrunken und mit Erstaunen bemerkt, dass er trotz seiner Herkunft sehr gut schmeckte. Er traute sich nicht, einen neues Glas zu holen, um Mia-Sophie nicht zu verpassen. Endlich kam sie.

»Duc, was machst *du* denn hier?«

»Ich trinke von dem Rotwein!«, sagte er und hob sein Glas.

»Und wirklich – *vraiment?*«

»Ich warte auf dich«, sagte er mit breitem Lächeln.

Sie nickte. »Wie lange schon?«

»Zwei Stunden und ein bisschen.«

»Aha«, sagte Mia-Sophie. »Du musst sie sehr gern haben …«

»*Oui*, ich habe sie sehr, sehr gern!«

»Möchtest du meine ehrliche Meinung hören?«

»*Oui, bien sûr*«, antwortete Duc.

»Du hast keine Chance bei Franziska!«

Er zog die Augenbrauen zusammen. »Sicher?«

»Ja. Letztes Jahr hast du dich blöd benommen …«

»Ich weiß.«

»Und dann noch deine unmögliche Frisur.«

»Wie? Was?« Er fasste sich in die Haare.

»Sie will dich nicht mehr sehen.«

Er schüttelte den Kopf. »Schlimm!«

Sie hob die Schultern und warf ihm einen »Selbst schuld«-Blick zu.

»Gib mir noch ein Chance«, sagte er, »ein letzte Chance. Bitte!«

»Das heißt *eine* Chance, Duc, wie im Französischen: *la chance*.«

»Danke, Frau Lehrer, äh, Frau *Lehrerin*. Ich muss nur einmal mit Franziska sprechen, allein, ohne Jacky.« Er sah Mia-Sophie an und hatte den Eindruck, dass ein leichtes Lächeln über ihr Gesicht huschte.

»Montag in der dritten hat sie eine Freistunde, Jacky hat dann Sport.«

Er lächelte. »*Merci*, Sophie, *merci beaucoup*!«

»Ich heiße Mia-Sophie!«

»Ich weiß. Aber für mich bist du Sophie. So wie Sophie Marceau.«

Mia-Sophie tippte sich mit dem Zeigefinger an die Stirn. »Keine Frau mag es, wenn man ihren Namen verunstaltet!« Damit verschwand sie in Richtung Toilette.

Duc lächelte. »Verunstaltet« … komisches Wort. Was das wohl bedeutete? Leicht beschwingt verließ er den Hafen 2 und sang leise vor sich hin. »Francine, Francine …«

SONNTAG, 19. JULI

Herbert Falke beschloss, zu Fuß zu gehen. Es war ein schöner Sommermorgen und der 20-minütige Spaziergang zum Caffé Cuore würde ihm guttun. Außerdem musste er so den Motorradhelm nicht mit ins Café nehmen und sah dadurch etwas seriöser aus. Er hatte überlegt, Nina Heckmanns ein Geschenk mitzubringen, hatte dies aber verworfen, da es zu sehr nach versuchter Beeinflussung aussehen würde. Immerhin wollte er sie zum Frühstück einladen.

Als er eintrat, war er der einzige Gast im Cuore. Cordula begrüßte ihn herzlich wie immer, Franco, der Chef, war nirgends zu sehen. Das Caffé Cuore war eine Mischung aus italienischem Feinkostladen, Café-Bar, Bistro und Musikkneipe – Franco selbst griff oft zur Gitarre und verwöhnte seine Gäste mit italienischen Liedern.

Herbert hatte bereits einen Espresso vor sich stehen, als er durch die große Scheibe Nina Heckmanns auf ihrem Fahrrad heranbrausen sah. Sie stellte ihr Rad ab und ordnete die vom Fahrtwind zerzausten Haare. Dann trat sie ein. Herbert stand auf und winkte.

»Guten Morgen, Frau Heckmanns!«

Sie lachte. »Hallo, Herr Falke, guten Morgen! Entschuldigen Sie meinen sportlichen Aufzug, am Sonntagmorgen muss ich mich immer etwas austoben. Und jetzt habe ich Hunger!«

»Sehr gut, schauen Sie mal hinten an der Theke, da gibt es feinen italienischen Schinken und Käse!«

Nina Heckmanns bestellte Prosciutto di Parma, Oliven, Pecorino und einen Espresso. Herbert brauchte zunächst etwas Süßes, nahm einen italienischen Mandelkuchen und gönnte sich danach ein Ciabatta mit getrockneten Tomaten, Sardellen und Kapern. Ein kräftiger Cappuccino rundete das Ganze ab.

Während des Essens unterhielten sie sich über das Wetter, das kommende Offenbacher Lichterfest und den aktuellen Status des geplanten Neubaus für das Polizeipräsidium Südosthessen. Die Stadt Offenbach hatte dazu ein Grundstück zur Verfügung gestellt, aber noch immer fehlte die Zusage aus Wiesbaden.

»Hat sich Franziskas Mutter inzwischen gemeldet?«, fragte Nina Heckmanns unvermittelt.

Herbert Falke sah sie erstaunt an. »Sie wissen davon?«

»Ja, Franziska hat es mir erzählt.«

»Ach so«, sagte Herbert, »das zeigt, dass sie Vertrauen zu Ihnen hat.«

Nina Heckmanns lächelte.

»Nein, sie hat sich noch nicht gemeldet«, sagte Herbert, »die Situation ist unverändert. Aber weil Sie das gerade fragen, ich möchte Sie um Hilfe bitten … Es hat im weitesten Sinne mit Franzis Mutter zu tun.«

Die Kriminalhauptkommissarin setzte eine Miene auf, die berufliches Interesse verriet. Herbert schien auf dem richtigen Weg zu sein. Er hatte sich vorher überlegt, den Fall so darzulegen, dass sowohl die Privatperson Nina Heckmanns als auch die Kriminalpolizistin angesprochen wurde.

»Es geht um einen Mann, den ich suche. Dieser Mann könnte einerseits etwas mit Franzis Mutter zu tun haben, andererseits …«, er versuchte, sich vorsichtig auszudrücken, »… andererseits auch mit dem Menschen, der Franzi seit mehreren Tagen belästigt.«

Nina Heckmanns sah ihn verblüfft an: »Ein Stalker?«

»Möglich.« Herbert berichtete von den Vorgängen, soweit Franziska sie ihm anvertraut hatte, auch von dem Brief aus Berlin, der mit K. unterzeichnet war. Er hatte das nicht mit seiner Enkelin abgesprochen, aber da sie seit Mai mit Nina Heckmanns befreundet war und ihr vertraute, hielt er es für sinnvoll, die Hauptkommissarin vollständig einzuweihen.

»Das heißt also, der Kerl hat einen Wohnungsschlüssel?«, fragte die Hauptkommissarin.

»Ja, leider.«

Sie wurde unruhig. »Dann müssen Sie sofort das Schloss auswechseln!«

Er nickte. »Ist bereits erledigt. Es wurde gestern ausgetauscht. Zusätzlich hat mein Sohn Andreas einen Sperrriegel einbauen lassen.«

»Sehr gut. Und warum hat er nicht offiziell Anzeige erstattet?«

»Schauen Sie, Frau Heckmanns, was haben wir denn in der Hand? Ein paar verstellte Bücher und ein Türschloss, das nur einmal statt zweimal herumgedreht war, sonst nichts. *Ich* glaube Franzi, *Sie* auch, aber was würde wohl Oberkommissar Bennert dazu sagen?«

»Der hat nichts zu sagen, ich bin schließlich die Chefin!«

»Ja, schon, aber es würde trotzdem für Unruhe sorgen. Und was würde der Polizeipräsident davon halten? Ich kenne ihn noch aus meiner Zeit als Redakteur, er schwört auf Effektivität in der Verbrechensbekämpfung. ›Schwerpunktsetzung‹, das war sein Lieblingswort.

Deswegen haben wir auch eine so unterschiedliche Meinung zu Handtaschenraub und ähnlichen Kleindelikten.«

Sie sah ihn überrascht an. »Sie kennen ihn tatsächlich.«

Er nickte. »Aus mehreren Interviews.«

»Okay. Wann genau hat Franziska diese … verstellten Bücher zum ersten Mal bemerkt?«

»Am vergangenen Montag, 13. Juli«, antwortete Herbert.

»Also deutlich vor der Pressekonferenz am Freitag.«

»Richtig. Schon ein kurioser Zufall, dass es zwei Stalkingfälle parallel gibt.«

Die Hauptkommissarin nickte.

Herbert Falke überlegte einen Moment, ob er der Hauptkommissarin von seinem Auftrag erzählen sollte, die verschwundenen Bilder zu finden, entschied sich aber vorerst dagegen.

»Und wie genau soll ich Ihnen helfen?«, fragte Nina Heckmanns.

»Ich bin bei meinen Ermittlungen auf einen Mann namens Kilian McBrise gestoßen. Er könnte identisch mit dem Briefschreiber K. sein.«

»Aber nicht mehr als eine Vermutung, oder?«

»Ja, richtig, deswegen kann ich auch nicht verlangen, dass Sie dem offiziell nachgehen …«

»Aber inoffiziell?«

»Ja, bitte. Es geht zunächst nur darum, festzustellen, ob Kilian McBrise etwas auf dem Kerbholz hat. Vielleicht finden Sie Hinweise auf seinen Aufenthaltsort. Er kannte Franziskas Mutter, war vermutlich ein Arbeitskollege. Ich habe ein Bild gefunden, das beide in New York vor der Freiheitsstatue zeigt.« Damit schob er Nina Heckmanns einen USB-Stick über den Tisch. »Ich habe es eingescannt.«

»Ich soll also die Polizeidatenbank durchsuchen?«, fragte die Hauptkommissarin.

»Ja, bitte!«

»Hm.«

»Mögen Sie noch einen Espresso?«, fragte Herbert.

»Ja. Dann kann ich besser nachdenken.«

Herbert lachte und ging nach hinten, um zwei weitere Tassen Espresso zu ordern. Er unterhielt sich eine Weile mit Cordula, während sie den Espresso zubereitete, ruhig und korrekt wie immer. Er wollte Nina Heckmanns Zeit zum Überlegen geben.

»Wer ist das?«, fragte Cordula.

»Polizei!«, antwortete er.

»Zu jung für dich!«

Herbert verdrehte die Augen. »Das ist kein Rendezvous, sondern ein Arbeitsessen.«

»Ach so, Arbeitsessen …«, lachte Cordula.

Sie stellte die beiden Espressotassen auf ein Tablett und reichte es Herbert.

»Ich muss für jeden Suchvorgang in der Polizeidatenbank eine Begründung eingeben«, sagte Frau Heckmanns, als er zurückkam.

»Hausfriedensbruch bei Andreas Falke – Anfangsverdacht«, sagte er.

Sie lächelte. »Also gut, ich mache es, Franziska zuliebe.«

»Danke!« Er überlegte, ob er sie auch nach dem Handschriftenvergleich fragen sollte, wahrscheinlich hatte die Polizei bessere Methoden als er selbst. Dann fiel ihm ein, dass solche Analysen Aufgabe des LKA in Wiesbaden waren, inoffiziell ging da also gar nichts.

»Haben Sie sonst noch Informationen zu diesem Kilian McBrise?«

»Nur seinen Geburtsort: Birmingham in Großbritannien. Mehr nicht.«

»Sie sagten, er sei ein Arbeitskollege Ihrer Schwiegertochter gewesen. Wo hat sie denn gearbeitet?«

»Zu ihrer Offenbacher Zeit im amerikanischen Generalkonsulat in Frankfurt. Davor hat sie in Berlin gelebt und war für ein Ministerium tätig.«

»Welches Ministerium?«

Herbert hob die Schultern. »Keine Ahnung!«

»Okay, ich kümmere mich darum. Und noch etwas …«, sie sah ihn ernst an.

»Ja?«

»Ich bezahle mein Frühstück selbst. Niemand soll uns nachträglich vorwerfen können, Sie hätten mich mit einer milden Gabe zu einer Untersuchung des Falls genötigt!«

»In Ordnung«, antwortete Herbert Falke. »Das ist wohl besser so.«

Dann rief er Cordula zu, sie solle bitte die Rechnung bringen, und zwar getrennt. Cordula warf ihm einen überraschten Blick zu. Wahrscheinlich hatte sie die Idee, er könnte sich mit Nina Heckmanns zu einem Rendezvous getroffen haben, soeben zu ihren Gedankenakten gelegt.

Sie verabschiedeten sich draußen an der Frankfurter Straße. Nina Heckmanns gab ihm lächelnd die Hand. »Übrigens, Herr Falke, abgesehen von Ihrer Sorge um Franziska, die ich natürlich teile, haben Sie noch eine andere Motivation, nach McBrise zu suchen?«

Mit dieser Frage hatte Herbert überhaupt nicht gerechnet. »Ich weiß nicht … Was meinen Sie?«

Sie saß bereits auf dem Fahrrad. »Ich habe gehört, dass Sie inzwischen eine Art Detektivbüro betreiben, und ich könnte mir vorstellen, dass Sie nach den gestohlenen Bildern suchen.«

Herbert fühlte, wie sein Gesicht ganz heiß wurde. Jetzt half nur noch die Wahrheit, sonst gefährdete er ihr Vertrauen. »Na ja, Sie haben recht, ich suche nach den Bildern. Das hat aber nichts mit McBrise zu tun. Bisher jedenfalls.«

»Hm.« Sie nickte mehrmals und sah ihn dann verschmitzt lächelnd an. »Wir halten immer einen Teil unserer Information zurück, damit wir Täterwissen von öffentlichem Wissen trennen können. Bei dem Diebstahl der ›Clownerien‹ letztes Jahr in Seligenstadt wurde ein Nachbar, der verdächtige Geräusche gehört hatte, mit einem kräftigen Handkantenschlag niedergestreckt. Er erlitt eine Gehirnerschütterung.«

»Ach!«, staunte Herbert. »Wie heißt denn der Mann?«

Sie schüttelte den Kopf. »Identitäten darf ich nicht preisgeben, das ginge zu weit. Und bitte: Gehen Sie mit dieser Information vertrauensvoll um. Auf Wiedersehen, Herr Falke!«

Damit trat sie in die Pedale und rauschte in Richtung Luisenstraße davon.

Es dauerte einen Moment, bis sich Herbert Falke über die Bedeutung dieser Information klar wurde. Der Täter war ein Mann, und Nadine Esch war endgültig aus dem Schneider. Er lächelte in sich hinein. Auch Anna Andresen kam nicht mehr infrage, er wollte sie aber trotzdem befragen. Umso mehr musste er sich mit den beiden Künstlern Florian Kannenmacher und Brisko Günther befassen. Schon dieser Name: Brisko. Unmöglich! Aber er musste neutral bleiben, auch wenn es schwerfiel.

*

»Papa …« Franziska setzte sich neben ihren Vater auf die Couch. Im Fernsehen lief eine Tatort-Wiederholung.

»Ja, Franzi?«

»Erzählst du mir bitte etwas von *ihr*. Von … deiner Frau?«

Ihr Vater drehte den Kopf und sah sie lange an. »Wenn du das wirklich willst?«

»Ja, will ich. Jetzt.«

Er griff nach der Fernbedienung und schaltete den Fernseher aus. Franziska hatte den Eindruck, dass er sich einen Moment sammeln musste.

»Gut. Wo soll ich anfangen?«

»Wie habt ihr euch kennengelernt?«

Er lächelte versonnen. »In Berlin. Ich war auf einer Lehrerfortbildung, sie arbeitete damals beim Auswärtigen Amt. Jedenfalls trafen wir uns in einer Disco.«

»Wie, ihr wart in der Disco?«

Ihr Vater lachte. »Ja natürlich, wir waren auch mal jung.«

»Echt krass, Papa!«

»Ja, das war auch krass, im Europe – so hieß die Disco – da verkehrten viele internationale Besucher, meist Mitarbeiter der Botschaften, Amerikaner, Engländer, Japaner, Ägypter, alles dabei.«

»Cool!«

»Dort haben wir uns kennengelernt. Sie trank einen Mai Tai, ich bestellte auch einen. Wir haben uns über den Geschmack unterhalten. Er schmeckte uns beiden nicht, viel zu süß, dafür war er sündhaft teuer, 15 DM.«

»Noch in D-Mark? Wann war das denn?«

»Im Sommer 1996.«

»Aha, ein Jahr vor meiner Geburt.«

»Ja, genau. Wir haben schnell geheiratet. Im September.«

Franziska begann, in Gedanken zu rechnen. Bis zu ihrem Geburtstag im Juni waren es genau neun Monate. Passt, dachte sie.

»Warst du in sie verliebt?«

»Aber natürlich, Franzi, sonst hätte ich sie doch nicht geheiratet. Ich habe sie sogar bewundert!«

Bewundert. Dieses Wort irritierte Franziska.

»Sie wusste so viel«, fuhr ihr Vater fort, »sah super aus, konnte sich gut ausdrücken, also ... ich habe es nie erlebt, dass sie auf eine Frage keine passende Antwort geben konnte.«

»Echt?«

Ihr Vater nickte und blickte verträumt in den schwarzen Bildschirm des Fernsehers hinein. »Mich hat es auch nicht gestört, dass sie vorher schon einmal verheiratet war.«

Franziska setzte sich auf. »Was?«

»Ja, kurz vor unserem Mai Tai in der Disco hatte sie sich scheiden lassen.«

»Mit wem war sie denn verheiratet?«

»Mit einem Engländer, McBrise, er kam aus Birmingham und arbeitete für die britische Botschaft.«

Franziska Falke stöberte in ihrer Erinnerung, so als hätte sie diesen Namen schon einmal gehört, aber sie konnte ihn nicht zuordnen.

»Ein komischer Typ war das, irgendwie flippig. Er hat immer ›Caren‹ zu Karin gesagt, sie fand das gar nicht gut.«

»Heißt das, du kanntest diesen McBrise?«

»Ja, wir haben ihn später noch ab und zu im Europe getroffen.«

Franziska schüttelte Kopf. »Und du hast dich einfach so mit ihm unterhalten?«

»Na gut, die beiden waren ja schon geschieden. Und Karin meinte, da sei nichts dabei und ich solle das locker sehen.«

»Sie hat das gesagt und du hast es akzeptiert?«

»Klar, warum nicht?«

Plötzlich hatte Franziska genug gehört. »Danke!«, sagte sie, stand auf und ging in ihr Zimmer. Warum kam ihr der Name McBrise bekannt vor? Wie einer Eingebung folgend kniete sie sich auf den Teppich und griff nach der Pappschachtel unter ihrem Bett.

Es klopfte. Schnell schob sie den Karton ins Versteck zurück und stand auf.

»Ja?«

»Franzi, darf ich reinkommen?«

»Klar.«

Ihr Vater stand in der Tür. »Bist du okay?«

»Ja, ja, danke.«

»Du bist so abrupt aufgestanden. Habe ich dich irgendwie verärgert?«

Sie ging zu ihrem Vater und umarmte ihn. »Du bist so süß, Papa. Nein, du hast mich nicht verärgert. Ich muss das alles nur erst mal verdauen.«

»Das verstehe ich. Dann schlaf gut!«

»Danke, du auch!«

Er gab ihr einen Kuss auf die Stirn und schloss die Tür. Franziska war so müde, dass sie beschloss, den Karton bis morgen ruhen zu lassen. Jetzt wollte sie erst einmal schlafen, bequem und sicher, mit neuem Schloss und einem dicken Riegel quer vor der Wohnungstür.

MONTAG, 20. JULI

Herbert Falke hielt sich von den Fenstern fern. Stalker beobachteten ihre Opfer und deren Wohnung oft lange, bevor sie sich näherten, so weit hatte er sich informiert. Nur wenn der Täter sich sicher fühlte, konnte die Falle zuschnappen. Mehrfach musste er sich zurücknehmen, um nicht vom Wohnzimmer aus auf die Straße zu schauen. Vor diesen Fenstern hingen keine Gardinen, ein Beobachter hätte ihn daher sofort entdeckt. So zog er sich in Andreas' Zimmer zurück, dort gab es einen blickdichten Vorhang, sodass es nicht auffiel wenn er im Zimmer umherlief. Den Tablet-Computer hatte er ständig bei sich, sah kaum vom Display auf, er musste den Stalker bemerken, bevor dieser versuchte, die Wohnungstür aufzuschließen. Der Plan sah vor, dass er ihn schon eine Zeit lang filmte, bevor der Unbekannte merkte, dass sein Schlüssel nicht passte. Dazu musste Herbert die Videofunktion per Knopfdruck starten. Anschließend wollte er die Aufnahmen der Minikamera auswerten und Fingerabdrücke von der Wohnungstür nehmen. Nur mit stichhaltigen Beweisen konnten sie eine offizielle Ermittlung der Polizei in Gang bringen. Gegen 9.30 Uhr klingelte das Telefon, Herbert nahm nicht ab. Er musste sich so verhalten, als sei niemand in der Wohnung. Der Anruf konnte ja ein Kontrollanruf des Stalkers sein. Kurz vor 10 Uhr nickte er kurz ein, auf Andreas' Bett sitzend, den Kopf an der Wand. Erschrocken fuhr er hoch, sah auf das Display und horchte an der Tür in den Flur hinein. Nichts. Der Vormittag zog sich in die Länge, er las den Offenbach-Kurier, zwei-, dreimal, von vorne bis hinten und wieder zurück, strich zwei Druckfehler in Giannis Artikel über die Parkplatzsituation in Offenbach an, warf immer wieder einen Blick auf sein Tablet und gähnte.

Dann war der Unbekannte plötzlich da. Er trug ein Kapuzenshirt und hatte die Kapuze tief ins Gesicht gezogen. Einige dunkle Locken schauten heraus. Herbert startete die Videoaufnahme. Er blieb ruhig auf dem Bett sitzen, nur kein Geräusch verursachen, das den Stalker verscheuchen könnte. Der Fremde sah sich um, rechts und links, kontrollierte die Treppe nach unten und die nach oben.

Herbert merkte, dass er einen Fehler gemacht hatte. Seine Minikamera war zu weit oben positioniert, sie nahm das Geschehen aus der Vogelperspektive auf, aber sie zeigte nicht das Gesicht des Mannes. »Bitte, schau nach oben«, flüsterte Herbert. Doch der Fremde tat ihm den Gefallen nicht. Er holte seinen Schlüsselbund aus der Hosentasche und versuchte, die Tür zu öffnen. Einen Moment stand er da wie erstarrt, bis er merkte, was hier gespielt wurde, dann erfasste ihn die Panik, er drehte sich um, steckte den Schlüsselbund hastig ein und rannte die Treppe hinunter, immer drei Stufen auf einmal nehmend. Innerhalb von Sekunden war er verschwunden.

Herbert Falke fluchte vor sich hin. Er betrachtete das Video. Das Ergebnis war deprimierend. Vom Gesicht war nichts zu erkennen, lediglich einmal, als der Unbekannte die Treppe nach oben kontrolliert hatte, war seine Nase zu sehen. Aber es bestand keine Chance, ihn mit dem Bild von Kilian McBrise zu vergleichen. Noch dazu war auf der Videoaufnahme zu erkennen, dass er Handschuhe trug, die Suche nach Fingerabdrücken konnte Herbert sich also sparen. Auch an der Kleidung des Verdächtigen fiel ihm nichts Ungewöhnliches auf, nichts, was ihm später bei der Identifizierung helfen konnte. Das einzig Interessante war eine Zigarettenschachtel, die der Stalker verloren hatte, als er den Schlüsselbund aus der Hosentasche gezogen hatte. Herbert trat hinaus in den Flur. Sie lag noch dort, Gauloises. Er holte eine Plastiktüte und schob die Schachtel vorsichtig hinein. Vielleicht hatte der Stalker einen halbwegs brauchbaren Fingerabdruck hinterlassen, bevor er die Handschuhe angezogen hatte. Deprimiert baute Herbert die Minikamera ab, packte seine Utensilien ein, dachte noch daran, das Bild von Karin und ihrem Arbeitskollegen zurück in Franziskas Karton zu legen, und fuhr mit der Vespa nach Hause. Hoffentlich hatte die Hauptkommissarin mehr Glück bei ihrer Suche nach Kilian McBrise.

*

Franziska und Jacky kamen aus dem Deutschkurs. Wie sich inzwischen herumgesprochen hatte, lautete der vollständige Name ihres neuen Deutschlehrers Ernst Theodor Wilhelm Hoffmann. Franziska merkte, dass Jacky ihn mochte, weil er sehr belesen und klug war. Während der ersten Stunde hatte er auf alle ihre Fragen eine Antwort gewusst, was bei Jackys Fragenniveau nicht selbstverständlich war. Franziska war zunächst einmal froh, dass ihr alter Deutschlehrer nicht mehr da war, ansonsten hatte sie sich zu Hoffmann noch keine Meinung gebildet.

Sie wollte mit Jacky auf den Sportplatz, um sich in ihrer Freistunde etwas zu sonnen und in der Nähe ihrer Freundin zu sein.

»Bringst du mir aus der Cafeteria eine Bionade mit?«, fragte Jacky. »Ich geh schon mal vor, der Müller rastet immer aus, wenn man zu spät dran ist.«

»Okay, komme gleich nach!«, rief Franziska. Sie betrat die Cafeteria. Und schon stand Duc vor ihr. Sie war so geschockt, dass sie zunächst kein Wort herausbrachte.

»Francine, bitte, nur fünf Minuten …«

»Nicht *eine* Minute, verschwinde!«

»Francine, bitte!«

»Verdammt, ich heiße nicht Francine, ich heiße Franziska. Verschon mich gefälligst mit deinem dämlichen französischen Namen!« Ihr war nicht aufgefallen, dass sie die Stimme angezogen hatte, erst als die letzte Silbe durch die fast leere Cafeteria hallte, merkte sie es. Die Pause war zu Ende, die anderen Schüler waren in den Klassenzimmern verschwunden. Sie konnte es kaum ertragen, allein in der Nähe dieses Jungen zu sein.

»Gut, Franziska, ich war blöd im letzten Jahr …«

»Das kann man wohl sagen!«

»Entschuldigung bitte.«

Das war der einzige vernünftige Satz, den sie von Duc jemals gehört hatte. Zumindest inhaltlich.

»Ich war beim *coiffeur*, extra für dich!«

Erst jetzt bemerkte Franziska seine neue Frisur. Der lange, strähnige Blondschopf war einem ansehnlichen Kurzhaarschnitt gewichen. »Und, was willst du damit erreichen?«

»Dass du mich besser magst. Vielleicht gehen wir zusammen einen Rotwein trinken?«

Sie schüttelte unwillig den Kopf. »René, was soll das, ich mag dich nicht und werde nichts mit dir trinken gehen, schon gar keinen Rotwein, da hilft auch ein neuer Haarschnitt nicht. Hast du das jetzt endlich verstanden?«

»Du magst mich nicht?«

»Genau, und ich hasse es, wenn man mich verfolgt.«

»*Je n'y crois pas.* Ich verfolge dich nicht!«

»Ach, warum stehst du dann auf der anderen Straßenseite bei den Schuberts und rauchst?«

Er zuckte zusammen. »Ich warte auf dich«, sagte er leise.

»Ich will das aber nicht, klar! Und woher hast du unseren Wohnungsschlüssel?«

»Wohnung… *Comment?*«

»Den Schlüssel zu unserer Wohnung, *la clé!*«

»*Mon dieu*, ich habe kein Schlüssel, was denkst du? Ich … *je t'aime!*«

Die Worte fuhren wie ein Blitz durch ihr Inneres. Sie konnte nicht anders, als ihm eine Ohrfeige zu geben.

Wütend starrte er sie an. »Warum bist du böse? Was ist so schlecht an *l'amour?*«

Er ging auf sie zu. Sie wich zurück, stolperte über einen Stuhl und fiel zu Boden.

»Oh là là, *excuse-moi!*«

Plötzlich stand Schweinebacke vor Duc und blaffte ihn an. »Hör mal, du französischer Assi, lass unsere Franzi in Ruhe und verpiss dich, *tu comprends?*«

Wie immer hing Schweinebackes Hemd aus der Hose und ließ einen Teil seines Bierbauchs frei. Mit ihm hatten Franziska und Jacky im Deutschkurs schon so manchen Streit ausgefochten. Dass er plötzlich Partei für sie ergriff, wunderte sie sehr. Noch mehr staunte sie über seine Französischkenntnisse.

»Soll ich ihm eine verpassen?«, fragte Schweinebacke.

»Nein, nein, ist gut. Lass ihn gehen!« Franziska rappelte sich auf, schnappte ihren Rucksack und flüchtete hinaus auf den Sportplatz. Eigentlich dachte sie, ihr Leben nach den Ereignissen im Mai wieder im Griff zu haben. Aber das war wohl ein Trugschluss.

*

Kamilla Beskow hatte am Montagvormittag einige Einkäufe im Mühlheimer Gewerbegebiet und in Offenbach zu erledigen. Anna Andresen hielt die Stellung in der Galerie. Das war kein Problem, denn am Montag kamen selten wichtige Kunden. Als Kamilla gegen Mittag im Büro eintraf, brachte sie zwei Nudelboxen vom Panda-Imbiss mit. Während des Essens diskutierte sie mit Anna, wie es nach dem Ausfall von Claudia Jansen geschäftlich weitergehen sollte. Bilder von Brisko Günther auszustellen, wäre eine Alternative gewesen, doch nach den Ereignissen vom Freitagabend war ihr die Motivation dazu völlig abhandengekommen. Sie erzählte Anna von den Vorgängen beim Brauereifest in Seligenstadt. Diese war entsetzt. Sie hatte Brisko noch nie sonderlich leiden können, aber nun waren alle Reste von Wohlwollen den Main hinuntergeschwommen. Am liebsten hätte sie das letzte Günther-Bild sofort abgehängt und vernichtet, doch angesichts der angespannten geschäftlichen Situation mussten sie versuchen, es zu verkaufen. Für die Zukunft gab es nur eine Lösung: Florian Kannenmacher.

»Heute früh war übrigens ein netter, gut aussehender Kunde hier, der hat sich für Briskos Bild interessiert.«

»Oh, gut, hast du seine Kontaktdaten?«

»Nein, die wollte er nur dir geben.«

»Wie bitte?«

Anna lächelte vielversprechend. »Ich glaube, er interessiert sich für dich, hat ausdrücklich nach dir gefragt. Er will in den nächsten Tagen wiederkommen.«

Kamilla lachte. »Na, dann bin ich mal gespannt, ob er wirklich so gut aussieht!«

»Na und ob, er hat ausgesprochen männliche Schultern und außerdem eine sehr angenehme Stimme.«

*

Herbert Falke hatte soeben die Gauloises-Schachtel vorsichtig aus der Plastiktüte gleiten lassen, als das Telefon klingelte. Widerstrebend raffte er sich auf und schlurfte in den Flur. »Ja?«

»Da haben Sie sich ja einen seltsamen Vogel ausgesucht!«

»Hallo, Frau Heckmanns!«

»Hallo, Herr Falke!«

»Wen meinen Sie, McBrise?«

»Ja. Ich habe ihn in der Datenbank gefunden.«

»Oh, sehr gut. Und, was hat er verbrochen?«

»Das weiß ich nicht«, sagte die Hauptkommissarin. »In seiner Akte gibt es einen Sperrvermerk.«

»Wie? Was heißt das denn?«

»Seine kompletten Daten sind gesperrt. Jedenfalls für mich. Nur ausgewählte Ermittler dürfen darauf zugreifen. Man kann zwar irgendwo beantragen, diesen Sperrvermerk aufzuheben … keine Ahnung wo, mein Chef weiß das … aber nur wenn die betreffende Person unter Verdacht steht, ein Kapitalverbrechen begangen zu haben. Da ist nichts zu machen.«

Herbert Falke wollte das kaum glauben. »Aber … wieso? Ich meine, warum der Sperrvermerk?

»Dazu ist natürlich nichts hinterlegt, aber üblicherweise haben wir es dabei mit Geheimdienstlern, verdeckten Ermittlern oder V-Leuten zu tun.«

»Aha«, sagte Herbert, »als Engländer liegt es natürlich nah, dass er für den britischen Geheimdienst arbeitet.«

»Das habe ich auch schon gedacht«, antwortete sie.

»Können Sie da nicht mal nachhaken?«

Sie lachte schallend. »Vergessen Sie's! Die würden noch nicht einmal mit mir reden.«

»Schade, trotzdem vielen Dank, Frau Heckmanns!«

Nachdenklich schlenderte er in die Küche und füllte die Kaffeemaschine. Während sie vor sich hin blubberte, ging er zurück in sein Arbeitszimmer und begann mit der Prüfung der Gauloises-Schachtel. Vorsichtig pinselte er die gesamte Packung mit einem Spezialpulver ein. Im Grunde war sie voll von Fingerabdrücken. Teilstücke, verschmiert, übereinanderliegend, tausendmal angefasst, nichts Verwertbares. Er fluchte, öffnete den Mülleimer und warf die Zigarettenschachtel hinein. Kein guter Tag heute. Vielleicht würde ihn wenigstens das Gespräch mit Anna Andresen voranbringen. Er öffnete den Mülleiner erneut und fischte die Gauloises-Schachtel wieder heraus. Immerhin war sie ein Beweisstück.

*

Gianni verließ das Offenbacher Rathaus. Stolz sah er auf den Gewerbeschein in seiner Hand: Herbert Falke, Detektiv. Schon vor Wochen hatte Herbert den Schein beantragt, es war keine große Sache, lediglich der Personalausweis und ein polizeiliches Führungszeugnis mussten vorgelegt werden. Bisher hatte ihn Herbert allerdings nicht abgeholt. Irgendwie scheute er sich davor, ein offizielles Bekenntnis zu seinem neuen Job abzulegen. So hatte Gianni beschlossen, dem Selbstverständnis seines Freundes ein wenig auf die Sprünge zu helfen. Wobei *helfen* im Vordergrund stand. Eva hatte zu bedenken gegeben, dass Herbert dies auch als Überforderung, Bevormundung oder sogar Zwang verstehen könnte. Gianni hatte die Augen verdreht. Warum nicht gleich als Bürde, Knechtschaft oder Sklaverei? Gianni lächelte in sich hinein, als er an die Diskussion mit seiner Freundin dachte. Er lief die Herrnstraße hinab Richtung Mainufer, schaute kurz ins Restaurant Da Gianni gegenüber des Büsing-Palais, trank mit seinem Namensvetter einen Espresso im Stehen und verabschiedete sich mit sieben »*Ciao!*« und acht »*Arrivederci!*«. Am Mainuferparkplatz stieg er in seinen Wagen. Er sollte einen Artikel über das »Schanz« in Mühlheim schreiben, dessen kulturelle Ausrichtung und Bedeutung für die Region. Auf dem Weg dorthin hielt er vor einer kleinen Druckerei, trat mit einem kraftvollen »Bon di!« ein und verließ das Gebäude kurze Zeit später mit Herberts Visitenkarten und Briefpapier. Er hatte von einem Kollegen beim Offenbach-Kurier ein Logo für die Detektei Falke entwerfen lassen. Es zeigte einen Raubvogel, der einen karierten Umhang und eine Mütze trug, die der Sherlock Holmes' ähnlich sah. Sehr gelungen! Fand jedenfalls Gianni. Eingangs Mühlheim hielt er erneut. Direkt neben Mister Master, einem winzig kleinen Laden für Schuhreparaturen, Schlüssel und Schilder. Er musste vor der Tür warten, bis die Frau vor ihm das Lädchen verlassen hatte, denn zwei Personen passten nicht in den Kundenbereich. Kurze Zeit später hielt er ein Klingelschild in der Hand mit der Aufschrift »Detektei Falke«. Er stieg ins Auto, tätigte einen kurzen Anruf und war sehr zufrieden. Herberts Webseite war seit heute früh online. Mit der Erläuterung seiner Fähigkeiten sowie E-Mail-Adresse und Telefonnummer. Wenn Gianni ihm schon nicht mit Informationen aus der Polizeidatenbank dienen konnte, dann wenigstens mit dieser Hilfsaktion. Um 19.30 Uhr heute Abend waren sie zum Abendessen im Landhaus Hotel Waitz in Lämmerspiel verabredet. Die Überraschung sollte gelingen.

*

Herbert schwang sich auf seinen Motorroller und fuhr nach Dietzenbach. Die samtigen 28 Grad vom Vormittag hatten sich in bohrenden Sonnenschein gewandelt. An einem Waldstück kurz vor Sprendlingen hielt er an, um den Helm abzunehmen und seinem Kopf eine Brise Luft zu gönnen.

Gegen 16 Uhr traf er bei Anna Andresen ein. Sie wohnte in einer kleinen Zweizimmerwohnung nahe beim Kreishaus im Theodor-Heuss-Ring. Gut gelaunt empfing sie ihn und bot ihm Platz auf einer grünen Designercouch an. Von Kamilla Beskow wusste sie bereits, dass er mit der Suche nach den Bildern beschäftigt war, was die Kommunikation erleichterte. Überhaupt war sie gut informiert, denn mit einem dezenten Lächeln meinte sie, er arbeite ja noch nicht lange als Privatdetektiv, da wolle sie ihm gerne behilflich sein. Existenzgründer müsse man schließlich unterstützen. Zum ersten Mal spürte Herbert so etwas wie Stolz auf seine Tätigkeit, empfand sogar eine Art Anerkennung seiner selbst gestellten Aufgabe. Darüber vergaß er momentan sogar die Frage, woher sie diese Information hatte.

Da Frau Andresen seiner Meinung nach bereits aus dem Kreis der Verdächtigen ausgeschieden war, konnte Herbert ungezwungen in das Gespräch gehen. Er fragte sie zunächst, was sie über die Bilder wisse. Sie berichtete, dass sie den geschäftlichen Teil der Bildankäufe leite. Die Entscheidung, welche Exponate erworben würden, läge jedoch allein bei Frau Beskow. Beim Ankauf der »Clownerien« sei sie noch nicht eingebunden gewesen, deswegen gebe es dazu keinen vernünftigen Kaufvertrag, nur ein handgeschriebenes Pamphlet, das die Bezeichnung »Vertrag« kaum verdiene. Wenigstens seien Kaufpreis und Datum vermerkt und beide, Frau Beskow und Herr Günther, hätten unterschrieben, sodass die Anfechtung der gesamten Aktion von Herrn Günthers Seite aus keine Chance habe.

Herbert Falke sah sie erstaunt an.

Herr Günther behaupte, so Frau Andresen weiter, dass Kamilla Beskow eine Notsituation seinerseits ausgenutzt habe, um ihm das Bild zu einem Spottpreis abzuluchsen. Was natürlich völliger Unsinn sei. Sie habe den Eindruck, dass er neidisch auf Frau Beskow sei, weil sie Erfolg mit ihrer Galerie habe, während er den Versuch, eine kleine Galerie im Rodgau aufzubauen, nach kurzer Zeit wegen Liquiditätsmangel habe abbrechen müssen.

Da staunte Herbert. Wo diese kleine Galerie von Brisko Günther denn genau gewesen sei.

Soweit sie sich erinnere in Nieder-Roden, direkt am Badesee, dazu ein Lagerraum in der Mainzer … äh, nein, etwas Bayerisches, ja, Münchner Straße, in einem Hinterhof. Brisko habe ihr einmal davon erzählt, auch von den finanziellen Details. Dilettantisch, so müsse man das nennen. Ein geschäftliches Desaster.

Sie entschuldigte sich und ging in die Küche, um Kaffee aufzubrühen, während Herbert überlegte, ob Geschäftsneid als Motiv ausreichte, die Bilder zu stehlen. Er musste sich eingestehen, dass schon geringere Anlässe zu schlimmeren Straftaten geführt hatten. Was nicht in das Denkmodell passte, war die Tatsache, dass nur Jansen-Bilder gestohlen worden waren. Das musste einen Grund haben. Und den wollte Herbert als Erstes herausfinden.

Frau Andresen kam mit einem voll beladenen Tablett zurück. Kaffeekanne, Milch, Zucker, Geschirr, Nusskuchen. Er griff zu. Ob sie eine Ahnung habe, warum nur Bilder von Claudia Jansen gestohlen wurden.

Das habe sie sich selbst schon gefragt, antwortete Anna Andresen. Aber sie habe keine Antwort gefunden. Bei »Nachthelle« und den »Blumen im Nordwind« könne man annehmen, dass der Bekanntheitsgrad von Frau Jansen den Verkauf der Bilder auf dem Schwarzmarkt lohnend gemacht habe, aber als die »Clownerien« gestohlen wurden, sei sie noch ein kleines Licht in der Branche gewesen. Nein, nein, das passe alles nicht zusammen.

Herbert wollte nun wissen, wie Frau Andresens Verhältnis zu ihrer Chefin sei. Im Grunde wusste er das bereits, denn ihre Schilderung der Zusammenarbeit gab genügend Auskunft. Dennoch hörte er die Beschreibung menschlicher Koexistenzen gerne von den Beteiligten selbst, das klärte Sympathien, Antipathien und Hierarchien. Es laufe gut mit Kamilla, meinte Anna Andresen. Sie arbeiteten zusammen auf einer freundlichen, sachlichen Ebene. Zwar duzten sie sich, hätten aber keine private Verbindung. Was im Übrigen auch schwer sei, denn sie selbst arbeite abends noch als Geschäftsführerin eines Sauna-Clubs in Dietzenbach.

Ob sie Brisko Günther näher kenne, fragte Herbert.

Sie verzog angewidert das Gesicht. Privat kenne sie ihn gar nicht. Auch geschäftlich wolle sie am liebsten nichts mit ihm zu tun haben, aber ein Bild von ihm hinge leider noch in der Galerie; das müsse verkauft werden. Im Übrigen sei Brisko Günther aus ihrer Sicht eine künstlerische Null, nichts als bunte Schmierereien, die sogar ein Affe besser könne. Außerdem habe er sich überhaupt nicht weiterentwickelt in den letzten Jahren, und nun sei er 28 und bei ihm Hopfen und Malz verloren, wie es so schön heiße. Frau Andresen sah Herbert unsicher an und fragte, ob er wisse, dass Kamilla am Freitagabend von Brisko angegriffen worden sei.

Herbert horchte auf. Was sie denn mit »angegriffen« meine.

Das wisse sie nicht, da müsse er Kamilla schon selbst fragen, es habe sie jedenfalls sehr mitgenommen. Und so als antizipierte Frau Andresen Herberts nächste Frage, setzte sie hinzu, dass Brisko in Langenselbold wohne, hinter Hanau.

Herbert bedankte sich. Hier musste er auf jeden Fall weiterrecherchieren. Dann gab es ja noch Florian Kannenmacher. Was sie denn von ihm halte?

Frau Andresen wiegte den Kopf unschlüssig hin und her. Florian sei künstlerisch deutlich kreativer als Brisko, so ihre Meinung und auch die von Kamilla, aber von der Persönlichkeit her noch unreif. Er sei 27 Jahre alt, wohne bis heute bei seinen Eltern in Gelnhausen, gut bürgerliche Umgebung. Meistens sei er ruhig und nett, eigentlich *zu* nett. Es werde ihre Hauptaufgabe in den nächsten Wochen sein, dem Mann mehr Selbstbewusstsein zu vermitteln, denn irgendjemand müsse ja die verlorenen Umsätze der Jansen-Bilder auffangen.

Herbert Falke nickte. Ob sie eine Erklärung dafür habe, warum Claudia Jansen nicht mehr malen wolle, fragte er.

Sie schüttelte den Kopf. Das sei ihr ein absolutes Rätsel. Aber wirklich wundern würde sie das nicht. Auf Herberts fragenden Blick hin ergänzte sie, dass Künstler ein komisches Völkchen seien, mit ihren Gefühlen um sich werfend und dadurch oft unberechenbar.

Als Herbert die Wohnung von Anna Andresen verließ, hatte er deutlich mehr erfahren, als er sich erhofft hatte. Sein neuer Beruf machte ihm mehr und mehr Spaß. Jetzt musste er sich beeilen, denn gegen 19.30 Uhr wollte ihn Gianni in der Brinkstraße zu einem nachträglichen Geburtstagsessen abholen. Der Gutschein des Restaurant Waitz hing schon seit Januar an seiner Pinnwand. Er freute sich darauf.

*

Während des Abendessens hatte Franziska kein besonderes Bestreben zu reden. Zum Glück schien es ihrem Vater ebenso zu gehen. Er war müde und zugleich sauer, Franziska wusste nicht genau, warum, wahrscheinlich wegen der Referendarin, die er nächste Woche betreuen musste. Sie dankte ihm innerlich für sein Schweigen. Nach dem Essen murmelte sie etwas Ungeordnetes vor sich hin, sie wolle noch lernen und früh schlafen gehen, der Vater nickte, und sie verschwand in ihrem Zimmer.

In Wahrheit sehnte sie sich nach dem Alleinsein. Und sie musste nachdenken. Was wollte Duc von ihr? War *er* der Eindringling und Bücherversteller? War er tatsächlich in sie verliebt? Ausgerechnet *der* … lächerlich! Sie wurde wütend, als sie daran dachte, dass der Kerl sich womöglich vorstellte, sie zu küssen. Franziska schüttelte sich. Dann fiel ihr der Karton ein, den sie gestern hatte öffnen wollen. Sie kniete sich auf den Teppich und zog ihn unter dem Bett hervor.

Ihr Handy gab zwei kurze, hohe Töne von sich. Das Zeichen für eine SMS. Sie ließ den Karton los, nahm das Mobiltelefon vom Nachttisch und öffnete die Nachricht.

»Was soll das? Meinst du vielleicht, so wirst du mich los? K.«

Ein Würgereiz riss sie hoch. Zum Glück hatte sie nicht viel gegessen. Sie wischte sich über den Mund. Ruhig nachdenken. Wer war der Absender dieser SMS? Die Rufnummernübertragung war natürlich ausgeschaltet. Die Nachricht klang wütend. Sollte er oder sie doch wütend sein, ihr egal. Oder konnte ihr damit Gefahr drohen?

Erst Duc und sein idiotisches Liebesgeständnis, jetzt diese SMS. Warum konnte die Welt sie nicht einfach in Ruhe lassen? Sie schob den Karton wieder unters Bett, zog den Schlafanzug an, löschte das Licht und suchte Schutz unter ihrer Decke. Möglichst schnell schlafen, das war alles, was sie wollte. Doch das Dunkel der Nacht erfüllte ihr diesen Wunsch nicht. Sie wurde zwischen Traum und Wirklichkeit hin und her geworfen. Schweißgebadet schreckte sie aus einem Albtraum hoch, schaltete das Licht wieder ein und sah auf den Wecker: 23:33 Uhr. Sie erhob sich und öffnete das Fenster. Es hatte zu regnen begonnen, klare Luft strömte herein. Sie zog die Schreibtischschublade auf und nahm ihr Tagebuch heraus.

*

Nach seinem Dietzenbach-Ausflug schaffte es Herbert gerade noch, sich zu duschen, seinen grauen Haarschopf mit Föhn und Bürste zu bändigen und sein Sonntagsjackett aus dem Schrank zu holen – natürlich kariert. Passende Krawatte, Aftershave, fertig. Schon hupte es unten auf der Brinkstraße. Er sah durchs Küchenfenster, Gianni stand neben einem Taxi, winkte und bewegte die Lippen. Herbert konnte sein »Bon di!« nicht hören, aber fast im Gehörgang spüren. Er hob die Hand, griff nach seinem Schlüsselbund und zog die Wohnungstür hinter sich zu.

Seit vielen Jahren schon begingen die beiden Freunde ihren jeweiligen Geburtstag mit einem gemeinsamen Abendessen. Mit Pizza und Jägerschnitzel hatten sie begonnen und sich dann, bei fortschreitender Jahreszahl auf der Geburtstagskarte, von den Standardideen gelöst und sich anspruchsvollen Menüs zugewandt. Am 14. Januar des vergangenen Jahres hatten sie Herberts Geburtstag im Restaurant Gut Neuhof nahe Neu-Isenburg gefeiert. Zu Giannis letztem Geburtstag am 1. Oktober hatte Herbert eine ungewöhnliche, fast schon experimentelle Speisenfolge im Offenbacher Schaumahl gebucht – beide waren begeistert gewesen. Mit zunehmendem Menüpreis war auch das Ambiente immer kultivierter geworden und damit – ohne Absprache der Freunde – auch die Kleidung. Während Herbert nie von seinem karierten Jackett abgerückt war, hatte Gianni heute Abend einen schwarzen Anzug gewählt, ein weißes Hemd mit dunkelroter Krawatte und ein passendes Einstecktuch. Herbert bedachte ihn mit einem anerkennenden Blick. Dermaßen fein gewandet wurden sie vom Taxifahrer nach Lämmerspiel chauffiert und direkt vor dem Restaurant Das Waitz abgesetzt.

Herbert beäugte neugierig das Geschenk, das Gianni vor sich her trug. Die Restauranttür öffnete sich. Das Personal war vorzüglich geschult und willens, das Gelernte auch anzuwenden. Zwei junge Herren in Schwarz-Weiß führten sie wie selbstverständlich zu dem vorbestellten Tisch, die

Stühle wurden zurückgezogen. Die Lage des Tisches war ideal: nah an der Terrassentür, sodass die frische Luft des Sommerabends hereingetragen wurde. Sogar eine eigens für diesen Abend gedruckte Menükarte stand vor ihnen auf dem Tisch, zum ersten Mal in all den Jahren. Herbert war beeindruckt.

Menükarte zum Geburtstag von Herbert Falke
Vorspeise: Rote-Bete-Carpaccio, Ziegenkäse, Feldsalat
Hauptspeise: Mittelmeerdorade,
Calamaretti, Ligurisches Gemüse
Dessert: Auswahl französischer Rohmilchkäse,
Cassiscreme

Sofort kam der Kellner und servierte einen Aperitif, die beiden stießen an.

»Zum Wohl, Herbie! Nachträglich alles Gute zum Geburtstag! Tut mir leid, dass wir so spät dran sind.«

Herbert nickte. »Vielen Dank! Und mach dir keine Gedanken wegen der Verspätung, die halbe Stadt war im Januar von der Grippewelle betroffen.«

»Stimmt. Und dadurch hatte ich Zeit, das hier für dich zu besorgen!« Damit reichte er das sorgfältig in buntes Geschenkpapier eingeschlagene Päckchen herüber.

»Sehr schön verpackt!«, grinste Herbert. Beide wussten, dass Eva dafür verantwortlich war, denn Gianni war ein Analphabet, wenn es ums Einpacken von Geschenken ging.

Herbert zog das Papier auf. »Oh, mein Gewerbeschein!«

»Hab ihn abgeholt«, sagte Gianni, »wollte dir helfen, du warst so zögerlich …«

»Ein Schild … Detektei Falke. Und Visitenkarten, unglaublich!«

Gianni warf ihm einen unsicheren Blick zu. »Hoffe, es gefällt dir …«

Herbert schob seine Brille, die fast bis zur Nasenspitze heruntergerutscht war, mit dem Zeigefinger zurück. Er atmete tief ein, noch unschlüssig, wie er reagieren sollte. Es war ihm bewusst, dass der ganze Abend auf dem Spiel stand. Natürlich hatte Gianni in guter Absicht gehandelt, aber …

»Kennst du Jean-Jacques Rousseau, den Philosophen?«, fragte Gianni mitten in seine Gedanken hinein.

Herbert war irritiert. »Ja, warum?«

»Er schrieb: ›Der Wurf mag zuweilen nicht treffen, aber die Absicht verfehlt niemals ihr Ziel‹.«

Herbert konnte ein Lachen nicht unterdrücken. »Pass auf, Gianni. Heute Nachmittag war ich bei Anna Andresen, um sie zu befragen, und während dieses Gesprächs ist mir eingefallen, dass mein Gewerbeschein ja noch im Bürgerbüro liegt, und ich habe beschlossen, ihn abzuholen. Ich denke, ich habe mich an die Bezeichnung … ›Detektiv‹ gewöhnt.«

Giannis Mimik wechselte von »nah am Entsetzen« zu »maximaler Erleichterung«.

»Einen Tag früher hätte ich dich wahrscheinlich geköpft!«, sagte Herbert.

Bevor sein Freund etwas erwidern konnte, erschienen die beiden schwarz-weißen Herren mit der Vorspeise. Hauchdünne Rote-Beete-Scheiben mit einer leicht süßlichen Vinaigrette, dazu als Kontrapunkt Feldsalat mit kräftigen, auf der Zunge zergehenden Schafskäsewürfeln – ein Erlebnis.

»Übrigens«, sagte Gianni mit vollem Mund, »hab dir eine Website einrichten lassen, »bist jetzt im Internet zu finden, das brauchst du als Detektiv.«

Nun war Herbert klar, woher Anna Andresen so gut über ihn Bescheid wusste.

Gianni fuchtelte aufgeregt mit der Gabel herum. »Dachte, wenn ich dir schon nicht mit Informationen aus der Polizeidatenbank helfen kann, dann wenigstens auf diese Weise. Hat uns sehr leidgetan wegen Franzi.«

Herbert nickte nachdenklich.

»Bist du im Fall des Stalkers trotzdem weitergekommen?«, fragte sein Freund.

Herbert berichtete, was seit der »konspirativen Sitzung« am Freitagabend in der HesseWirtschaft passiert war. Vom neuen Türschloss, der falsch positionierten Minikamera und der Gauloises-Schachtel, von dem Brief, den eine Person namens K. von Berlin aus an Franziska geschickt hatte, und dass Franzi ihren Vater so lange nicht darüber informieren wolle, bis klar sei, dass es sich bei K. nicht um Karin handele. Auch erzählte er von dem Bild, das Karin und ihren Arbeitskollegen zeigte, von seinem Verdacht, dass Kilian McBrise identisch mit K. sein könne, von der Enttäuschung über das Ergebnis des Handschriftenvergleichs und von Nina Heckmanns, die ihm helfen wollte, aber wegen des Sperrvermerks nicht konnte. Und er bat Gianni, Franziska gegenüber auf keinen Fall das Bild zu erwähnen, das er sich vertrauenswidrig für einen Tag ausgeliehen hatte.

»Na ja, zumindest ein Verdächtiger«, meinte Gianni. »Besser als nichts. Und die Suche nach den Gemälden?«

Immerhin wisse er nun, dass der Raub des ersten Bildes damals in Seligenstadt von einem gewalttätigen Angriff begleitet worden sei, erzählte Herbert. Damit kam für ihn nur ein Mann als Täter infrage, Nadine Esch und Anna Andresen seien also aus dem Schneider. Und auch hier habe er einen Verdächtigen: Friedrich »Brisko« Günther. Nur das Motiv sei noch zu schwach, um es als valide Begründung für Raub und schweren Diebstahl zu werten.

In diesem Moment wurde die Hauptspeise aufgetragen. Herbert freute sich auf die mit Mittelmeerkräutern verfeinerte Dorade – eine absolute Delikatesse. Auf die Calamaretti hätte er eigentlich verzichten können, doch erstaunlicherweise boten die Mini-Tintenfische, die auf neapolitanische Art in Knoblauch und Öl angeschwitzt waren, eine wunderbare geschmackliche Ergänzung. Dazu das ligurische Gemüse – hervorragend!

Während des Essens begann Gianni eine Diskussion darüber, ob die beiden Fälle wohl zusammenhingen. Die Männer redeten sich die Köpfe heiß, kühlten selbige mit einem feinen Loos-Riesling von der Mosel, diskutierten angeregt weiter, zwischen französischem Rohmilchkäse und Wein, Cassiscreme und Cognac, kamen aber zu keinem Ergebnis. Außer dass Jacky die einzige Person war, die in beide Fälle involviert war, was jedoch nicht wirklich weiterführte. Zumal mittlerweile die Erkenntnis gereift war, dass es sich mit vollem Magen und gehobenem Alkoholspiegel nicht gut sachlich diskutieren ließ.

Gianni bestellte ein Taxi, das bereits vor der Tür wartete, als er noch den Kreditkartenbeleg unterschreiben musste. »Schrecklich, diese Unterschrift«, stöhnte er. »Unter Zeitdruck wird meine Handschrift immer unleserlich!«

Das Taxi rauschte in die Sommernacht. Herbert öffnete sein Fenster und genoss die kühle Luft auf seiner Haut. Als sie die Offenbacher Stadtgrenze passierten, fielen die ersten Regentropfen. Herbert ließ das Wagenfenster wieder hinaufgleiten. Unvermittelt kam ihm ein

Gedanke: »Gianni, was hast du eigentlich zuletzt im Restaurant gesagt?«

»Dass ich es nicht leiden kann, wenn ich unter Zeitdruck unterschreiben muss.«

»Nein, nein«, sagte Herbert. »Du hast es irgendwie anders ausge…« Ein Blitz zuckte über den Himmel. Ein tiefer Donnerschlag folgte. Dicke Regentropfen trommelten auf das Taxidach. Herbert konnte seinen Satz nicht mehr beenden.

*

Tagebucheintrag Franziska Falke, Montag, 20. Juli, 23:33 Uhr

Hatte soeben einen bösen Albtraum: Jemand hielt mir einen Trichter auf den Kopf, aber es floss nichts in mich hinein, sondern aus mir heraus. Ich wurde immer leerer. Ein krasses Gefühl. Bin dann zum Glück aufgewacht. Hab das Tagebuch herausgeholt, um mich abzulenken.

Musste mich heute Duc Isère stellen. Er behauptet, in mich verliebt zu sein. Habe mir so gewünscht, dass das mal ein Junge zu mir sagt. Aber doch nicht dieser Typ! Große Enttäuschung. Einer, den ich nicht brauche, kommt mir zu nah, eine andere, die ich brauche, ist weit weg.

Dann noch dieser K. Hat mir eine SMS geschickt. Ist wütend, weil wir ein neues Schloss eingebaut haben. Kommt nicht mehr in die Wohnung. Geschieht ihm recht. Schluss für heute, war ein beschissener Tag. Morgen werde ich mit Papa reden. Muss ihm alles sagen.

Nein! Nein! Nein! Ich glaube es nicht: *K. hat in mein Tagebuch geschrieben!*

Er dringt in meine Welt ein. Bin schockiert! Nein, bin

nicht schockiert. Ich bin … Ich weiß nicht, was ich bin. Das Geschmier stand vor meinem Eintrag vom letzten Freitag, hab's gerade eben gesehen. Das ganze Tagebuch kontrolliert, keine weiteren Fremdeinträge gefunden.

K. – wer bist du? Was willst du?

DIENSTAG, 21. JULI

In den frühen Morgenstunden tobte über Seligenstadt ein Gewitter. Kamilla Beskow wachte mehrmals auf und beschloss um 5.30 Uhr schließlich aufzustehen. Sie wollte früh in der Galerie sein, um Büroarbeiten zu erledigen, bevor Herbert Falke zu einem Informationsaustausch kam. Während des Frühstücks fiel ihr Blick auf das Display des Handys. Eine SMS. Sie öffnete die Nachricht: »Liebe Kamilla, ich verehre dich. BW«

Kopfschüttelnd nahm sie einen Schluck Kaffee. BW? Sie hatte keine Idee, wer das sein konnte. Auch die Telefonnummer war ihr unbekannt. Sie überlegte. Zurückrufen, um den Absender herauszufinden? Nein. Der Text schmeichelte ihr eigentlich. Hätte ihr das jemand von Angesicht zu Angesicht gesagt, jemand, den sie kannte, ja, dann hätte sie sich bestimmt darüber gefreut. Aber so? Am besten schnell vergessen.

Sie raffte ihre Sachen zusammen und sah aus dem Fenster. Der Himmel war grau, dünne Regenvorhänge zogen durch die Henri-Dunant-Straße. Sie griff nach Regenschirm und Handtasche, schloss schnell noch das Küchenfenster und öffnete die Haustür. Der Schlag erwischte sie an der rechten Augenbraue, die sofort aufplatzte, Blut rann in ihr Auge. Sie versuchte, sich wegzudrehen, wurde in den Flur gestoßen, die Tür fiel zu. Der zweite Schlag traf sie in den Bauch, das Frühstück schoss aus ihrem Magen hoch, ein brauner Strahl ergoss sich auf die Fliesen. Sie stürzte, sich panisch an der Handtasche festklammernd. Der

Angreifer war ein kleiner und bulliger Mann. Sie konnte ihn nur schemenhaft erkennen. Ihr rechtes Auge war mit einem Blutschleier bedeckt, das andere von einer panikbedingten Unschärfe befallen. Sie krümmte sich zusammen, den nächsten Hieb erwartend. Doch der kam nicht. Jedenfalls nicht sofort. Erst als sie sich ein Stück weit erholt hatte, prallte seine Schuhspitze gegen ihre Lendenwirbelsäule. Der Schmerz schoss bis in die Beine, an eine willentlich gesteuerte Bewegung war nicht mehr zu denken. Sie merkte, dass sie kurz davor war, das Bewusstsein zu verlieren, und beschloss, sich auch so zu verhalten. Später erklärte ihr Herbert Falke, dass dies genau richtig gewesen sei, doch in diesem Moment handelte sie nicht berechnend, sondern aus einem Instinkt heraus. Der bullige Mann schien zunächst zufrieden zu sein. Er ging durch das Haus, inspizierte Küche und Wohnzimmer. Kamilla hielt die Augen geschlossen und wartete, krampfhaft versucht, Schmerzen und Übelkeit im Griff zu behalten. Schließlich stieg er die Treppe hinauf. Sie griff in die Handtasche, ertastete ihr Handy, drehte vorsichtig den Kopf und versuchte, darauf herumzudrücken, hatte keine Ahnung, in welchem Menü sie gerade war, durch einen Schmerznebel hindurch suchte sie das H auf der Tastatur, danach das I, versuchte, das L zu treffen, es piepste. Sie hörte Schritte. Ein Schuhabsatz bohrte sich in ihren Arm, lange, andauernd und fest. Sie schnappte nach Luft, schrie laut auf, spürte ihren Arm kaum noch, dann hielt ein Fahrzeug vor dem Haus. Der Mann hob den Fuß und ging zur Haustür, spähte durch die kleine Scheibe. Kamilla hörte das Rumpeln von Mülltonnen. Der Motor dröhnte und das Fahrzeug entfernte sich. Ihr Peiniger betrat das Wohnzimmer, es erklang ein Geräusch, als sei etwas gefallen oder heruntergerissen worden. Der Mann lachte laut. Sekunden später folgte ein zweites, ähnliches Geräusch.

Jetzt klingelte es. »Frau Beskow? Hier ist Panninger, ihr Nachbar, bitte kommen Sie mal raus!«

Der bullige Mann bückte sich zu ihr herunter: »Halt's Maul, klar!«

Sie nickte.

»Frau Beskow, sind Sie da?«

Der Mann drückte seine schmierige Hand auf ihren Mund. Er stank nach Diesel.

»Ihr Wagen steht im Weg, Frau Beskow, ich kann nicht aus der Garage fahren, entweder Sie kommen raus, oder ich muss leider die Polizei rufen. Frau Beskow? Falls Sie noch nicht so weit sind, können Sie mir auch den Autoschlüssel rausreichen. Ich muss dringend zur Arbeit!«

»Wo ist der Schlüssel?«, fragte der Mann.

Kamilla zeigte mit der Kinnspitze auf ihre Handtasche.

Er zog den Autoschlüssel heraus. »Ein Ton, und du bist tot!«

Sie nickte.

Er öffnete die Haustür einen Spalt breit und streckte seinen Arm mit dem Schlüssel hinaus. Das Metallteil traf seinen Unterarm mit voller Wucht, Knochen splitterten, der bullige Mann schrie auf, die Tür wurde von außen aufgestoßen, und Kamilla sah undeutlich, wie ein Spaten flach gegen die Stirn ihres Peinigers krachte. Er ging zu Boden. Eine große, breitschultrige Figur erschien in der Tür, hielt eine Rolle Bindfaden in der Hand – es mochte ihre eigene sein, die sie üblicherweise im Gartenschuppen verwahrte –, band dem Niedergeschlagenen Hände und Füße zusammen und sagte mit weicher Stimme: »Alles ist gut, Kamilla!«

Jetzt, wo sie in Sicherheit war, erst jetzt begann sie zu weinen, die Tränen flossen herab, säuberten das rechte Auge, sodass sie erkannte, dass der Mann mit den breiten Schultern und der angenehmen Stimme sie zum zweiten Mal gerettet hatte. Er zog sein Mobiltelefon aus der Hosentasche, wählte und gab dem Rettungsdienst Ort und Geschehen durch. »Der Notarzt kommt gleich!«

Dann holte er ein feuchtes Handtuch, setzte sich auf die Fliesen, tupfte ihr vorsichtig das Gesicht ab und sagte: »Ich bin Bruno.« Ihre Tränen liefen weiter, immer weiter. Er nahm ihren Kopf vorsichtig zwischen seine großen, weichen Hände und sang ein Kinderlied.

*

Das Gewitter hatte Abkühlung gebracht, und Franziska fühlte sich ausgeschlafen. Was auch daran lag, dass sie sich nach dem Tagebucheintrag entschlossen hatte, am nächsten Morgen sofort mit ihrem Vater zu sprechen. Der Brief von K., die SMS, der Handschriftenvergleich. Über alles sollte er Bescheid wissen, keine Geheimnisse mehr, auch keine Notgeheimnisse. Sie ertrug das nicht mehr.

Doch als sie wie üblich kurz nach 7 Uhr zum Frühstück kam, hatte ihr Vater noch nichts vorbereitet, er saß auch nicht in der Küche, sondern im Wohnzimmer, ein Bild von Karin in der Hand, nachdenklich aus dem Fenster blickend. Aus dem Radio erklang: »*Get Back*« von den Beatles. Ja, so hätte er die Nachricht gern zu ihr in die Ferne geschickt: Komm zurück, dorthin, wo du zu Hause bist. Er nahm Franziska nicht einmal wahr. Sie ging in die Küche, setzte Kaffee auf und erkannte, dass sie ihren Entschluss von heute Nacht nicht umsetzen konnte. Noch nicht. Sie sah auf den Stundenplan ihres Vaters. Er musste erst zur Zweiten in der Albert-Schweitzer-Schule sein. Sie hatte das Gefühl, ihn einfach in Ruhe lassen zu müssen und stellte seine Kaffeetasse wortlos neben ihn aufs Fensterbrett. Er nickte kurz, ohne sie anzusehen. Sie nahm ihren Rucksack und verließ die Wohnung. Unten auf dem Buchrainweg blickte sie noch einmal nach oben. Noch immer saß er am Fenster, blickte jedoch nicht auf sie herab, sondern starr hinaus in eine ferne Wunschwelt, weit hinter den Dächern von Offenbach.

Der Schultag begann normal. Fast langweilig. Franziska war kaum in der Lage, sich zu konzentrieren. Jacky ging es ebenso. Die Sache mit ihrer Mutter war immer noch ungeklärt, keine Neuigkeiten, auch die Polizei war nicht weitergekommen. Sie trafen Mia-Sophie, die Franziska mit rotem Kopf erklärte, dass sie Duc den Hinweis auf ihre Freistunde gegeben hatte. Franziska war zunächst ziemlich sauer, als Mia-Sophie dann aber berichtete, dass Duc sich direkt nach dem Vorfall in der Cafeteria krank gemeldet hatte und nach Puteaux zurückgefahren war, verrauchte der Ärger sofort. Wenigstens *ein* Problem war gelöst.

In der großen Pause gingen Franziska und Jacky zur Bäckerei Kress. Auf dem Weg dorthin schwärmten sie von Laith Al-Deen und seinem Konzert im Hanauer Amphitheater, das sie heute Abend besuchen würden. Mit zwei Kreppel, einem mit Marmelade und einem mit Pflaumenmus, machten sie sich auf den Rückweg. Kurz vor dem Schulgelände entdeckte Franziska, dass ihr jemand auf die Mailbox gesprochen hatte. Das kam selten vor, solch eine archaische Form der Mitteilung nutzte nur die ältere Generation. Wusste ich's doch, dachte Franziska, als sie die Stimme ihres Großvater vernahm: »Hallo, Franzi, Opa hier, ich hab was Wichtiges. In der Bedienungsanleitung meiner Software zur Handschriftenerkennung steht, dass die Schriftprobe der jeweiligen Person möglichst unter gleichen Bedingungen erstellt worden sein muss, also nicht einmal in Ruhe und ein andermal unter Stressbedingungen. Na ja, also, ich denke, Karin war bestimmt aufgeregt, als sie wegging und den Zettel geschrieben hat. Vielleicht hast du ja noch eine andere Schriftprobe, eine Urlaubskarte oder so was …« *Piep, piep, die Aufzeichnungszeit ist beendet.*

Franziska blieb mitten auf der Brandsbornstraße stehen. Noch nie hatte sie sich darüber Gedanken gemacht, ob ihre Erzeugerin beim Verlassen der Wohnung aufgeregt gewesen war oder nicht. Sie hatte überhaupt noch nie über die Gefühle ihrer Mutter nachgedacht.

»Franzi, ein Auto!«, rief Jacky. Es hupte, Franziska sprang zur Seite.

»Was ist denn mit dir los?«, fragte Jacky.

Franziska reichte ihr das Mobiltelefon. »Hör mal!«

Jacky hörte die Nachricht ab. »Na, ist doch toll, Mensch, vielleicht eine neue Chance. Hast du eine Urlaubskarte von deiner … äh, von ihr?«

»Weiß nicht«, murmelte Franziska und merkte, dass Jacky die Tragweite dieser Nachricht für ihr Innenleben gar nicht ermessen konnte. Selbst eine beste Freundin verstand nicht alles. Mit bestimmten Dingen blieb man allein. Immer.

Jacky sah auf die Uhr. »Mensch, mein Biokurs fängt an!«

Beide rannten los.

*

Herbert parkte direkt vor der Galerie Beskow, verstaute den Helm in der Gepäckbox der Vespa und klingelte. Ein

Blick auf die Uhr zeigte, dass er pünktlich war, zwei Minuten vor 11 Uhr. Er sah zur Kamera hinauf, da er wusste, dass Kamilla Beskow ihn von innen beobachtete. Der Summer ertönte, er drückte die Tür auf. Anna Andresen kam ihm entgegen. Sie sah ernst aus, längst nicht so entspannt wie während ihres Gesprächs in Dietzenbach.

»Herr Falke, ich mache mir Sorgen, Frau Beskow ist noch nicht da, das ist sehr ungewöhnlich, ich habe Ihnen ja erzählt, was letzten Freitag passiert ist.«

Herbert folgte Frau Andresen ins Büro. »Keinerlei Nachrichten?«, fragte er.

»Nein, nichts.«

»E-Mail? Anrufbeantworter?«

Sie schüttelte den Kopf.

»Suchen Sie mir bitte die Nummer der Polizeistation Seligenstadt heraus!«, sagte er.

Sie tat, wie ihr geheißen, er wählte. Zunächst wollte der Beamte ihm keine Auskunft geben, da Herbert kein Familienmitglied oder sonstiger Verwandter war. Erst als er ihm mitteilte, er sei ein offiziell registrierter Privatdetektiv, bekam er eine eingeschränkte Auskunft. Frau Beskow sei überfallen worden und liege verletzt im Krankenhaus. In welchem, wollte Herbert wissen. Das dürfe er nicht sagen, meinte der Polizist, aber bei Gesichtsverletzungen gäbe es nicht viele Spezialisten hier in der Region. Herbert bedankte sich.

Anna Andresen sah ihn entsetzt an, sie ahnte, um was es ging. Er klärte sie mit wenigen Worten auf, sie wurde blass und musste sich setzen.

»Kommen Sie, Frau Andresen, nicht schlappmachen. Wir fahren ins Offenbacher Klinikum, sie kann nur dort sein, die haben eine Spezialabteilung für plastische Chirurgie. Ich habe den Chefarzt vor ein paar Jahren mal interviewt. Ich nehme Sie auf dem Motorroller mit, also los, kommen Sie!«

Von der Heyne-Fabrik zum Klinikum fuhren sie 10 Minuten. Kamilla Beskow sei noch im OP, so lautete die Auskunft der Empfangsmitarbeiterin. Da bislang unklar sei, auf welche Station sie anschließend komme, sei es besser, sie warteten hier im Foyer, im Café Medicus gebe es guten Kuchen.

Vielen Dank, sie hätten jetzt keinen Appetit, antwortete Herbert. Sie setzten sich auf eine der Bänke im Foyer. Aus den Lautsprechern erklang Musik. Ungewöhnlich, dachte er, zudem noch »A Day in the Life« von den Beatles, dazu ein fachkundiger Kommentar, fast als gäbe es hier im Klinikum einen Radiosender. Ihnen gegenüber saß ein blonder Mann mit breiten Schultern, der immer wieder herübersah zu Anna Andresen. Sie erwiderte seinen Blick, so als meinte sie, ihn zu kennen. Wie oft in solchen Situationen traute sich keiner der beiden, den ersten Schritt zu machen.

»Kennen Sie den Herrn?«, flüsterte Herbert ihr zu.

Sie nickte und sah wieder hinüber. Endlich stand der Mann auf und kam auf sie zu.

»Hallo, Frau Andresen!«

Sie erhob sich ebenfalls und lächelte. »Hallo, Herr …«

»Waden, Bruno Waden.«

»Ja, Herr Waden, was … ich meine, was machen Sie hier?«

»Ich habe Kamilla gefunden, sie wurde zusammengeschlagen.«

Anna Andresen schlug die Hand vor den Mund.

Herbert stellte sich vor. »Ich hatte eine Verabredung

mit ihr. Vielleicht … können wir uns in Ruhe unterhalten. Bei einem Kaffee?«

»Gerne!« Er zeigte in Richtung Café Medicus.

Der Kuchen dort war tatsächlich sehr gut, und Bruno Waden berichtete, was passiert war. Er arbeite in Seligenstadt als Physiotherapeut und sei noch zu Hause gewesen, als er eine SMS von Kamilla empfangen habe. »Hil« – mehr nicht. Er habe sofort gewusst, dass dies »Hilfe« heißen sollte und sei zu ihr gefahren. Dort habe er sich als Kamillas Nachbar ausgegeben, Panninger, der Name stand am Briefkasten. Mit einem Trick habe er den Kerl überwältigen können, dann den Notarzt angerufen. Der Rettungswagen habe Kamilla sofort ins Offenbacher Klinikum gefahren, wegen der Gesichtsverletzungen, die seien »nicht ganz ohne«, so habe der Notarzt sich ausgedrückt. Wahrscheinlich ein Jochbein- und ein Kieferbruch. Dazu eine Radiusfraktur und schwere Prellungen. Die Polizei sei auch gleich mit angerückt, und er habe bei einem Gespräch von zwei Beamten mitbekommen, dass sie den Schläger kannten. Die Kollegen in Frankfurt würden sich freuen, so hieß es.

»Sehr gut, Herr Waden«, sagte Herbert. »Sie haben Frau Beskow möglicherweise das Leben gerettet!«

»Vielleicht. Ich … Also, ich …«

»Sie mögen sie?«, fragte Anna Andresen.

Er sah sie erstaunt an. »Ja. Woher wissen Sie das?«

Sie lächelte. »Das habe ich mir schon gedacht, als Sie neulich in der Galerie waren.«

Bruno Waden lachte.

»Ich brauche den Namen des Schlägers«, sagte Herbert, »besser noch den seines Auftraggebers.«

»Den Namen habe ich nicht gehört«, sagte Waden. »Aber wie kommen Sie darauf, dass es einen Auftraggeber gibt?«

»Nun, das Ganze hört sich so an, als habe jemand, der sich die Hände nicht schmutzig machen will, einen polizeibekannten Schläger aus Frankfurt angeheuert.«

»Verdächtigen Sie Brisko Günther?«, fragte Anna Andresen

»Ja«, sagte Herbert, »aber es ist tatsächlich nur ein Verdacht, mehr nicht, es gibt bisher keinerlei Beweise.«

»Der Kerl hat das Wohnzimmer von Kamilla verwüstet und zwei Bilder heruntergerissen«, sagte Bruno Waden.

»Was für Bilder?«

»Keine Ahnung, darauf habe ich nicht geachtet.«

»Kamilla hat keine wertvollen Bilder in ihrer Wohnung«, sagte Frau Andresen. »Nur Drucke.«

»Aha, interessant«, sagte Herbert und versank ins Nachdenken.

»Kurz vor Ihnen war übrigens noch ein Mann hier, der Kamilla sprechen wollte«, meinte Bruno Waden. »Aber er wurde an der Rezeption abgewiesen, zum Glück!«

»Haben Sie seinen Namen verstanden?«, fragte Herbert Falke.

»Ja, Olewski oder so ähnlich.«

Herbert schüttelte den Kopf. »Hauptkommissar Olschewski vom Betrugsdezernat. Er hat Frau Beskow im Verdacht, einen Versicherungsbetrug begehen zu wollen. Der hat wohl keine Ahnung, wie schlecht es ihr geht.«

In diesem Moment kam die Rezeptionistin ins Café. »Herr Waden? Frau Beskow möchte Sie sehen. Melden Sie sich bitte im ersten Stock an der Tür zur Intensivstation.«

*

Die Villa der Familie Isère lag in der Rue de Cardillac, draußen vor den Toren von Puteaux. Als René die Haustür öffnete, lagen die Räume leer und verlassen da. Im Wohnzimmer hingen weiße Hussen über den Stühlen, in der Küche war der Strom abgestellt. Neben dem Telefon lag ein Zettel mit der Handschrift seiner Mutter: »*Cher René, notre numéro de téléphone à Cannes ici …*« Dann folgte eine Telefonnummer und eine ellenlange Erklärung, warum sie möglicherweise etwas länger in Cannes bleiben müssten, denn das geplante Geschäft gestalte sich schwierig. Das Geschäft. Natürlich. Die Reise seiner Eltern nach Cannes hatte er bei all den Ereignissen in Offenbach gedanklich ausgeblendet.

Er schlich in sein Bad. Dort wusch er sein kurz geschnittenes blondes Haar, kämmte es sorgfältig, kramte lange in seinem Schrank, bis er endlich eine Hose ohne Designschlitze gefunden hatte, ging dann in das Bad seiner Mutter, um eine unschöne Hautstelle an seiner Stirn mit Make-up zu betupfen, und suchte im Bad seines Vaters nach einem Männer-Deo. Anschließend fühlte er sich besser, setzte sich an den PC, öffnete den Internetbrowser und suchte nach einer Übersetzung des deutschen Wortes »verunstaltet«.

*

Kamilla Beskow hatte lange auf Bruno gewartet. Jedenfalls kam es ihr so vor. Sie war müde, so unheimlich müde. Als sie aufwachte, saß er auf einem Stuhl neben ihrem Bett und hielt ihre Hand. Sie wollte lachen, doch die zusammengeflickte Gesichtshaut verbot es ihr.

Er sah sie liebevoll an und sagte: »Ab sofort passe ich auf dich auf!«

Sie wollte nicken, doch ihre Nackenschiene ließ keine senkrechte Kopfbewegung zu. Sie wollte etwas sagen, etwas flüstern, er kam mit seinem Gesicht ganz nah an sie heran, um sie besser verstehen zu können, aber ihr mehrfach gebrochener Kiefer machte aus den Worten eine abstruse Silbenmelange. Zumindest hatten ihre Lippen ganz leicht sein Kinn gestreift, kaum merklich, nur der Hauch einer Berührung. So etwas wie ein erster zarter Kuss. Glücklich schlief sie wieder ein.

*

Nachdem Herbert Falke klar geworden war, dass er mit Kamilla Beskow vorläufig nicht sprechen konnte und derzeit auch nichts für sie tun konnte, zumal Bruno Waden sich um sie kümmerte, verließ er das Klinikum und brachte Anna Andresen zurück in die Heyne-Fabrik. Er sah auf seine Armbanduhr: 12:40 Uhr – genau die richtige Zeit für einen Wilhelmidis-Teller unter der Markise der Taverna Megaron. Der Himmel war immer noch bewölkt, aber es blieb trocken und warm. Als er sein Ofenbrot gerade in Olivenöl getaucht hatte, klingelte sein Mobiltelefon. Er mochte es nicht, im Restaurant zu telefonieren, aber das Fortschreiten der Ereignisse und sein offizieller Status als Privatdetektiv zwangen ihn zur ständigen Erreichbarkeit. Fast so wie damals, zu seiner aktiven Zeit als Journalist. Er nahm ab. Nina Heckmanns. Überrascht legte er das Ofenbrot zurück auf den Teller, das Olivenöl verteilte sich als goldgelber Spiegel auf dem weißen Porzellan.

»Herr Falke, nachdem ich Ihnen zuletzt einen kleinen Tipp gegeben habe, bräuchte ich jetzt mal *Ihre* Hilfe. Wo sind Sie gerade?«

»Äh, jetzt gerade? In der Taverna am Wilhelmsplatz.«

»Schön, die haben gutes Olivenöl. Können Sie danach ins Polizeipräsidium kommen?«

»Gerne, solange ich noch in Ruhe essen kann.«

»Natürlich, essen Sie in Ruhe, allerdings habe ich noch weitere Termine heute, es wäre also gut, wenn Sie um 14 Uhr hier sein könnten, das schaffen Sie locker!« Damit legte sie auf, ohne Herberts Antwort abzuwarten.

Er lächelte und tunkte sein Brot wieder ein. Es blieb ihm eine Stunde fürs Essen und die Fahrt in die Parkstraße. Gemütlich konnte man das nicht gerade nennen. Er winkte dem Kellner und gab ihm mit einem Handzeichen zu verstehen, dass er sich beeilen möge.

Um kurz nach zwei stand er an der Rezeption des Polizeipräsidiums Südosthessen. Die Hauptkommissarin kam herunter und holte ihn ab. Sie trug Jeans und Pullover, sportlich schick, wie immer. Als sie die Tür zum Besprechungszimmer des K11 öffnete, saß dort am Tisch Kriminaloberkommissar Bennert. Wie gewöhnlich tadellos gekleidet. Dunkelblauer Anzug, weißes Hemd, rote Krawatte.

»Oh, nein!«, murmelte Herbert vor sich hin.

»Die Herren kennen sich ja«, sagte Nina Heckmanns. »Sie haben sich mittlerweile wohl aneinander gewöhnt, sodass ich ein professionelles Verhalten voraussetzen kann.«

»Ja, natürlich!«, versicherte Bennert.

»Ja, sicher!«, sagte Herbert.

Die Männer gaben sich wortlos die Hand. Nicht mehr als ein temporäres Friedensabkommen. Alle setzten sich.

Nina Heckmanns wollte offensichtlich keine Zeit verlieren. »Die Kollegen aus Hanau haben uns die Akten zu dem Überfall auf Frau Beskow übergeben, da es gut möglich ist, dass diese Straftat mit den gestohlenen Bildern zusammenhängt. Was meinen Sie dazu?«

Herbert räusperte sich. »Gut möglich. Zumal Frau Beskow am Freitagabend von einem ehemaligen Geschäftspartner bedrängt wurde, während des Bierfestes …«

»Woher wissen Sie das?«, unterbrach Bennert.

»Von Frau Andresen, ihrer Mitarbeiterin, sie hat es mir gestern erzählt.«

»Ja, wir haben die Akte gelesen«, sagte Nina Heckmanns. »Allerdings haben wir nur den Namen des Mannes, der Frau Beskow belästigt hat, Friedrich Günther. Irgendjemand hat ihm die Nase eingeschlagen und sich dann entfernt. Wissen Sie wer das war?«

Herbert wunderte sich ein wenig, dass Nina Heckmanns sich mehr mit dem Retter als mit dem eigentlichen Angreifer auseinandersetzte. Und er sah keinen Grund, Bruno Wadens Namen zu nennen und ihm damit möglicherweise Probleme zu bereiten. »Nein, keine Ahnung!«, antwortete er.

»Glaub ich nicht!«, blaffte Bennert.

»Ihr Problem!«, gab Herbert Falke zurück.

»Wissen Sie etwas über diesen Friedrich Günther?«, ging die Hauptkommissarin dazwischen.

»Nicht viel«, antwortete Herbert. Er beschloss, ein wenig preiszugeben, gerade so viel, dass er selbst vielleicht noch etwas erfahren würde. »Ich weiß nur, dass er üblicherweise Brisko genannt wird und dass ihm das Bild ›Clownerien‹ einmal gehört hat. Er hat es dann an Frau Beskow verkauft. Aber das ist ja nicht strafbar, er scheint ein unbescholtener Bürger zu sein.«

»Von wegen unbescholtener Bürger«, sagte Bennert.

»Er ist bereits zwei Mal verurteilt worden, wegen Betrugs und Körperverletzung.«

Herbert lächelte. »Aha, interessant. Danke für die Information, Herr Bennert.«

Der Kopf des Kriminaloberkommissars glich einem roten Ballon.

Herbert meinte, ein leichtes Grinsen über Frau Heckmanns' Gesicht huschen zu sehen. »Er hatte selbst mal eine kleine Galerie in Nieder-Roden, beim Badesee, die aber schnell pleiteging. Würde mich nicht wundern, wenn das von Ihnen erwähnte Betrugsdelikt etwas mit seiner Insolvenz zu tun hätte.«

Bennert sagte nichts mehr. Nina Heckmanns sah Herbert erstaunt an. »Ja, das stimmt. Und in diesem Zusammenhang kam es auch zu dem tätlichen Angriff, all das brachte ihm zwei Jahre auf Bewährung ein. Und jetzt fragen Sie mich nicht, wen er angegriffen hat. Personalien sind tabu, klar?«

Herbert nickte und meinte, ein leichtes Grinsen über Bennerts Gesicht huschen zu sehen. »Schauen Sie mal, Herr Oberkommissar«, sagte er, »Ihr Krawattenknoten sitzt schief. Vielleicht sollten Sie …«

»Herr Falke, bitte! Ich bat um professionelles Verhalten …«

»Ach ja, ich vergaß. Entschuldigen Sie, Frau Heckmanns!«

Der Ballon glühte erneut.

»Also, wissen Sie noch mehr über Herrn Günther?«

»Er ist wohl sauer auf Frau Beskow, weil sie ihm das Bild angeblich für einen Spottpreis abgeluchst und dann teuer verkauft hat … na ja, verkaufen wollte.«

»Woher wissen Sie das?«, fragte Bennert.

»Von Frau Andresen. Sie bestreitet das mit dem Spottpreis natürlich.«

»Aha«, meinte Nina Heckmanns, »dann müssen wir uns mal näher mit Frau Andresen beschäftigen, danach nochmals zu diesem Brisko Günther. Was für ein dämlicher Vorname … Na ja, jedenfalls werde ich einen Durchsuchungsbeschluss für seine Wohnung beantragen.«

»Guter Plan«, sagte Herbert. »Wenn Sie das tun, sollten Sie gleich den Lagerraum seiner alten Galerie mit einbeziehen. Nieder-Roden, Münchner Straße, in einem Hinterhof, mehr weiß ich nicht.«

Nina Heckmanns hob die Augenbrauen. »Okay, Herr Falke. Danke!«

Er nickte der Hauptkommissarin zu, sie nickte zurück. Als er sich von Kriminaloberkommissar Bennert mit einer kurzen Geste verabschieden wollte, reagierte der nicht, weil er damit beschäftigt war, seinen Krawattenknoten zu richten.

*

Gianni Mussner war gerade auf dem Weg nach Neu-Isenburg, als Herbert anrief. Er bat ihn um Hilfe, er müsse dringend nach Langenselbold fahren, anschließend nach Nieder-Roden. Das schaffe er nicht mit der Vespa, er brauche ihn und sein Auto. Es sei dringend und bestimmt auch spannend, er müsse ihm bitte, bitte helfen. Gianni ließ einen tiefen Seufzer vernehmen, denn das brachte seinen gesamten Tagesplan durcheinander. Doch die Neugier und seine Hilfsbereitschaft siegten über die Mühen der Terminänderung. Er hielt auf einem kleinen Parkplatz, tätigte einige Anrufe, verlegte den Termin in Neu-Isenburg auf die kommenden Tage und fuhr zurück nach Offenbach. Gegen 17 Uhr stieg Herbert mitsamt Kamera und Tablet-Computer zu ihm ins Auto, und sie starteten in Richtung Langenselbold.

*

Herbert hatte die Adresse von Brisko Günther ermittelt: Am Kinzigsee 1, im südlichen Teil von Langenselbold, jenseits der A 66. Günther schien eine Affinität zum Wasser zu haben. Trotz Navigationssystem und paralleler Internetrecherche dauerte es geraume Zeit, bis Herbert und Gianni endlich realisierten, dass die Adresse zum Campingplatz am Kinzigsee gehörte. Brisko Günther wohnte in einem heruntergekommenen Wohnwagen, inklusive schief hängendem Briefkasten und leerer Bierkiste. Auf der Wiese neben dem Wohnwagen stand ein alter grüner Volvo Kombi. Die Geräusche der nahen Autobahn schallten herüber. Herbert erwartete ein schwieriges Gespräch, und um nicht zusätzliches Konfliktpotenzial zu erzeugen, hatte er die Kamera im Auto gelassen.

Er klopfte. »Herr Günther, hier ist Herbert Falke, ich würde gern mit Ihnen reden, es ist wichtig!«

Im Innern des Wohnwagens rumpelte es, wenig später erschien ein verschlafenes Gesicht mit wirrem Haar am Fenster: »Ich bin nicht zu Hause!«

»Ja, das sehe ich. Wir müssen trotzdem reden, es ist zu Ihrem Nutzen!«

»Was zu meinem Nutzen ist, entscheide ich selbst. Verschwinden Sie!«

Einer der Nachbarn schob seine Wohnwagentür auf und streckte den Kopf heraus. Herbert Falke erhöhte die

Lautstärke: »Herr Günther, die Polizei wird bald hier sein, und ich weiß, was sie von Ihnen will!«

Zwei weitere Türen öffneten sich. Nur nicht die von Brisko Günther.

»Die kommen mit einem Durchsuchungsbeschluss!«, rief er.

Günther schob einen Riegel zurück. Die Wohnwagentür saß so schief in den Angeln, dass sie ohne weiteres Zutun aufklappte. Bevor der Bewohner selbst erschien, entließ er einen Schwall von Schweiß-, Alkohol- und Fettgeruch nach draußen. Herbert und Gianni wichen angeekelt zurück.

»Also gut, kommen Sie rein!«

Herbert sah seinen Freund an. Der schüttelte den Kopf.

»Kommen Sie lieber raus, Herr Günther, das ist besser!«

»Besser für wen? Für Sie oder für mich?«, kam es von drinnen.

Herbert hob ratlos die Schultern.

»Für uns«, rief Gianni, »dann sehen wir das Chaos da drinnen nicht!«

Brisko Günther stieg die kleine Treppe herab. Er war groß gewachsen, mindestens 1,80 Meter, trug alte, fleckige Boxershorts und über dem muskulösen Oberkörper ein T-Shirt, das ursprünglich einmal rot gewesen sein musste. Eventuell orange. Dazu grellgelbe Flipflops. Seine Haare waren immer noch verwüstet und sein Zehntagebart erinnerte an einen alten Flokati. Er grinste Herbert an. »Ihr Freund gefällt mir. Hat einen guten Humor.« Er sah Gianni an. »Südtiroler?«

Gianni nickte anerkennend. »Stimmt! Grödnertal.«

Brisko Günther nickte. »Hatte mal ’ne Freundin von dort, war ’ne blöde Schnepfe, aber ihr Dialekt war cool! Wer seid ihr überhaupt?«

»Gianni Mussner, Journalist, und Herbert Falke, Privatdetektiv.« Dabei zeigte Gianni zuerst auf sich selbst, dann auf seinen Freund.

»Herr Günther …«, begann Herbert.

»Grödnertaler, sag deinem Privatschnüffler, dass ich nur mit dir spreche, klar!«

Gianni verdrehte die Augen. »Also, Herbert, was wolltest du ihm sagen?«

»Dass er verdächtigt wird, die drei Bilder von Claudia Jansen gestohlen zu haben und dass die Polizei in einer Stunde hier sein wird. Mit einem Durchsuchungsbeschluss.«

Gianni sah Brisko Günther an. »Sie haben's gehört!«

»Ich hab gar nichts gehört!«

»Mann, wo bin ich hier nur reingeraten«, rief Gianni kopfschüttelnd. »In einer Stunde sind die Bullen hier und durchstöbern Ihre Stinkbude, weil sie glauben, Sie hätten die drei Jansen-Bilder geklaut!«

»Pah, lachhaft!«

»Die kommen«, sagte Herbert, »ganz sicher. Ich hab eine gute Informationsquelle.«

»Er weiß es«, bekräftigte Gianni.

»Scheiße!«

»Also«, fragte Gianni, »*haben* Sie die Bilder?«

»So 'n Quatsch, natürlich nicht!«

»Gut, dann brauchen Sie sich ja keine Sorgen zu machen wegen der Durchsuchung. Und wir können gehen.«

»Was soll das, Gianni?«, rief Herbert. »Du glaubst dem Idioten doch nicht etwa?«

Günther drehte sich um. »Hey, Alter, nenn mich nicht Idiot, klar!«

Herbert wurde wieder lauter. »Das haben Sie ja gar

nicht gehört!« Und an Gianni gewandt: »Ich glaube diesem menschlichen Scherbenhaufen kein Wort!«

»Mann, pass auf …«

»Ist ja gut, Herr Günther«, fiel Gianni ihm ins Wort. »Keine Aufregung, das schadet dem Bartwuchs. *Wir* können sowieso nichts machen, eine Hausdurchsuchung ist Sache der Polizei.«

»Ha, da haben Sie's!«, sagte Brisko Günther in Herberts Richtung.

»Hmm, ja, das stimmt«, sagte Herbert. »Wobei das Wort *Haus*durchsuchung in diesem Fall doch etwas übertrieben scheint. Also. Gehen wir!«

»Bon di!«, sagte Gianni.

»Bon di!«, antwortete Brisko Günther. Dann verschwand er in seinem Wohnwagen.

»Wir sind ein gutes Vernehmungsduo!«, sagte Gianni auf dem Weg zurück zum Auto.

Herbert grinste. »Finde ich auch, hat gut geklappt. Wird doch noch was mit dem Oldie-Detektivbüro. Aber jetzt erst mal nach Nieder-Roden. Wir müssen vor ihm dort sein!«

*

Laith Al-Deen. Endlich. Wie lange hatten Franziska und Jacky auf ein Konzert im Rhein-Main-Gebiet gewartet – mehr als ein Jahr. Jackys Freund, mit dem sie letztes Jahr zusammen gewesen war, hatte sich über ihren Musikgeschmack mokiert. Sie hatte ihm daraufhin den Laufpass gegeben. Nichts ging über Laith Al-Deen. Außerdem war es nicht nur die Musik, die Franziska und Jacky verzauberte. Natürlich gefiel ihnen auch Al-Deens tolles Lächeln.

Und die weiche Stimme. Aber das Entscheidende waren die Texte: Deutsch mit flüssigem Sprachrhythmus, einfühlsam, intelligent, berührend. Die Banalität manch englischer Liedzeilen verschwand hinter der Deckung der fremden Sprache, die man zu selten einer Sinnanalyse unterwarf. Bei Laith Al-Deen war alles offen. Und ehrlich.

Das Amphitheater Hanau war die einzige überdachte Open-Air-Bühne im Rhein-Main-Gebiet und daher für Konzerte im Sommer sehr beliebt. Das Zeltdach war heute sehr nützlich, denn es regnete leicht. Nicht so stark, dass es wirklich störte, aber genug, um über die Dauer eines Konzerts hinweg die Besucher zu durchnässen. Den Hinweg legten die beiden Mädchen mit Bahn und Bus zurück, nach Konzertende wollte Franziskas Vater sie mit dem Auto abholen. Schon im Zug begannen sie wie Zwölfjährige zu kichern, sodass es eigentlich jeden freuen musste, auch wenn zwei ältere Herrschaften ihnen strenge Blicke zuwarfen. Franziska fühlte sich frei, sie konnte den Schulstress, die Sorgen um ihren Vater und die Gedanken an den Mann, der ihr nachstellte, für ein paar Stunden vergessen. Sie war glücklich.

Laith Al-Deen begann mit bekannten Titeln wie »Dein Lied« und »Leb den Tag«, um dann einige Stücke seines neuen Albums zu präsentieren. Sogar Coversongs hatte er mit eingebaut, zum Beispiel »Michelle«. Diese Version gefiel ihr besser als das Original. Opa Herbert wäre da sicher anderer Meinung gewesen. Franziskas Lieblingstitel »Bilder von Dir« würde sicher wie immer als Zugabe gespielt werden. Der Höhepunkt des Konzerts.

Die Pause nutzte Franziska, um zur Toilette zu gehen, doch die Warteschlange davor war so lang, dass sie sich ausrechnen konnte, nicht rechtzeitig auf ihrem Platz zurück zu sein. Jacky wollte inzwischen etwas zu trinken besorgen, sie würden sich wieder an ihren Plätzen treffen. Franziska war eine der Letzten in der Schlange. Als Laith Al-Deen wieder zu singen begann, entschlossen sich zwei Frauen hinter ihr, ausnahmsweise die Herrentoilette zu benutzen. Doch das wollte Franziska nicht. Endlich kam sie an die Reihe. Kaum hatte sie die Kabinentür hinter sich geschlossen, bemerkte sie, dass sie allein im Toilettentrakt war.

Pieps. Eine SMS. Sie nahm das Handy. »Ich sehe dich! DAD K.« In Sekundenschnelle floss ihr der Angstschweiß die Schläfen hinab. Sie blickte sich um. War hier eine Kamera installiert? Nichts zu entdecken. Jemand kam herein und blieb vor ihrer Kabinentür stehen. »Jacky?«, rief sie. Dann sah sie unter der Tür hindurch die Spitzen zweier Männerschuhe.

Leder. Schwarz. Schmutzig.

*

Herbert und Gianni hätten Brisko Günther direkt nachfahren können, aber Herbert wollte kein Risiko eingehen, und ein Hinterhaus in der relativ kurzen Münchner Straße in Nieder-Roden würden sie sicher finden. Gianni nahm die A 45, fuhr auf die doppelspurige Bundesstraße, vorbei an den östlichen Stadtteilen von Hanau, über die beiden Kreisel hinunter in den Rodgau. Nach einer guten halben Stunde erreichten sie Nieder-Roden. Als sie in die Münchner Straße einbogen, sahen sie zunächst nur Einfamilienhäuser mit Gärten, nirgendwo ein Hinterhaus. Nach einer leichten Kurve entdeckten sie die breite Einfahrt zu einem Grundstück, auf dem mehrere Gebäude in zweiter

Reihe standen. Das eine sah aus, als würde es gewerblich genutzt. Herbert erkannte im Vorüberfahren das Schild einer Weinhandlung. Gianni fuhr die Straße bis zu deren Ende, nirgendwo sonst war ein weiteres Hinterhaus zu sehen. Herbert bat ihn, das Viertel zu umrunden, Gianni bog also rechts ab in den Hörnersgraben. Sie besahen sich das Gebäude auf der Rückseite des vermuteten Verstecks, nickten sich zu – der Plan war klar –, fuhren weiter, bogen rechts ab in eine kleine Querstraße, gelangten von dort zurück auf die Münchner Straße und parkten in der Nähe der Kreuzung zwischen anderen Fahrzeugen. Von hier aus hatten sie einen guten Überblick über die gesamte Münchner Straße und die Einfahrt zu dem Hinterhaus.

Es hatte wieder leicht zu regnen begonnen. Durch die von Schlieren bedeckten Seitenscheiben konnten sie nichts erkennen, sie mussten diese ein Stück herunterlassen. Regentropfen benetzten ihre Stirn. Es dauerte keine zehn Minuten, bis der grüne Volvo-Kombi heranrumpelte. Das Kennzeichen stimmte. Sie schlossen die Scheiben und verbargen ihre Gesichter. Der Volvo fuhr an ihnen vorbei und bog rechts ab in die Einfahrt zu der Weinhandlung. Gianni startete den Motor. Er nahm erneut den Hörnersgraben und ließ den Wagen in den Hof des Hauses hinter der Weinhandlung rollen. Dort gab es mehrere Parkplätze, eigentlich für die Mieter, aber darauf konnten Herbert und Gianni keine Rücksicht nehmen. Zwischen dem Parkplatz und dem Gelände vor dem mutmaßlichen Versteck standen einige Büsche. Sie bogen deren regennasse Zweige vorsichtig auseinander. Die Wolken hingen tief und die Dämmerung setzte langsam ein. Doch sie sahen genug. Und zwar genau das, was Herbert vermutet hatte. Günther öffnete den Kofferraumdeckel seines Volvos und trug drei schmale, rechteckige, mit Tüchern verdeckte Gebilde ins Haus. Herbert rief sich die Größe der drei Bilder in Erinnerung: 80 × 80 und 100 × 140 Zentimeter, das Mittlere lag irgendwo dazwischen. Seine Stimme vibrierte leicht, als er Gianni mitteilte, dass dies mit großer Sicherheit die gestohlenen Bilder seien. Sie sahen sich an und merkten, dass sie beide am liebsten losgestürmt wären, um Brisko Günther zur Rede zu stellen. Doch zum einen war das gefährlich, denn Günther konnte brutal sein, das war bekannt, auch wussten sie nicht, ob er eventuell eine Waffe besaß. Zum anderen könnten sie damit alles vermasseln, wenn er mit den Bildern verschwand und sie andernorts versteckte. So wussten sie wenigstens, wo sie waren. Herbert schoss einige Fotos, trotz des diesigen Wetters würde man Brisko Günther erkennen. Auch die Tür zu dem Lagerraum, direkt neben der Weinhandlung, die abgedeckten Gemälde – er dokumentierte alles. Dann zogen sie sich zurück und nahmen den kurzen Weg über Dietzenbach und Heusenstamm nach Offenbach. Mit sich und der Welt zufrieden saßen sie gegen 22 Uhr in der HesseWirtschaft. Herbert Falke bestellte einen Sauer Gespritzten für sich und ein Pils für Gianni. Zu dieser Zeit ahnte er noch nichts von all dem, was Franziska in Hanau widerfuhr.

*

Krachend schlug der Mann mit den schwarzen Lederschuhen gegen die Kabinentür. »Franziska! Komm raus!«

Sie zitterte. Wie lange würde die Tür ihm standhalten? Jetzt trat er dagegen. »Komm raus! Komm endlich raus!« Er rüttelte an der Türklinke, trat gegen das Türblatt, dass es nur so krachte.

Franziska hielt sich die Ohren zu, Tränen flossen über ihr Gesicht. »Lassen Sie mich in Ruhe!«

»Nein!«, rief der Mann.

In diesem Moment hörte Franziska einen Schrei. Es klang nach einer Frau, für einen Moment meinte sie sogar, die Stimme zu kennen. Ohne Vorwarnung krachte es, der Mann stöhnte, fluchte etwas Unverständliches, sie meinte »Shit!« gehört zu haben, eine Scheibe sprang entzwei, ein Fenster klapperte, plötzlich war es ruhig. Franziska zitterte am ganzen Körper.

»Franzi, ich bin's!« Gott sei Dank: Jacky! »Er ist weg. Du kannst rauskommen.«

Vorsichtig öffnete Franziska die Kabinentür. Außer Jacky war niemand zu sehen. Die Mädchen umarmten sich stumm. Dann zog Jacky ihr Handy aus der Tasche und wählte die 110. Anschließend rief sie Franziskas Vater an. Sie hatte alles im Griff.

»Was ist passiert?«, fragte Franziska.

»Ich habe dich gesucht. Als der Typ fast die Klotür eingetreten hat, habe ich ihn mit einem Tobi-Geri in die Flucht geschlagen. Leider habe ich ihn nicht genau getroffen, weil er sich im letzten Moment weggedreht hat. Immerhin ist er gegen die Scheibe gekracht und durchs Fenster abgehauen.«

»Ein Tobi… was?«

»Ein Tobi-Geri. Das ist ein Karatefußtritt. Wenn ich ihn voll am Kinn erwischt hätte, läge er jetzt hier am Boden. So etwas lernen wir im Karatetraining. Ich hatte aber bisher keine Gelegenheit, den Tobi-Geri im echten Kampf einzusetzen.«

»Was du alles kannst …!«

Jacky lächelte. »Gegen einen erwachsenen Mann ist es

schwer. Der Überraschungseffekt hat mir geholfen. Hier, trink mal was!«

»Danke!«

»Geht es dir gut, Franzi?«

Sie nickte. »Geht wieder. Du hast mich gerettet.« Sie umarmte ihre Freundin erneut. »Danke, Jacky! Echt. Danke!«

»Fast kam ich zu spät, hab erst gar nicht gecheckt, was hier abgeht. Dann musste ich noch Anlauf nehmen.«

»Sag mal, wie sah der Kerl eigentlich aus?«, fragte Franziska.

»Hmm, schwer zu sagen. Relativ groß, ich musste hochspringen, aber nicht so hoch wie bei unserem Karatelehrer, der ist 1,93 Meter. Also ich schätze, der Typ ist um die 1,80 Meter. Und er hatte dunkle Locken, mehr kann ich nicht sagen, weißt du, das ging alles so schnell.«

Franziska nickte. »Wie alt ungefähr?«

»Hmm, ich schätze, so alt wie unsere Väter. Sagt dir meine Beschreibung etwas?«

Franziska schüttelte den Kopf. »Nee, da klingelt's nicht bei mir.«

Zwei uniformierte Polizisten betraten den Raum. »Haben Sie angerufen?«

Hinter ihnen tauchte Nina Heckmanns auf. »Franziska!«

MITTWOCH, 22. JULI

Franziska lief in ihrem Zimmer umher und dachte nach. Sie war nicht müde, obwohl es bereits nach Mitternacht war. Im Gegenteil, sie war vollkommen aufgedreht, konnte kaum ruhig sitzen, geschweige denn liegen. Sie wunderte sich über ihre eigenen Gefühle. Sie war sauer auf den Kerl, den Mann, der ihr Leben störte, sie sogar bedrohte. Aber am meisten ärgerte sie sich darüber, dass sie seinetwegen von der zweiten Konzerthälfte nichts mitbekommen hatte. Während sie mit Nina Heckmanns gesprochen, ihr alle Details berichtet und ihr das Handy zur Analyse der SMS übergeben hatte, war aus dem Amphitheater die Zugabe erklungen: ›Bilder von dir‹. Ihr Lieblingslied. Sie hatte nur Bruchstücke davon hören können.

Sie lief weiter durchs Zimmer und merkte, wie die Wut in ihr hochstieg. Jetzt war die Zeit gekommen, diesen Mann mit allen Mitteln zu bekämpfen. Jacky hatte mit dem Karatetritt begonnen. Franziska selbst würde ihm weitere Schläge versetzen, aber nicht mit dem Fuß, sondern mit dem Kopf. Nachdem ihr Vater in Hanau eingetroffen war, hatte er sie angesehen, sich vergewissert, dass es ihr gut ging. Dann hatte er sie in den Arm genommen. Ihr Vater, Opa Herbert, Jacky und Nina, alle würden ihr helfen. Das stärkte sie. Nina war von den uniformierten Kollegen gerufen worden, als der Name Franziska Falke fiel. Sie hatte sich noch lange mit Franziskas Vater unterhalten, was zu tun sei. Offensichtlich war die Angelegenheit jetzt als offizieller Tatbestand beim K11 gelandet. Das fand Franziska gut, dennoch hatte sie eigene Pläne.

Als Erstes musste sie den Karton öffnen. Sie griff unter das Bett, zog die braune Pappschachtel hervor und öffnete sie. Ihr Blick fiel zuerst auf die Rückseite einer Fotografie: »Mit meinem Arbeitskollegen McBrise in New York, viele Grüße Mama!« Eine undefinierbare Ahnung stieg in ihr hoch. Fast scheute sie sich, das Bild umzudrehen. Dann blieb ihr Blick lange an dem Gesicht der Mutter hängen. So hatte sie also ausgesehen. Vor mehr als zehn Jahren. Wie sie wohl heute aussah? Sie wunderte sich über ihre eigenen Gedanken. Und das war also der Exmann ihrer Erzeugerin. McBrise. Dunkle, lockige Haare ... Was hatte Jacky in Hanau gesagt? »Dunkle Locken, mehr kann ich nicht sagen, weißt du, das ging alles so schnell!« Sollte das der Mann sein, der ihr nachstellte? Aber warum? Sie sprang an ihren Schreibtisch und fuhr den PC hoch. Ihre Hand zitterte, kaum hatte sie die Geduld zu warten, bis sich die verschiedenen Fenster auf dem Bildschirm endlich aufgebaut hatten. Google. »McBrise«: 5.573 Suchergebnisse. Sie musste die Suche einschränken. »McBrise« und »Deutschland«: 660 Ergebnisse. Immer noch zu viele. Sie überlegte. Wo war der Brief abgestempelt worden? In Berlin. »McBrise« und »Berlin«, nur noch ein Suchergebnis: »Kilian McBrise.« K. Dunkle Locken. Also doch! Aber warum? Immer wieder dieses *Warum*.

Am liebsten hätte sie ihren Vater geweckt oder ihren Großvater angerufen. Sie musste sich sehr zurückhalten, nichts von alledem zu tun. Realistisch gesehen würde in der Nacht sowieso nichts geschehen. Widerstrebend, hadernd, zweifelnd versuchte sie, einzuschlafen. Eine undefinierbare Zeit später schaltete sie das Licht wieder ein. Sie scannte die Rückseite des Bilds und schickte die Datei an Opa Herbert. Eine ruhige Urlaubshandschrift sollte wohl das Richtige für die Vergleichssoftware sein. Dann fuhr sie den PC herunter und legte sich ins Bett. Irgendwann, zwischen wirren Gedankenfetzen und verkrampften Gesichtern, fand sie endlich zur Ruhe.

*

Franziska hatte sich vorgenommen, mit ihren Fragen zu warten, bis ihr Vater den ersten Schluck Kaffee getrunken hatte. Beim Anziehen, beim Zähneputzen, immer wieder fragte sie sich, warum McBrise sie verfolgte. Und je länger sie darüber nachdachte, desto sicherer war sie, dass ihr Vater etwas darüber wusste.

Er hatte die Kaffeetasse nach dem ersten Schluck noch nicht wieder abgesetzt, als sie ihm das Bild auf den Tisch legte. »Was ist mit diesem McBrise? Warum verfolgt er mich?«

Er sah sie an. Dann blickte er auf das Foto, erst mit einem leichten Lächeln, dann mit schmalen Augen. »Ja, das ist McBrise.«

»Ich weiß«, sagte Franziska, »steht ja hinten drauf.«

Er drehte das Bild um. Auch die Rückseite betrachtete er lange. »Hab ich noch nie gesehen, das Bild, woher hast du das?«

»Papa, warum verfolgt er mich? Du weißt doch irgendetwas darüber!«

»Franzi, bitte, du *vermutest*, dass er der Stalker ist, weil er dunkle, lockige Haare hat … Aber es gibt viele Männer mit solchen Haaren.«

»Wie groß ist McBrise?«

»Er hat ungefähr meine Körpergröße.«

»Aha, also um die 1,80 Meter. Genau wie der Mann in Hanau. Er ist es, Papa, ich spüre es.«

»Franzi, bitte!« Er schüttelte den Kopf.

Bevor sie weitersprechen konnten, klingelte es. Franziska öffnete, ihr Großvater kam die Treppe herauf. »Morgen, ihr beiden, habt ihr noch einen Kaffee?«

»Natürlich!« Andreas Falke schenkte ihm ein, während Herbert seiner Enkelin einen Ausdruck zuschob. Franziska nickte.

»Was ist denn hier los …?«, fragte ihr Vater.

»Pass auf, Papa, ich habe einen Brief bekommen, unterzeichnet mit K. Ich dachte zuerst, das K. könnte Karin heißen, deswegen wollte ich dich nicht beunruhigen und habe ihn dir nicht gezeigt. Aber ich habe Opa gebeten, einen Handschriftenvergleich durchzuführen, und er hat festgestellt, dass der Brief nicht von Mama stammt.«

Opa Herbert berichtete seinem Sohn ausführlich von der Spezialsoftware zum Handschriftenvergleich. Vor lauter Aufregung war den beiden Männern gar nicht aufgefallen, dass Franziska zum ersten Mal seit vielen Jahren das Wort »Mama« ausgesprochen hatte.

Ihr Vater nickte. »Verstehe. Der Brief kam also nicht von Karin. Das heißt aber noch lange nicht, dass er notwendigerweise von Kilian stammt, oder?«

»Stimmt, ist aber sehr wahrscheinlich«, sagte Franziska. »Zumal das Schreiben in Berlin abgeschickt wurde, möglicherweise wohnt er immer noch dort.«

»Zeig mit bitte mal den Brief!«, sagte Andreas. Opa Herbert zog den Umschlag mit den beiden Marken aus der Sakkotasche.

Liebe Franziska,

Du kennst mich wahrscheinlich nicht, das kann ich verstehen. Aber ich kenne Dich. Es tut mir leid, dass ich Dich damals verlassen musste. Irgendwann werde ich Dir das erklären. Ich denke oft an Dich.

K.

Das Gesicht ihres Vaters verhärtete sich. Franziska hatte den Eindruck, dass irgendetwas in ihm vorging. Bevor sie ihn fragen konnte, klingelte es erneut.

Nina Heckmanns schoss die Treppe hoch. »Hallo, Franziska, gibt's hier noch einen Kaffee?«

»Für dich immer!« Franziska schenkte ihr ein, während Nina einen Ausdruck auf den Tisch legte.

»Das sind die Nachrichten, die K. per SMS an dich geschickt hat. Auffällig ist die letzte Nachricht. Da unterschrieb er mit »DAD K.«, vorher immer nur mit »K.«. Weiß jemand, was die drei Buchstaben DAD bedeuten könnten?«

Andreas Falke strich sich nervös durchs Haar und erhob sich.

Franziska starrte auf das Blatt. »McBrise ist Engländer«, meinte sie. »Er spricht sicher gut Deutsch, ist ja wohl schon lange in Deutschland. Ich bin sicher, er ist der Mann, der mich gestern angegriffen hat, und als Jacky ihn mit dem Karatetritt traf, meinte ich ›Shit!‹ gehört zu haben. Vielleicht ist *das hier* ja auch Englisch. D-A-D.« Sie hob den Kopf. »Dad?«

»Ja, Franzi?« Andreas Falke stand an der Tür.

Franziska hatte das Gefühl, alles Blut sei ihr aus dem Kopf gewichen.

»Ich muss dir was sagen.«

Sie wagte kaum zu atmen.

»Kilian, also … ich meine …« Er stockte.

Opa Herbert stand auf und ging zu seinem Sohn. Er legte ihm die Hand auf die Schulter. »Es ist wichtig, Andreas, bitte sag's uns.«

Andreas presste die Lippen zusammen. Er sah Franziska an. »Kilian McBrise behauptete lange, dein Vater zu sein!«

*

Gianni Mussner war Journalist durch und durch. Er war zwar nicht übermäßig ehrgeizig, aber an der Story um die gestohlenen Bilder hatte er sich festgebissen wie ein Rottweiler. Vielleicht auch wie ein Viringo, dachte er lächelnd, als er das Büro des Chefredakteurs betrat.

»Was gibt's Mussner?«

Gianni kannte seinen Chef. Er hasste es, wenn jemand lange brauchte, um auf den Punkt zu kommen. Also versuchte Gianni, mit wenigen Worten viel auszusagen. »Ich möchte die Story um die gestohlenen Bilder haben. Als Serie. Für die Samstagausgabe habe ich ein Interview.«

»Mit wem?«

»Mit der Künstlerin, Claudia Jansen!«

Der Chef sah ihn über den Gucci-Brillenrand an. »Wie kommen Sie an die ran?«

»Nicht über die Familie, ihr Mann ist Rechtsanwalt, der schirmt alles ab. Ich habe eine andere Möglichkeit.«

»Nämlich?«

»Na ja, Chef, das wollte ich eigentlich für mich behalten …«

»Ich muss es wissen. Sonst keine Serie.«

Gianni stöhnte leise.

»Na also, was ist?«, bohrte der Chefredakteur nach.

»Meinetwegen. Sie trainiert jeden Donnerstagabend in einem Fitnessklub am Kaiserlei. Ich werde mich dort einschreiben und sie abpassen.«

Der Chef taxierte Gianni von oben bis unten. »Okay, hört sich vernünftig an. Wird Ihnen auch guttun.« Er lachte.

»Na hören Sie, Chef …«

»Sie haben die Story! Sonst noch was?«

»Nein, das war's!«

»Gut, dann an die Arbeit. Und schicken Sie Frau Mehlhorn rein!«

Gianni fühlte sich gut. Federleicht wippte er durch das Vorzimmer, sodass Frau Mehlhorn erstaunt die Augenbrauen hob. Er gab ihr einen Fingerzeig in Richtung Chef und sprang die Treppen im Verlagshaus hinunter. Heute Abend würde er sich im Fitnessstudio anmelden. Und er musste noch irgendwo aktuelle Sportkleidung herbekommen, denn der Trainingsanzug in den Tiefen seines Kleiderschranks stammte von einem Schulsportfest 1971 in Bozen.

*

Herbert Falke war entsetzt. Nie hatte er etwas davon gehört, dass Andreas' Vaterschaft angezweifelt worden war. Warum hatte sein Sohn ihn nicht ins Vertrauen gezogen? Schließlich ging es dabei ja auch um die Frage, ob Franziska überhaupt seine Enkelin war.

Franziska sprang auf. »Was heißt das: ›Er behauptete mein …‹?« Sie konnte es nicht aussprechen.

»Beruhige dich bitte, Franzi!«, sagte Andreas.

»Ich will mich aber nicht beruhigen!«, rief sie.

»Er behauptete das. Aber es stimmt nicht, das kann ich dir versichern!«

Franziska setzte sich wieder. Sie sackte förmlich auf ihrem Stuhl zusammen. Nina Heckmanns legte ihr beruhigend die Hand auf den Arm.

Andreas wollte weitersprechen, aber seine Stimme versagte.

»Du versicherst, dass die Behauptung von McBrise nicht stimmt«, sagte Herbert. »Jeder hier im Raum fragt sich nun: Gibt es dafür einen Beweis?«

Andreas Falke zeigte auf eine Schublade. Herbert zog sie auf, das Familienstammbuch leuchtete ihnen rot entgegen.

»Hinten!«, presste Andreas hervor.

Herbert Falke tastete den hinteren Buchdeckel ab. Schließlich entdeckte er einen Schlitz im Karton, durch den er ein Blatt hervorzog. »DNA-Analyse …«, murmelte er vor sich hin.

Nina Heckmanns bat um das Blatt, er reichte es ihr hinüber.

»Ein Vaterschaftstest«, sagte sie. »Durch den DNA-Vergleich der Proben von Andreas Falke und Franziska Falke kann eine Vaterschaft zu 99,9 Prozent bestätigt werden. So steht es hier. Und weiter: Durch den DNA-Vergleich der Proben von Kilian McBrise und Franziska Falke kann eine Vaterschaft zu 100 Prozent ausgeschlossen werden.«

»Papa!« Franziska rannte auf ihren Vater zu und fiel ihm in die Arme.

Er strich ihr beruhigend über den Rücken. »Es wird alles gut!«

Sie sah ihn an. »Hast du mir heimlich Haare abgeschnitten?«

»Ja«, sagte er und lächelte. »Damals, als du 2 Jahre alt

warst, gab es immer wieder Streit zwischen Kilian, Karin und mir … deswegen.«

»Wie, ihr habt alle drei darüber gesprochen? Ganz offen?«

»Ja, warum nicht? Wir wollten alle Gewissheit haben. Ich habe dir nachts heimlich ein paar Haare abgeschnitten. Man hat es aber gesehen am nächsten Morgen; es war ja dunkel in deinem Zimmer, ich konnte kaum etwas erkennen.«

Franziska lachte.

Nina Heckmanns hob die Hand. »Entschuldigen Sie, Herr Falke, normalerweise hätte doch Ihre eigene DNA-Probe gereicht, warum haben Sie noch die von McBrise mitgegeben?«

Andreas Falke erklärte, dass er sich damals ausführlich mit dem Thema Vaterschaftstests beschäftigt habe. Die Bestätigung der Vaterschaft habe eine Treffsicherheit von ungefähr 99 Prozent, der Ausschluss jedoch 100 Prozent. Dieses eine Prozent Unsicherheit hätte Kilian nie akzeptiert, meinte er. McBrise sei total misstrauisch.

»Und dann?«, fragte die Hauptkommissarin. »*Hat* er das Ergebnis akzeptiert?«

»Nein«, antwortete Andreas. »Er behauptete, ich hätte die Proben manipuliert, weil ich sie persönlich in das Institut nach Frankfurt gebracht habe. Karin und er waren mal wieder auf USA-Reise.«

»Dann ist McBrise hinter Franzi her, weil er immer noch meint, ihr Vater zu sein?«, fragte Herbert.

»Möglich«, antwortete Andreas.

»Warum hast du mir nie etwas davon erzählt?«, fragte Herbert. »Ich hätte dir helfen können.«

»Natürlich hättest du mir geholfen«, entgegnete Andreas, »mit weiteren Attacken gegen Karin, was anderes fiel dir doch sowieso nicht ein!«

Herbert musste erkennen, dass der Frieden brüchig war. Franziska warf ihm einen Blick zu, mit dem sie ihn inständig bat, die Situation nicht eskalieren zu lassen. Wie war McBrise überhaupt auf den Gedanken gekommen, er könne Franziskas Vater sein? Hatte Karin eine Zeit lang mit beiden Männern …? Er atmete tief durch.

Sie wurden erneut von der Türklingel unterbrochen. Mit diesem Gast hatte Herbert nun wirklich nicht gerechnet: Kriminaloberkommissar Bennert. Er trug einen leichten grauen Sommeranzug, ein blassblaues Hemd und eine grau-rot karierte Krawatte. Der Knoten saß diesmal absolut korrekt.

»Was wollen …?«

Bennert ging an Herbert vorbei, ohne ihn zu beachten. »Frau Heckmanns, kann ich Sie mal sprechen?«

»Reden Sie ruhig!«

»Na gut. Sie haben mich gestern Abend nach Nieder-Roden geschickt. Die Kollegen und ich haben diesen Friedrich Günther mit drei Bildern erwischt. Dort wo … Herr Falke, also … er hat uns ja den Tipp gegeben.«

Der letzte Satz war ihm offensichtlich schwergefallen. Herbert versuchte, ein schadenfrohes Lächeln zu unterdrücken. Ohne Erfolg.

»Wir dachten, es seien die gestohlenen Bilder«, fuhr Bennert fort.

»Was?« Nina Heckmanns sprang auf.

Bennert hob die Schultern. »Wir waren noch in der Nacht bei Frau Jansen. Sie hat festgestellt, dass es Fälschungen sind. Alle drei. Gute Fälschungen, aber eben Fälschungen. Die Lagentechnik sei völlig anders als die ihrige, sagt sie, total minderwertig. Hat sich richtig aufgeregt, die Frau Jansen.«

»Verdammt!«, murmelte Nina Heckmanns.

»Er hat sich nicht weiterentwickelt«, sagte Herbert, »so sprach Frau Andresen über Brisko Günther. Er kann wohl gut kopieren, aber keine eigenen Ideen entwickeln.«

»Ich muss in die Schule – und zu Jacky!«, sagte Franziska.

Andreas legte seine Hand auf ihre Schulter. »Mir wäre es lieber, du bleibst heute zu Hause. Wir müssen in Ruhe überlegen, wie es weitergeht. Ich schreibe dir eine Entschuldigung. Ruf Jacky an, sie kann nach dem Unterricht gerne hierherkommen.«

Die Hauptkommissarin nickte zustimmend.

»Nina, hast du mein Handy dabei?«, fragte Franziska. »Ich muss telefonieren!«

Nina Heckmanns schüttelte den Kopf. Sie erklärte Franziska, dass sie ihr Handy noch als Beweismittel brauche und dass sie es sowieso nicht mehr benutzen solle, jedenfalls nicht mit dieser SIM-Karte, da der Stalker ja ihre Telefonnummer kenne. Am besten besorge sie sich eine Prepaidkarte, die man schnell wechseln kann, falls der Stalker wieder an die Nummer kommen sollte.

»Aber wie soll ich dann Jacky anrufen?«, jammerte Franziska.

»Wir haben noch ein Festnetztelefon!«, sagte ihr Vater.

»Ach ja ...« Franziska zog sich in den Flur zurück.

»Verdammt, wo sind nur die echten Bilder?«, murmelte Herbert.

»Gute Frage«, sagte die Hauptkommissarin, »aber mich interessiert derzeit mehr die Unversehrtheit meiner beiden Schützlinge.«

»Franziska und ...?«

»Claudia Jansen.«

»Ach ja, die wird ja auch gestalkt.«

»Ja, aber anders. Sie hat jede Menge ungebetene Geschenke bekommen, alle telefonisch bei verschiedenen Versandhändlern in Auftrag gegeben. Wir prüfen das noch. Außerdem wurden persönliche Gegenstände von ihr entwendet.«

»Was für Gegenstände?«, fragte Herbert.

»Sorry, das kann ich nicht sagen.«

Er nickte. »Brisko Günther muss ziemlich sauer auf Kamilla Beskow sein. Seine Galerie ging pleite, er konnte Frau Jansen nicht unter Vertrag bekommen, und bei Frau Beskow lief alles wie am Schnürchen. Aber ihr deswegen einen Schläger auf den Hals jagen …?«

»Wäre schon möglich«, sagte Nina Heckmanns. »Wir haben festgestellt, dass Claudia Jansen zunächst einen Vertrag mit der Galerie Günther unterschrieben hat. Kamilla Beskow hat sie dann abgeworben. Rechtlich gerade noch soeben vertretbar, aber schon …«

»… unter der Gürtellinie?«, ergänzte Herbert.

»Genau!«

»Und Günther blieb nichts anders übrig, als Claudia Jansens Bilder zu kopieren.«

»Jacky kommt gleich her!«, rief Franziska dazwischen.

»Herr Falke«, die Hauptkommissarin wandte sich an Andreas, »Franziska wird erst Ruhe haben, wenn wir McBrise überführt haben. Was wissen Sie noch von ihm? Alles kann wichtig sein, jede Kleinigkeit.«

Andreas nickte. »Einen Moment bitte. Ich muss mal eben telefonieren und eine Kollegin bitten, meine Sportstunden zu übernehmen.«

»Okay … Bennert, diese Lagentechnik scheint eine zentrale Rolle bei Claudia Jansens Bildern zu spielen. Stellen Sie fest, was genau es damit auf sich hat, ob die wirklich so speziell ist, wie Frau Jansen sagt, ob es darauf ein Patent gibt, wie leicht man das nachahmen kann und so weiter, sprechen Sie mit Experten!«

»Was denn für Experten?«

»Na Experten eben, von der Hochschule für Gestaltung hier in Offenbach oder vom Frankfurter Städel, was weiß ich, also los!«

Bennert verließ kopfschüttelnd die Wohnung, Herbert atmete erleichtert auf, und Andreas kam von seinem Telefonat zurück.

»Alles klar, meine Referendarin übernimmt die Stunden.«

»Gut, also zurück zu McBrise, denken Sie nach, was fällt Ihnen ein?«

»Hmm«, sagte Andreas, »er ist ziemlich penibel bei allem, was er tut, und will alles genau wissen. Er spricht gut Deutsch, aber mit hörbarem englischem Akzent, aus dem Midlands, soweit ich weiß. Er trinkt gern Whisky, schottischen Single Malt, zumindest damals. Und er rauchte viel, das war ein Streitpunkt zwischen ihm und Karin, sie hasst Zigarettenrauch.«

»Welche Marke?«, fragte Herbert.

»Keine Ahnung. Ich kenne mich nicht aus mit Zigarettenmarken. Ich glaube, er hatte immer eine blaue Schachtel bei sich.«

»Gut, weiter«, meinte Nina Heckmanns.

»Ich denke, er ist eigentlich ein ruhiger Typ.«

»Was meinen Sie mit ›eigentlich‹?«

»Er machte meistens einen ausgeglichenen Eindruck. In einer einzigen Situation habe ich ihn ärgerlich erlebt. Besser gesagt aufbrausend. Cholerisch. Aber ich kenne ihn nicht so gut, es waren nur ein paar Wochen, in denen wir uns gesehen haben. Im Europe, einer Disco in Berlin.«

»Herr Falke, was war das für eine Situation, in der er cholerisch reagiert hat?«

Andreas sah die Hauptkommissarin an. »Ein fremder Mann hat mit Karin getanzt. Etwas zu eng für seinen Geschmack. Er hat ihn fast totgeprügelt.«

Herbert sah seinen Sohn entsetzt an. »Fast totgeprügelt?«

»Ja, der Diskothekenbesitzer musste eingreifen.«

»Und du?«, fragte Franziska. »Ich meine, fandst du den Tanz auch *zu eng?*«

»Na ja, schon, aber ich habe Karin immer vertraut.«

Keiner wollte dazu etwas sagen.

»Würden Sie ihn wiedererkennen, jetzt, nach all den Jahren?«

»Kilian?«, fragte Andreas. »Ja, den würde ich garantiert wiedererkennen.«

»Frau Heckmanns, können Sie McBrise zur Fahndung ausschreiben?«, fragte Herbert.

»Nein, dazu fehlt noch der finale Beweis, dass McBrise in Hanau war«, sagte die Kriminalhauptkommissarin. »Dunkle, lockige Haare und die ungefähre Körpergröße reichen nicht aus. Wir haben einige Fingerabdrücke an der Toilettentür sicherstellen können, haben aber keine Vergleichsabdrücke. Sie wissen ja – der Sperrvermerk.«

»Und DNA?«, fragte Franziska.

»Noch schlechter. Kein verwertbares Material. Außerdem haben wir keine Vergleichs-DNA.«

»Mit Vergleichs-DNA könnte ich dienen!«, sagte Andreas Falke.

Herbert sah ihn konsterniert an.

»Sie meinen die Haarprobe vom Vaterschaftstest?«, fragte Nina Heckmanns.

»Genau!«

»Da kommen Sie aber nur dran, wenn Sie die Untersuchung selbst in Auftrag gegeben haben!«

»Das stimmt. Und ich *habe* die Auswertung in Auftrag gegeben!«

Nina Heckmanns wiegte ihren Kopf hin und her. »Na ja, vorläufig nützt uns das wenig, weil wir keine DNA-Probe vom Tatort in Hanau haben, aber Sie könnten das Vergleichsmaterial vorsichtshalber schon mal besorgen. Dann hätten wir es gegebenenfalls sofort zur Verfügung.«

Es klingelte. Jacky kam die Treppe hinaufgerannt und umarmte Franziska. Sie begrüßte alle Anwesenden. Herbert Falke nickte ihr freundlich zu. Sie hätte jetzt nur noch Sport, meinte sie, sei aber so gut in Form, dass sie dies auch mal ausfallen lassen könne. Herbert Falke nutzte die Gelegenheit, Jacky einige Fragen zu den Ereignissen des vergangenen Abends zu stellen, um sich selbst ein besseres Bild zu machen. Danach übernahm die Kriminalhauptkommissarin wieder die Gesprächsführung.

»Wir müssen nun besprechen, wie wir deine Sicherheit gewährleisten«, sagte sie in Richtung Franziska. »Üblicherweise eskalieren die Übergriffe eines Stalkers irgendwann. Er will Macht ausüben, sein Opfer beherrschen. Wenn es ihm gelungen ist, an sein Opfer heranzukommen, nutzt er diese Macht, um etwas Bestimmtes zu erreichen. Was das in diesem Fall ist, wissen wir noch nicht. Ich glaube ehrlich gesagt nicht, dass er einfach nur mit dir Kontakt aufnehmen will, weil er meint, dein Vater zu sein. Dann hätte er dich gestern nicht so massiv unter Druck gesetzt. Jedenfalls könnte es beim nächsten Mal … gefährlich werden. Vielleicht sogar lebensbedrohlich. Eigentlich müsste ich dich unter Polizeischutz stellen.«

»Was?« Auf diese Idee schien Franziska bislang nicht gekommen zu sein.

Sie diskutierten dieses Szenario eine ganze Weile, Herbert und Andreas schlossen sich der Meinung der Hauptkommissarin an, Franziska und Jacky waren dagegen. Allein die Vorstellung, unter Polizeischutz in die Schule gehen zu müssen, war ihnen zuwider. Jacky erklärte, dass sie schon seit einiger Zeit auf Franziska aufpasse und wie man an den Ereignissen in Hanau gesehen habe, mit Erfolg. Nach einer halben Stunde Diskussion einigten sie sich schließlich darauf, dass Franziska immer begleitet werden würde, sobald sie die Wohnung verlasse. Allein dürfe sie nirgendwo hingehen. Ihr Vater, ihr Großvater, Jacky oder Nina – einer der Vertrauten müsse immer bei ihr sein.

»Ich muss jetzt erst mal nach Hause, meiner Mutter geht es nicht gut«, sagte Jacky. »Sie ist total geschockt, dass jemand ihre Bilder kopiert hat. Besser gesagt: versucht hat, zu kopieren.« Sie winkte Franziska zu: »Ich komme später wieder und bringe das neue Laith-Al-Deen-Video mit!«

Herbert fand die Sicherheitsregelung für Franziska gut. Sie musste beschützt werden, ohne dabei ihr Leben zu sehr einzuschränken. Trotzdem kam er ins Grübeln. Er dachte über Jacky nach. Und über ihre zentrale Rolle in den beiden Fällen, an denen er parallel arbeitete.

*

Der Brief an Alex lag immer noch auf Franziskas Schreibtisch. Sie hatte den Umschlag bereits beschriftet, nur die Briefmarke fehlte noch. Der Brief sollte nach Tunis gehen. Den Text hatte sie schon hundertmal in ihrem Kopf gewälzt und dreimal zu Papier gebracht. Die erste Version schien ihr zu unpersönlich, die zweite zu emotional. Der dritte Versuch begann mit: »Lieber Alex.« Weiter war sie noch nicht gekommen.

*

Herbert Falke verließ die Wohnung seines Sohnes im Buchrainweg. Erneut hatte er das Bedürfnis, in Ruhe nachzudenken. Am besten konnte er das beim Essen. Es war 11.40 Uhr, eigentlich zu früh zum Mittagessen, aber die Pizzeria Tevere direkt um die Ecke hatte bereits geöffnet. Die Meloni-Brüder begrüßten ihn freundlich und wollten wissen, wo er so lange gewesen sei. Er sagte, er habe eine Familienauszeit genommen. Das klang grundsätzlich positiv, aber kryptisch genug, dass sich niemand nachzufragen traute, egal ob Nativ-Offenbacher oder römischer Weltbürger. Trotz seiner mehrwöchigen Pizzaabstinenz wussten die Brüder noch, welche Variante er bevorzugte: No. 21 mit Peperoniwurst. Bisher war er der einzige Gast, konnte also in Ruhe nachdenken. In einer knappen Stunde würde hier kaum ein Stehplatz frei sein. Er saß in der kleinen Nische direkt am Fenster und beobachtete den Verkehr draußen auf der Sprendlinger Landstraße. Seit Tagen quälte ihn der Gedanke, bei all den logischen Betrachtungen und Schlussfolgerungen etwas übersehen zu haben. Immer mehr drängte sich eine bestimmte Person in sein Bewusstsein, die aus dem Nebel seiner Wahrnehmung auftauchte. Eine Frau. Er versuchte sich zu konzentrieren, kam aber nicht weiter.

»Die einunswanzisch mit Peperoniwurs!« Ausnahmsweise wurde die Pizza an seinen Tisch gebracht, nur bei geringem Kundenaufkommen war dies möglich. Ansonsten war die Pizzeria Tevere so kompakt und gemütlich –

man könnte auch sagen eng –, dass Bedienen unmöglich war. Alles drängelte sich am Schalter, man kam ins Gespräch, gute Laune verbreitete sich – eine Offenbacher Kulteinrichtung seit über 30 Jahren. Beim letzten Pizzastück wusste Herbert, um wen sich seine Gehirnwindungen gedreht hatten: Nadine Esch.

Er bezahlte.

»Ciao, komm bald wieder!«

»Ja natürlich! Ciao!« Dann ging er zurück in den Buchrainweg, führte auf dem Weg dorthin ein kurzes Telefonat mit Anna Andresen, startete seine rosa Vespa und stand eine halbe Stunde später vor der Tür von Nadine Esch in Bürgel.

Diesmal war sie nicht mehr so kooperativ wie beim letzten Besuch. »Herr Falke, was wolle Se denn noch, isch habb Ihne doch schon alles erzählt beim letzte Mal!« Sie hielt beide Hände in den Taschen ihres Arbeitskittels versenkt.

»Es dauert nicht lange, Frau Esch, aber die Sache ist etwas heikel, kann ich bitte reinkommen?«

Sie runzelte die Stirn. »Also gut, komme Se mit in de Küch, isch muss Esse koche.«

»Danke.«

Sie ging voraus und begann, auf einem Holzbrett Möhren zu schneiden. Herbert blieb im Türrahmen stehen. »Frau Esch, erlauben Sie mir bitte ein offenes Wort. Ich weiß, dass Sie nicht lesen können, ich habe das bereits bei meinem letzten Besuch bemerkt, und Frau Andresen hat es mir soeben bestätigt.«

Ihr Blick war weiterhin konzentriert auf die Möhren gerichtet. Das Messer sprang auf und ab.

»Ich möchte mich entschuldigen, dass ich in Ihr Privatleben eindringe«, fuhr Herbert fort, »aber es muss sein. Die

Schrift auf dem Zettel, den Sie am Tag nach dem Einbruch gefunden haben, die war gar nicht so undeutlich, oder?«

»Naa, war se net«, sagte sie, ohne ihn anzusehen.

»Haben Sie den Zettel vielleicht noch?« Herbert Falke sah sie erwartungsvoll an.

»Ich trach den schon seit Tache in meiner Kitteltasch herum«, antwortete sie mit Blick auf das Schneidebrett, so als spräche sie mit den Möhren. »Isch wollt immer ma jemand frache, ob er mir des vorlese kann, habb misch abber net getraut. Es is halt net leicht zuzugewe, dass mer net lese kann. Tut mer leid!«

»Kein Problem, Frau Esch. Können Sie mir den Zettel bitte geben?«

Sie nickte und griff in ihre Kitteltasche.

»Code 1605«

Herbert überlegte. Das passte zur Nacht des Einbruchs, 13. auf 14. Juli, vorausgesetzt, der Einbrecher war nach Mitternacht gekommen. Tag plus 2 und Monat minus 2. Frau Esch hatte bis 21 Uhr gearbeitet. Vor Mitternacht waren im Sommer noch viele Menschen wach, und erst gegen 2 Uhr begann bei den meisten die Tiefschlafphase. Der Einbrecher brauchte Zeit, um die Bilder wegzutragen und die fingierten Hebelspuren an der Tür anzubringen. Es war also sehr wahrscheinlich, dass er nach Mitternacht eingedrungen war.

»Code 1605.« Die Handschrift war rund und fein. Ein bestimmtes Detail kam ihm bekannt vor. Er konnte aber nicht benennen, welches. Wahrscheinlich musste er nochmals eine No. 21 mit Peperoniwurst essen, um seinem Gehirn auf die Sprünge zu helfen.

*

Franziskas Vater war von den Gesprächen derart mitgenommen, dass er sich gegen Mittag auf die Couch legte und schlief. So hörte er nicht, dass Jacky zurückkam und sich ohne große Widerstände von Franziska überreden ließ, in die Stadt zu fahren, um eine Prepaid-Handykarte zu kaufen. Sie hinterließ ihrem Vater eine Nachricht, ehe sich die beiden aufs Fahrrad schwangen und über Buchrainweg, Bismarck- und Rathenaustraße zum Telefonladen in der Großen Marktgasse kurvten. Sie halte es nicht mehr aus ohne Handy, verkündete Franziska, worauf die Mädchen umgehend beschlossen, Nina Heckmanns im Polizeipräsidium zu besuchen, um sich Franziskas Mobiltelefon wiederzuholen.

Nina schien überrascht und zufrieden zugleich, wahrscheinlich weil sie feststellte, dass Franziska nicht allein unterwegs war. Wie am Vormittag besprochen. Franziska zeigte ihr die Prepaidkarte und bat sie um das Handy. Nina holte es aus ihrer Schreibtischschublade, nahm die SIM-Karte heraus, legte diese in die Schublade zurück und gab Franziska ihr Mobiltelefon. Sie unterhielten sich noch eine Weile, und gerade hatte Jacky gefragt, wie es denn mit den Ermittlungen zum Stalker ihrer Mutter stehe, als Kriminaloberkommissar Bennert zur Tür hereinsah und wissen wollte, ob seine Chefin kurz Zeit habe. Es sei wichtig.

Nina Heckmanns nickte und verließ den Raum, die Tür blieb angelehnt. Franziska zögerte nicht. Sie stand auf und öffnete die Schublade.

»Bist du verrückt?«, flüsterte Jacky.

»Jetzt bleib mal locker!«, antwortete Franziska, nahm die SIM-Karte und schloss die Schublade wieder. Sie setzte sich. Die Tür war immer noch angelehnt. Niemand außer Jacky hatte etwas gesehen.

»Was hast du vor?«, flüsterte Jacky.

»Erzähle ich dir später!«

Nina Heckmanns kam zurück. Sie sah Jacky ernst an. »Wir sind noch nicht viel weiter mit dem Stalkingfall Jansen. Soeben habe ich erfahren, dass alle Geschenke, die deine Mutter erhielt, telefonisch bestellt wurden. Mehrere Mitarbeiter bei den Versandhändlern berichteten von einer seltsam verstellten Sprache, einige meinten, es sei eine weibliche Stimme gewesen. Das ist ungewöhnlich. Eine Frau stalkt eine Frau – sehr selten.«

»Eine lesbische Frau?«, fragte Franziska.

Nina wiegte den Kopf unentschlossen hin und her. »Möglich.«

Jacky riss entsetzt die Augen auf, so als wünschte sie, die beiden letzten Sätze niemals gehört zu haben. Franziska merkte, dass ihrer Freundin das Gespräch nahegegangen war. Sie legte den Arm um Jackys Schultern und sagte: »Komm, lass uns gehen!«

Nach all den Diskussionen der letzten Tage hatte sich Franziska selbst in einem schmerzhaften Prozess von der bisherigen Betrachtung ihrer Eltern als asexuelle Wesen trennen müssen. Jacky schien sich mitten in eben diesem Prozess zu befinden.

*

Herbert Falke stellte seinen rosa Motorroller vor dem Haus in der Brinkstraße ab. Die Sonne warf all ihre Kraft auf die Erde, und er war froh, den engen Helm vom Kopf nehmen zu können. Nach einer kalten Dusche und einer Flasche Mineralwasser fuhr er seinen Rechner hoch und startete die Software zur Handschriftenerkennung.

Noch bevor er eine Vergleichshandschrift geladen hatte, markierte die Software einen speziellen Buchstaben auf dem Zettel von Nadine Esch. Das große C in dem Wort »Code«. In der Auswertung hieß es: »Ungewöhnliches Schriftdesign, geeignet zum Vergleich mit anderen Schriftproben.« Er brauchte jedoch keinen Vergleich mehr, er wusste bereits, wessen Handschrift das war.

Um sicher zu sein, loggte er sich erneut ins Art Loss Register ein und betrachtete Claudia Jansens Signatur auf ihren Bildern. Ja, da war es: Das C von »Claudia« mit einem speziellen Aufstrich, ähnlich der vereinfachten Ausgangsschrift in der modernen Grundschule. Er war enttäuscht. Claudia Jansen hatte sowieso Zugang zur Galerie, und als Diebin kam sie natürlich nicht infrage. Schade. Er hatte sich mehr erhofft. Wahrscheinlich so eine Künstlermanie, sich unsterblich zu machen – mit einem kindischen Aufstrich am großen C. Er war verärgert, fuhr den Rechner herunter und rief Florian Kannenmacher an, um sich für den nächsten Tag mit ihm zu verabreden. Der schien inzwischen ein viel beschäftigter Mann zu sein, hatte jede Menge Termine und schaffte es soeben, sich gegen 14 Uhr für ein kurzes Mittagessen in der Käsmühle draußen vor den Toren von Offenbach freizumachen. Aber nur, weil er um diese Zeit sowieso auf dem Weg nach Lämmerspiel sein würde.

Anschließend telefonierte Herbert mit Bernhard Jansen. Er erreichte ihn in der Kanzlei und verabredete sich für den Abend zu einem Statusbericht. Schließlich war Jansen ja sein finaler Auftraggeber. Auch dieser Termin war schwierig zu finden, da Herr Jansen bis 21.30 Uhr auf einer Parteiversammlung beschäftigt sein würde. Herbert bestand aber auf einem kurzfristigen Treffen, und zwar zusammen mit Jacky. Nun gut, meinte Jansen, wenn es nicht anders ginge, dann eben um 22 Uhr, aber maximal eine halbe Stunde, Jacky müsse sich schließlich auf die Schule konzentrieren und so weiter, bla, bla, bla. Herbert stimmte zu und legte auf.

Ihm wurde klar, dass detektivische Arbeit sehr mühsam und kleinteilig sein konnte.

*

Gianni hatte sich bewusst das Sportgeschäft in der Frankfurter Straße ausgesucht, denn hier konnte er sich diskret in den weniger frequentierten ersten Stock zurückziehen, um seine begrenzt repräsentative Figur nicht den spöttischen Blicken anderer Kunden auszusetzen. Außerdem kannte er den Besitzer von verschiedenen Sportfesten, die Gianni aus beruflichen Gründen aufsuchte, bei denen der Ladeninhaber regelmäßig als Sponsor auftrat. Aber auch ein umtriebiger Geschäftsmann musste einmal Urlaub machen. Nur warum ausgerechnet jetzt? Gianni landete bei einer leicht unterkühlten brünetten Endzwanzigerin, die problemlos als Model für Sportbekleidung durchgegangen wäre. Miss Streifenhörnchen, so ging es Gianni durch den Kopf, als er das bekannte Logo eines Sportartikelherstellers auf ihrem Ärmel sah. Seinem Wunsch nach aktueller Sportkleidung, mit der er sich in einem Fitnessstudio sehen lassen konnte, begegnete sie mit kritischen Blicken, die von Giannis etwas zu breit geratenen Sandalen Größe 48 über seine leicht x-förmigen Beine, den ausladenden Gürtelbereich und das grüne T-Shirt bis hinauf zu dem Rest von ergrautem Haar reichten. Nach reiflicher Überlegung fragte sie, ob es sich bei dem Fitness-Studio um das medizinische Zentrum zur Kräftigung der Beckenbodenmuskulatur in der Rathenaustraße handele. Aber nein, entgegnete Gianni, er wolle sich heute Abend bei SportsAct am Kaiserlei-Kreisel anmelden. Ein leichtes Entsetzen huschte über das Gesicht des Streifenhörnchens. Sie sah sich nach ihrer Kollegin um, die altersmäßig zumindest einen Mittelwert zwischen ihr und Gianni darstellte, aber gerade einen Schüler bediente, dessen Hosenboden in den Kniekehlen hing. Sie wandte sich wieder Gianni zu und meinte etwas spitz, sie hole ihm etwas aus dem ersten Stock, und auf Giannis Einwand, er könne ja mit nach oben kommen, entgegnete sie, die Treppe sei ziemlich steil. Sie kam mit einem orange glänzenden Jogginganzug zurück, der recht günstig sei, so flötete sie, weil er aus einer – hüstel, hüstel – etwas älteren Produktion stamme. Dazu reichte sie ihm ein Paar rote Sportschuhe, alles, wie nicht anders zu erwarten, mit drei Streifen versehen. Gianni war froh, sich in eine Umkleidekabine zurückziehen zu können, doch mangels Ganzkörperspiegel musste er diese orange glänzend wieder verlassen. Im Laden erwarteten ihn in Reih und Glied angetreten die beiden Verkäuferinnen, der Junge mit dem Hosenboden, ein weiterer Kunde und der Briefträger. Alle klatschten Beifall. Sein Wunsch, den Laden möglichst schnell wieder zu verlassen, war größer als sein Kritikvermögen, sonst wäre ihm aufgefallen, dass die Hosenbeine etwas zu kurz waren und der rechte Schuh einige Jahre länger im sonnendurchfluteten Schaufenster zugebracht hatte als der linke. Mit 130 Euro für alle Teile hatte er sein selbst gesetztes Limit von 200 Euro deutlich unterschritten, zumal Streifenhörnchen ihm noch ein rotes T-Shirt mit drauflegte, verbunden mit dem Hinweis, dass rot-orange eine absolut angesagte Farbkombination sei. Alle nickten, auch der

Briefträger. Gianni verließ das Sportgeschäft. Die Frage, ob er am nächsten Abend wirklich nicht auffallen werde, kreiste immer noch durch seinen Kopf. Egal – er hatte die Story gewollt, jetzt musste er das Ganze durchziehen. Irgendwie würde er schon mit Claudia Jansen in Kontakt kommen. Franziska hätte gesagt: »Cool bleiben, Gianni!«

*

Als Franziska und Jacky in Falkes Wohnung zurückkamen, stand Andreas gerade in der Küche und telefonierte. Den Gesprächsfetzen, die in den Flur drangen, entnahmen sie, dass er mit dem Institut sprach, das damals den Vaterschaftsnachweis durchgeführt hatte. Sie zogen sich in Franziskas Zimmer zurück und setzten sich auf den Teppich.

Jacky kam sofort zur Sache. »Also, Franzi, was hast du vor?«

»Na, ist doch klar, ich werde McBrise simsen und mich mit ihm verabreden!«

»Waaas?«

»Nicht so laut, Jacky! Ich muss wissen, was für ein Typ das ist. Und was er will, was er denkt, weißt du, einfach alles!«

»Aber, aber … Der Kerl hat dich bedroht, hast du denn keine Angst?«

»Ich habe mir das genau überlegt. Offensichtlich meint er, ich sei seine Tochter, also wird er mich auch nicht angreifen. In Hanau vor der Toilettenkabine, da hat er nur geschrien, ich solle rauskommen, er wolle mich sehen. Er hat bisher nie gedroht, mir wehzutun, stimmt's?«

Jacky starrte sie entsetzt an.

»Stimmt's?«, wiederholte Franziska.

»Ja, ja, stimmt.«

»Ich möchte wissen, wer der Mann ist, der sich wünscht, mein Vater zu sein.«

»Trotzdem, Franzi, das ist gefährlich!«

»Vielleicht, aber du wirst mich ja begleiten!«

Ehe Jacky etwas entgegnen konnte, hatte Franziska schon die SIM-Karte in ihr Handy gesteckt.

»Ja, aber …«

Franziska rief die letzte SMS des Stalkers auf und gab eine Antwort ein.

»Was hast du geschrieben?«

»›Freitag um 10 Uhr beim OTC‹.«

»Im Tennisclub?«

»Ja, im Restaurant, du weißt schon, auf der Terrasse. Das ist öffentlich, also ungefährlich, trotzdem kann man dort in Ruhe reden. Ist ja nicht weit von der Schule weg, und nach der zweiten Stunde haben wir frei. Letzter Schultag vor den Ferien.«

»Meinetwegen«, brummte Jacky. »Und wenn er wirklich kommt, was machen wir dann?«

»Ich unterhalte mich eine Weile mit ihm. Ich will die Wahrheit wissen.«

»Meinst du, er könnte doch dein Vater sein?«, fragte Jacky.

»Nein, den Beweis hat Papa ja erbracht. Ich möchte nur wissen, was für ein Typ er ist und was damals abging, zwischen ihm und … ihr.«

»Hmm«, machte ihre Freundin.

»Jetzt sei mal nicht so piensig, das klappt schon!«

»Und dann rufen wir die Polizei, oder was?«

»Logo. Du beobachtest uns unauffällig vom Nebentisch aus und rufst auf mein Zeichen Nina an.«

»Was für ein Zeichen?«

»Irgendwas … Ich werfe aus Versehen mein Glas um, zum Beispiel.«

»Das ist gut, kaum zu überhören. Und McBrise wird abgelenkt.«

»Schalt mal Bluetooth ein«, sagte Franziska, »ich schick dir Ninas Telefonnummer auf dein Handy!«

*

Gegen 21 Uhr an diesem Abend verließ Gianni Mussner den Fitnessclub SportsAct am Kaiserlei-Kreisel in Offenbach. In der Hand hielt er seine Anmeldeunterlagen. Der junge Mann an der Rezeption hatte ihm in einem gefühlt halbstündigen Vortrag erläutert, welche Sportgeräte zur Verfügung standen und an welchen Kursen er teilnehmen könne. Von Pilates bis Zumba, von Rückenfit bis Hot Iron, von Bauch-Beine-Po bis Selbstverteidigung. Er hatte einige Mühe gehabt, den bodygestylten blonden Jüngling davon zu überzeugen, dass er zunächst das Gerätetraining ausprobieren wolle, um zu sehen, was ihn noch interessiere. Er würde sofort am nächsten Abend damit anfangen. Alles verlief planmäßig.

*

Kurz nach 22 Uhr klingelte Herbert an der Jansen-Villa. Es wurde sofort geöffnet. Jacky führte ihn ins Wohnzimmer. Herr Jansen drückte ihm wortlos die Hand.

Herbert war angespannt. »Ich wollte Ihnen beiden als meine Auftraggeber gerne einen kurzen Statusbericht zur Suche nach den Bildern geben.«

Jacky nickte, Bernhard Jansen zeigte mit einer Geste, dass er fortfahren solle.

»Ich hatte Friedrich Günther in Verdacht …«

»Diesen Brisko? Diesen Versager?«, fragte der Rechtsanwalt.

»Na ja. Aber wie Sie inzwischen wissen, hat er die Bilder nicht gestohlen, sondern *nur* Kopien davon erstellt. Schlimm genug.«

»Allerdings!«

»Die Polizei ist informiert und kümmert sich um ihn. Im Übrigen ist er vorbestraft.«

»Weswegen?«

»Betrug und Körperverletzung.«

»Aha.«

»Trotzdem wissen wir immer noch nicht, wo die Gemälde sind. Der einzige Hinweis ist dieses Stück Papier.« Er reichte Herrn Jansen den Zettel, den er von Nadine Esch bekommen hatte.

Jacky ging zu ihrem Vater, beide beäugten das Papier neugierig.

»Code 1605«, sagte Jansen lakonisch, »was bedeutet das?«

Herbert Falke erklärte ihnen, dass der Zettel am Tag nach dem Einbruch in der Galerie gefunden worden war, und erläuterte ihnen die Systematik der Verschlüsselung.

»Das ist die Handschrift meiner Frau, zweifelsfrei«, meinte Herr Jansen, »aber sie hat natürlich Zugang zur Galerie.«

»Ja, stimmt, insofern führt uns das nicht weiter. Ich wollte nur wissen, ob Ihnen noch etwas anderes dazu einfällt …«

»Mir nicht«, sagte der Anwalt. »Dir, Jaqueline?«

Jacky schüttelte den Kopf.

»Tut mir leid, dass die Spur mit Brisko Günther zu nichts geführt hat«, sagte Herbert.

»Immerhin haben Sie einen Betrüger seiner gerechten Strafe zugeführt, das weiß ich zu schätzen.«

»Gut, danke. Soll ich weitermachen?«

»Natürlich!«, sagte Herr Jansen. »Oder, Jaqueline, bist du anderer Meinung?«

Jacky schüttelte den Kopf.

Mit gemischten Gefühlen verließ Herbert Falke seine Auftraggeber. Einerseits schienen sie mit seiner Arbeit zufrieden zu sein, andererseits war er vom Ziel seiner Ermittlungen noch weit entfernt. Wo waren die Gemälde?

In diesem Moment wusste er nicht, dass er der Lösung des Falls bereits sehr nah gekommen war.

Er überquerte die Straße und startete seine Vespa.

*

Kurz vor Mitternacht saß Jacky in ihrem Dreiecksrefugium und dachte nach. Das Gespräch mit Herbert Falke hatte sie verwirrt. Langsam, ganz langsam stieg ein Gedanke in ihr auf, den sie am liebsten verdrängt hätte. Aber wer kann schon seine eigenen Gedanken kontrollieren?

Sie hatte manchmal mit Franziska darüber gesprochen, wie es wohl wäre, ein Krebsgeschwür in sich zu tragen. Ein wucherndes Scheusal, das sich breitmachte im Körper, ohne dass man es aufhalten konnte.

Und so begann sich dieser schreckliche Gedanke in ihr auszubreiten wie ein bösartiger Tumor.

DONNERSTAG, 23. JULI

Franziska fand den Tag unspektakulär. Sie saß im Unterricht und langweilte sich. Fortwährend kontrollierte sie ihr Handy. Sogar Mia-Sophie war genervt und wollte wissen, was sie da eigentlich treibe. Franziska meinte, sie warte auf eine SMS. Das war noch nicht einmal gelogen. Die im Raum schwebende Frage, von wem eine so wichtige SMS zu erwarten sei, schien sich Mia-Sophie zu verkneifen. Immer noch keine Antwort von McBrise.

Franziska konnte dem Unterricht kaum folgen, auch wenn sich Hoffmann Mühe gab, seine zweite Deutschstunde interessant zu gestalten. »Der Besuch der alten Dame« sollte mit verteilten Rollen gelesen werden. Franziska hatte sich mit dem Argument, sie habe einen bösen Husten, ausgeklinkt. Zur Bekräftigung hustet sie zweimal in eine interessante Textstelle hinein. Hoffmann glaubte ihr.

Ihr Vater wollte nach seinem Unterricht von der Albert-Schweitzer-Schule aus direkt nach Frankfurt fahren, um McBrises alte Haarprobe aus dem Institut zu holen. Franziska würde mit Jacky bei deren Oma zu Mittag essen. Es sollte Dampfnudeln geben, mit Zwetschgen gefüllt und Vanillesoße übergossen.

Wenigstens *etwas* Spektakuläres an diesem Tag.

*

Auch für Herbert verlief dieser Donnerstag nicht sehr produktiv. Er traf sich zum Mittagessen mit Florian Kannenmacher in der Käsmühle, draußen vor den Toren von Offenbach. Leider brachte er aus dem nervösen Künstler nicht viel heraus. Er schien von der Aufmerksamkeit, die ihm in den letzten Tagen durch Kamilla Beskow und Anna Andresen zuteilgeworden war, überfordert und machte sich Sorgen darum, dass seine künstlerische Kreativität darunter leiden könnte. Auf die Fragen von Herbert Falke antwortete er ausweichend, lediglich sein Alibi konnte geklärt werden: Er war in der fraglichen Nacht zu Hause bei seinen Eltern in Gelnhausen gewesen, wie auch in den Nächten zuvor und auf absehbare Zeit wohl auch in den Nächten danach. Herbert Falke fuhr sich genervt durch den grauen Haarschopf, aber es half nichts – Florian Kannenmacher wollte nicht mehr, er musste weiter, hatte einen unaufschiebbaren Termin, ließ seinen Teller kaum angetastet stehen und verschwand. Wenigstens konnte Herbert daraufhin sein Bieberer-Pfännchen in Ruhe zu Ende essen. Das war fast das einzig Erbauliche für ihn an diesem Donnerstag. Fast. Denn als er die Käsmühle verließ, rief Bruno Waden an. Kamilla Beskow werde heute Abend von der Intensiv- auf die Normalstation verlegt und könne morgen mit ihm sprechen. Aber nur kurz. 10 Uhr, Station 6B. Endlich.

*

Franziska hatte die Hoffnung auf eine Rückmeldung von McBrise fast aufgegeben. Sie saß mit Jacky auf Oma Jansens Balkon und sonnte sich. Hausaufgaben waren nicht mehr zu erledigen am vorletzten Schultag vor den Ferien. Das Handy lag griffbereit neben ihr ebenso wie der Offenbach-Kurier und ein Glas Cola. Jacky hatte es sich unter dem Sonnenschirm bequem gemacht, vertieft in Goethes Wahlverwandtschaften. Was für seltsame Bücher sie immer las … Franziska hatte sich inzwischen daran gewöhnt. Im Kurier ging es wieder einmal um das Lieblingsthema aller Offenbacher: den Umbau des Marktplatzes und die neue Verkehrsführung. Franziska war es egal, welche Zufahrt dem Autoverkehr von wo gewährt wurde, ihr wäre es lieber gewesen, man hätte sich mehr um die Radwege gekümmert.

In Gedanken versunken musste sie kurz eingenickt sein und kam wieder zu sich, als Jacky sagte: »Du hast 'ne SMS!«

Franziska griff sofort nach ihrem Handy. Tatsächlich. »Okay, ich komme.« Das war alles.

»So ein Hasenhirn!«, empörte sie sich. »Da braucht der fast einen ganzen Tag, um ›Okay, ich komme‹ einzutippen. Und noch nicht mal ›Keine Polizei!‹ oder so was Ähnliches. Was gibt es denn da zu überlegen?«

»Wahrscheinlich ist er misstrauisch. Wusste nicht, ob er wirklich zusagen soll.«

»Nee, glaub ich nicht. Wir müssen aber getrennt hingehen, weißt du, er darf uns nicht zusammen sehen.«

»Ich kenne einen Schleichweg, vom Schulsportplatz hinten durch die Gärten zum Tennisplatz.«

»Ah, cool. Dann kann ja nichts mehr schiefgehen.«

Jacky antwortete nicht.

*

Von den Gedankenspielen um sein Zusammentreffen mit Claudia Jansen abgelenkt, hätte Gianni fast den Geburtstag seiner Schwester vergessen. Erst als sein Blick auf den

Kalender fiel, erinnerte er sich daran: 23. Juli. Er versuchte, sie zu Hause in Bozen anzurufen, aber sie nahm nicht ab, war wahrscheinlich auf einem Trip nach Mailand, so wie meistens an ihrem Geburtstag. Er hinterließ ihr eine Nachricht auf dem Anrufbeantworter. Dann packte er die neue Sportkleidung in seinen Rucksack. Er hatte mitbekommen, dass Rucksäcke wieder »total hipp« waren, wenn auch nicht unbedingt sein forstgrüner Wanderrucksack mit den abgewetzten Lederschnallen, aber irgendwo musste er Abstriche machen. So gerüstet fuhr er in Richtung Kaiserlei-Kreisel.

Der blonde Jüngling am Tresen erkannte ihn sofort wieder. Mit Blick auf Giannis Rucksack meinte er, Wanderkurse würden hier bei SportsAct aber nicht angeboten. Gianni mochte der Jugend zwar eine gewisse Vorwitzigkeit zugestehen, aber *das* ging zu weit. Er gab dem Mann deutlich zu verstehen, dass er sich derartige Bemerkungen verkneifen müsse, wenn er ihn weiter als Kunden behalten wolle. Der Gerügte entschuldigte sich nuschelnd, während er mit der typischen Gestik des Uneinsichtigen hinter dem Tresen hervorkam, um Gianni den Weg zu den Umkleiden zu zeigen.

Als Gianni eine Viertelstunde später auf einem Fahrradtrainer saß, musste er mit deprimierender Erkenntnis feststellen, dass die Entwicklung im Bereich Funsport in den letzten Jahrzehnten an ihm vorbeigegangen war. Er kannte Hometrainer mit verschiedenen Schweregraden, je nach Einstellung der Bremswirkung an einem Hebel. Ein Extruder Spinning Wheel 05 mit farbigem Touchscreen hatte er jedoch noch nie gesehen, auch keine dreidimensionale Balkengrafik, die die Wirkung der elektronischen

Wirbelstrombremse darstellte, ganz zu schweigen von der Anzeige seiner eigenen Herzfrequenz, von Fatburner- und Rescue-Programmen sowie einem integrierten Fernsehbildschirm. Leider musste er den Jüngling um Hilfe bitten, der ihm mit unverhohlenem Genuss eine 15-jährige Praktikantin vorbeischickte, die alles geduldig erklärte. Zunächst war Gianni so mit dem Touchscreen beschäftigt, dass er die spöttischen Blicke, die ihm zugeworfen wurden, nicht bemerkte. Dann jedoch folgten Kommentare wie zum Beispiel: »Echt cool so ein Retro Look!« oder »Fly, Robin, fly!« bis hin zu »Find ich gut, dass du in deinem Alter noch so was machst!« Er beschloss, stillzuhalten, um nicht noch mehr Aufmerksamkeit zu erregen. Schließlich durfte er sein Ziel nicht aus den Augen verlieren. Trotzig strampelte er weiter.

Dann endlich entdeckte er Claudia Jansen. Sie stand an der Tür zu den Kursräumen und unterhielt sich mit einer Brünetten. Gianni stieg von seinem Extruder Spinning Wheel 05, legte sein Handtuch lässig in den Nacken und schlenderte auf die beiden zu.

Als die Brünette ihn kommen sah, riss sie die Augen auf.

»Bon di! Steht mir doch gut, oder?«, sagte er.

Sie antwortete nicht.

»Gianni Mussner.« Er streckte ihr die Hand so entgegen, dass sie gar nicht anders konnte, als ihm ihrerseits die Hand zu reichen.

»Sandra«, sagte sie. »Sandra Peschke.«

Ein Moment fast peinlicher Stille entstand. Gianni hatte nicht die Absicht, die Spannung zu lösen.

»Sag mal, Sandra«, begann Claudia Jansen schließlich, »hast du dem Herrn etwa *diese* Klamotten verkauft?«

»Äh, ja, also, ich meine …« Weiter kam sie nicht.

Claudia Jansen wandte sich von ihr ab. »Kommen Sie, Herr …«

»Mussner!«

»Ja, Herr Mussner, kommen Sie, ich lade Sie auf einen Rhabarbertrunk ein!«

»Oh, ja … Vielen Dank. Kann es auch ein Gerstentrunk sein?«

Sie lächelte und ging voraus zur Saftbar.

Claudia Jansens Erscheinungsbild erinnerte Gianni an das ihrer Tochter. Mittelgroß, rotbraune Haare, sportlich – so wie Jacky, mit leicht federndem Gang. Sie trug einen dunkelblauen Sportanzug, der ihr eine gewisse Eleganz verlieh.

Sie setzte sich auf einen der Barhocker und wandte sich an die Bedienung. »Lena, der Herr möchte einen Gerstentrunk!«

Die Angesprochene sah Gianni überrascht an. »Sicher?«

»Ja natürlich!«, antwortete Gianni und setzte sich zu Frau Jansen. »Sehe ich denn so schlimm aus?«, fragte er leise.

Sie schmunzelte. »Na ja, schlimm ist der falsche Ausdruck, aber doch ziemlich altbacken. Orange ist zwar inzwischen wieder modern, aber nicht in dieser intensiven, poppigen Ausprägung. Heute trägt man Apricot, Curry oder Cognac, wissen Sie, mehr die mediterranen Töne. Und Ballonseide geht gar nicht mehr. Ich kann Ihnen nur empfehlen, die Klamotten umzutauschen.«

»Okay, ich weiß aber nicht, ob Frau Peschke darauf eingehen wird.«

»Ganz bestimmt, ich rede mit ihr.«

Lena baute ein großes Glas vor ihm auf. Es enthielt eine dünne braune Brühe, in der genau das schwamm, was er beim Frühstück immer von den Körnerbrötchen abkratzte. Zur Dekoration steckte ein Gerstenhalm im Glas.

»Sehr gut für die Verdauung!«, sagte Lena.

Sein Hals zog sich zusammen. Als Zeichen, dass er irgendwann einmal trinken würde, legte er seine Hand an das Glas, hielt es aber auf Distanz.

»Sie sind wohl zum ersten Mal hier?«, fragte Claudia Jansen.

»Ja, das stimmt.«

»Und was machen Sie sonst so, wenn Sie nicht gerade in Ballonseide Fahrrad fahren, ohne von der Stelle zu kommen?«

Gianni musste feststellen, dass sein bisheriges Bild von Frau Jansen mit Vorurteilen behaftet war. Er hatte nicht erwartet, dass sie eine gute Portion Humor besaß. Also, was sollte er antworten? Er konnte sich als Kunsthändler ausgeben. Nein, zu gefährlich, das würde sie schnell durchschauen. Er versuchte es mit der Wahrheit.

»Ich bin Redakteur beim Offenbach-Kurier.«

»Aha, ein Journalist. Feuilleton?«

»Nein, Stadtredaktion. Das große Feuilleton kaufen wir ein, das Regionale erscheint mit auf den verschiedenen Lokalseiten. Dazu gehören auch …«

Gemäldeausstellungen? Nein, das wäre zu direkt gewesen.

»… kulturelle Veranstaltungen.«

»Interessant«, sagte sie.

»Und Sie?«, fragte Gianni. »Nach Ihrer Farbenkenntnis zu urteilen, könnten Sie etwas mit Kunst zu tun haben.«

Sie sah ihn an und lächelte. Er konnte nicht erkennen, ob es ein erfreutes oder ein skeptisches Lächeln war.

»Ich bin Claudia Jansen«, sagte sie.

»Ach! Äh … Entschuldigung, habe Sie nicht erkannt.«

»Kennen Sie mich nicht von den zahlreichen Berichten Ihrer Zeitung?«

Er musste wachsam sein. »Eigentlich schon, aber ein so lebendiger Mensch wie Sie hat mit einem Foto, das ja lediglich eine Momentaufnahme darstellt, nur wenig gemein.«

»Da haben Sie sich gut herausgeredet. Ich will Ihnen das mal abnehmen. Zum Wohl!«

Er musste trinken. Sie stießen an, Rhabarber- und Gerstentrunk. Es schmeckte gar nicht so schlecht, etwas rau und grasig, aber erträglich. Umgehend verschluckte er sich an einem Gerstenkorn, sodass er mehrere Minuten außer Gefecht gesetzt war. Claudia Jansen war sehr zuvorkommend, sie ließ ihn fertig husten und ging inzwischen zu Sandra Peschke, um ein paar Takte mit ihr zu reden.

»Sie können den Anzug umtauschen«, sagte sie nach ihrer Rückkehr. »Die Schuhe auch.«

»Vielen Dank«, presste er mühsam hervor. »Haben Sie eigentlich schon mal ein oranges Bild gemalt?«

Sie lachte. »Nein.«

»Darf ich Ihnen eine offene Frage stellen?«

Sie sah ihn erstaunt an. »Ja.«

»Sie interessieren mich. Ich würde gern ein Porträt von Ihnen machen, für den Kurier. Nicht das übliche Trallala, mehr das Essenzielle.«

»*Das Essenzielle*. Was meinen Sie damit?«

»Warum malen Sie? Was treibt Sie an? Was verbindet Sie mit Ihren Werken?«

Sie betrachtete prüfend die Fingernägel ihrer linken Hand. »Ich überlege mir das, Herr Mussner.« Damit stand sie auf und verschwand ohne Verabschiedung in Richtung Toiletten.

Hatte er etwas falsch gemacht? Eigentlich war das Gespräch doch gut gelaufen. Er nahm noch einen Schluck des Gerstentrunks und kaute versonnen auf den Frühstückskörnern herum. Gerade als er sich erneut dem Spinning Wheel zuwenden wollte, stand sie wieder neben ihm.

»Ich bin einverstanden«, sagte sie. »Zumindest heute Abend.«

Er lachte. »Sorry, aber was heißt *das* denn?«

»Künstler haben flüchtige Empfindungen. Es ist möglich, dass ich morgen anderer Meinung bin.«

»Dann machen wir das Interview sofort, okay?«

»Gut. Da hinten gibt es ein kleines Büro.«

Er nickte und erhob sich. In dem Raum fand er einen Stift und Papier. Sie setzten sich an einen kleinen Schreibtisch. Rhabarber- und Gerstentrank wurden vor ihnen abgestellt.

»Fangen wir gleich mit der wichtigsten Frage an«, sagte Gianni. »Warum malen Sie? Was treibt Sie an?«

Claudia Jansen lehnte sich zurück und sah zur Zimmerdecke hinauf. »Das Malen selbst ist ein wunderschöner Prozess, mein Kopf und meine Hände bilden eine kaum zu beschreibende Einheit, Figuren und Strukturen entstehen auf der Leinwand, ohne dass ich wirklich weiß, wie das passiert. Manchmal vergehen dabei Minuten, an die ich keine Erinnerung habe. Eine Art … gestalterische Amnesie.«

»Und dann, wenn das Bild fertig ist?«

»Dann muss es trocknen. Eine spannende Phase, in der ich es nicht ansehe, je nach Material mehrere Tage lang. Noch vor dem Wiedersehen lasse ich es rahmen, das mache ich nie selbst, Kamilla organisiert das. Anschließend bringt sie es in mein Atelier und hängt es auf, an einer bestimmten Wand. Sie geht und ich betrete den Raum. Allein. Ein Kollege aus Frankfurt hat dies einmal als künstlerischen Orgasmus bezeichnet.«

Gianni hob die Augenbrauen. »Kann ich das zitieren?«

»Ja. Aber ohne seinen Namen.«

»Den haben Sie mir ja gar nicht verraten.«

»Eben. Deswegen.«

»Sie vertrauen mir nicht?«, fragte er.

»Noch nicht«, sagte sie.

Er nickte. »In Ordnung. Zu Ihren Bildern: Bei ›Nachthelle‹ – gibt es da möglicherweise einen familiären Bezug?«

Eine tiefe senkrechte Falte bildete sich auf ihrer Stirn. »Wie kommen Sie denn darauf?«

»Ein Freund aus Offenbach hat das angedeutet.«

»Ein Freund, dessen Namen Sie mir wahrscheinlich nicht verraten wollen?«

»Richtig.«

»Sie vertrauen mir nicht?«, fragte sie lächelnd.

»Noch nicht«, antwortete er grinsend.

»Ja, das stimmt, es hat einen Bezug zu meinem Mann, er stammt aus Fechenheim. Der Main und die Frankfurt-Offenbacher Eisenbahnhistorie lagen zunächst zwischen uns.«

»Die Eisenbahnhistorie?«

»Ja. Kennen Sie das nicht? Die historische Grundlage der leider allzu oft ernst gemeinten Witzeleien zwischen Frankfurtern und Offenbachern.«

Gianni hob die Schultern als Zeichen seiner Ahnungslosigkeit.

»Im 19. Jahrhundert waren die Mainbrücken wichtige Wirtschaftsfaktoren. Offenbach versuchte Warenströme von der Frankfurter Messe abzuziehen, indem es eine eigene Messe aufbaute und den Reiseweg von Süden über die Offenbacher Mainbrücke direkt nach Leipzig umleitete. Sozusagen unter Umgehung der Alten Brücke in Frankfurt. Weit und breit gab es nur diese beiden Übergänge. Zur Strafe entkoppelte Frankfurt die Stadt Offenbach später von dem immer wichtiger werdenden Eisenbahnsystem. Es gab damals drei Bahnhöfe in Frankfurt, einen für den Süden, einen für den Westverkehr und einen für den Norden. Der Osten fehlte. Heute ist der Nahverkehr gut angebunden, aber von den vielen ICE-Zügen, die von Frankfurt kommend durch Offenbach rauschen, halten nur zwei pro Tag bei uns an.«

»Haben diese Städtequerelen eine Rolle zwischen Ihnen und Ihrem Mann gespielt?«

»Nein, zwischen uns nicht. Er liebt mich.« Sie lächelte.

»Aber innerhalb seiner Familie, oder?«

»Ja, das stimmt. Zumal sein Vater Eisenbahner war. Von ihm weiß ich das alles.«

Er spürte, dass es an diesem Punkt sehr persönlich wurde. Seine Erfahrung aus den vielen Interviews, die er während seiner journalistischen Laufbahn geführt hatte, kam ihm zugute. Er beschloss, das Thema zu wechseln. »Wie wird eigentlich der Wert eines Gemäldes festgelegt? Nach Arbeitszeit? Rein nach der Marktlage? Und haben Sie darauf Einfluss?«

»Nur nach Marktlage. Ein Jansen verkauft sich inzwischen recht gut, wenn ich das mal so sagen darf.«

Gianni nickte aufmunternd.

»Die Arbeitszeit spielt keine Rolle«, fuhr sie fort. »Höchstens noch die Größe des Gemäldes. Früher habe ich meine Bilder gern verkauft, heute frage ich mich, ob der erzielte Preis zu der investierten Zeit und den Emotionen überhaupt im Verhältnis steht.«

»Was meinen Sie mit *früher?*«

»Na ja, bevor das alles so öffentlich war, ohne Kamillas Galerie und den ganzen Geschäftskram.«

»Verstehe. Aber inzwischen sind die Preise für Ihre Bilder so angestiegen, dass Sie zufrieden sein können, oder?«

»Na ja …« Mehr wollte sie offensichtlich nicht dazu sagen.

»Lieben Sie Ihre Bilder?«

»Was für eine Frage … Ich liebe meinen Mann und meine Tochter, ansonsten …«

»Ansonsten?«

»Na ja, vielleicht haben Sie recht. Irgendwie sind die Bilder so etwas wie meine Babys.« Sie lächelte ihn an.

»Wie viele Bilder haben Sie bereits gemalt?«

»Mit den Aquarellen einige Hundert, ich habe sie nicht gezählt. Von den großen Acrylwerken gibt es zwölf Stück.«

»Alle verkauft?«

»Fast alle. Bis auf ›Clownerien‹, das hatte ich zuvor veräußert, und Kamilla hat es zurückgekauft.«

»Von Brisko Günther?«

Claudia Jansen erschrak. »Sie sind gut informiert, Herr Mussner.«

»Ich bin Journalist«, sagte Gianni.

Sie nickte.

»Frau Jansen, die Lagentechnik, mit der Sie die Kragenfalten der beiden Clowns so schön gestaltet haben, die hat ja etwas Besonderes, etwas Eigenes. Haben *Sie* die entwickelt?«

»Ja. Jedenfalls in dieser Form. Es gab schon einige Kollegen, die sich daran versucht haben, aber meistens konnte man die Lagen als solche erkennen. Ich habe es geschafft, die Schichten so aufzubauen und zu kaschieren, dass sie als Teil des Motivs erscheinen.«

»So wie echter Kragenwurf oder echte Mainwellen?«

Sie schien überrascht. »Ja, genau.«

»Sie meinen also, diese Lagentechnik … *Ihre* Lagentechnik, die kann niemand kopieren?«

»Niemand!«

»Entschuldigen Sie bitte die nächste Frage, aber sie muss sein, weil sie folgerichtig ist. Überschätzen Sie sich da nicht etwas?«

Sie hielt ihren Rhabarbertrunk in der Hand. Es hätte Gianni nicht gewundert, wenn sie ihm den Inhalt des Glases ins Gesicht geschüttet hätte. Aber sie blieb besonnen. »Ich habe so viel Enthusiasmus in meine Bilder gesteckt, das kann sonst niemand. Noch nicht einmal diejenigen, die meine Bilder kaufen, wissen das wertzuschätzen.«

»Wie wird es weitergehen? Werden Sie die Lagentechnik perfektionieren? Oder planen Sie etwas ganz anderes?«

Sie blickte zu Boden. »Ich weiß es nicht, Herr Mussner. Vielleicht werde ich gar nicht mehr malen.«

»Wie bitte?«

Ruckartig hob sie den Kopf. Rotbraune Haarsträhnen fielen ihr ins Gesicht. »Ach, darüber wollte ich eigentlich gar nicht reden. Bitte schreiben Sie das nicht!«

»Okay.«

»Kann ich mich darauf verlassen?«, fragte sie.

»Ja, das können Sie!«, antwortete Gianni, während ihm die Frage nach dem Warum auf der Zunge brannte.

FREITAG, 24. JULI

Herbert Falke hatte sich mit Bruno Waden um kurz vor 10 Uhr im Foyer des Offenbacher Klinikums verabredet.

»Herr Falke«, begann dieser sofort, »bitte verstehen Sie das nicht falsch, Kamilla spricht gerne mit Ihnen, aber ich muss auf sie aufpassen. Ich lasse Sie mit ihr allein, aber maximal zehn Minuten. Mehr hält sie noch nicht aus. Überlegen Sie sich genau, was Sie mit ihr besprechen wollen. Das ist doch ein fairer Deal, oder?«

»Absolut!«, antwortete Herbert.

Während der Aufzugfahrt in den sechsten Stock legte er sich eine Gesprächsstruktur zurecht. Er musste den gesamten Fall mit ihr durchgehen, das würde nicht einfach werden in zehn Minuten. Er wusste, dass Waden es ernst meinte, unabhängig davon, ob solch eine strikte Handhabung nun wirklich notwendig war oder nicht.

Als Herbert das Krankenzimmer betrat und Kamilla Beskow sah, wusste er, dass Bruno Waden recht hatte. Sie sah schlimm aus. Das Gesicht verzerrt, ein Auge immer noch fast zugeschwollen, die dazugehörige Gesichtshälfte schillerte in Regenbogenfarben. Sie nickte ihm zu und versuchte zu lächeln. Aber es gelang ihr kaum. Außer einem dünnen Hallo brachte sie nichts heraus.

Zum Glück lag sie in einem Einzelzimmer. Er zog sich einen Stuhl heran und meinte, sie brauche erst einmal nichts zu sagen, ja, sie sähe schlimm aus, aber in ein paar

Monaten sei das alles verschwunden. Und ob er gleich zur Sache kommen dürfe.

Sie nickte.

Er berichtete in knappen Sätzen von den Vorgängen der letzten Tage. Auch dass der Kerl, der sie überfallen hatte, ein polizeibekannter Schläger aus dem Frankfurter Milieu sei, dessen Namen er jedoch nicht wisse, die Polizei kümmere sich darum. Langsam, in kurzen Sätzen – sie brauchte Zeit, um alles zu verarbeiten – erzählte er von Brisko Günther, von seinem Versteck in Nieder-Roden, das die Polizei durchsucht, aber nur die Kopien gefunden habe.

Sie meinte, dass dies zu Brisko passe. Kopien. Halbe Sachen, nichts Ganzes, nichts Eigenes.

Dann berichtete Herbert von dem Zettel, den Nadine Esch am Tag nach dem Überfall gefunden hatte, und meinte, na ja, der könne ja schon lange dort gelegen haben, müsse also nicht unbedingt mit dem Diebstahl in Zusammenhang stehen.

Unmöglich, sagte Kamilla Beskow. Ihre Stimme wurde immer schwächer. Nadine Esch sei eine Sauberkeitsfanatikerin, einen Zettel hätte sie niemals übersehen, selbst unter dem Tisch nicht.

Herbert nickte pflichtbewusst, war aber nicht bereit, das zu glauben. Noch nicht. Außerdem, so fuhr er fort, sei Claudia Jansen ja berechtigt gewesen, die Galerie zu betreten.

Kamilla Beskow schüttelte den Kopf. In diesem Moment öffnete Bruno Waden die Zimmertür. »Die zehn Minuten sind um. Darf ich Sie bitten, Herr Falke!«

Als Herbert Falke das Klinikum verließ, sah er Hauptkommissar Olschewski am Empfang stehen. »Der gibt wohl nie auf!«, murmelte er.

*

Wie zu erwarten, verlief der letzte Schultag vor den Ferien recht locker. Hoffmann stand der Sinn nicht nach Deutschunterricht, er erzählte ihnen aus dem Leben Mozarts und hatte zwei CDs mitgebracht. »Eine kleine Nachtmusik« und »Die Entführung aus dem Serail«. Auch erklärte er den Zusammenhang zwischen Mozarts Nachlass und den Offenbacher Familien Senefelder und André. Franziska fand es interessant, während einige Mitschüler überhaupt nichts von klassischer Musik hielten. Klar war jedoch, dass ihr Deutschlehrer ein glühender Verehrer von Mozart und seinen Kompositionen war.

Nach der zweiten Stunde war Schluss, es gab noch eine kleine Ferienparty im Schulhof, doch Franziska und Jacky hatten andere Pläne. Zur gleichen Zeit, als Herbert Falke auf dem Weg zu Kamilla Beskow war, trafen sie sich vor der Cafeteria. Um nicht zusammen gesehen zu werden, trennten sie sich wenig später wieder. Jacky verschwand in Richtung Sportplatz, während Franziska den kleinen Verbindungsweg vom Neubau zum Altbau nahm und dann vor dem Bahndamm links in Richtung Tennisclub abbog. Sie lag gut in der Zeit, hätte sich gar nicht beeilen müssen, dennoch beschleunigte sie ihre Schritte. Links von ihr befand sich das DRK-Seniorenzentrum, rechts vor ihr parkte ein weißer Lieferwagen am Straßenrand. Kaum hatte sie diesen passiert, spürte sie einen harten Griff am Arm.

»Geh da rein, los!«

Sofort erkannte sie die Stimme mit dem englischen Akzent. »Lassen Sie mich!«

Er stand dicht neben ihr und verpasste ihr einen verdeckten Faustschlag in die Nierengegend. Ihr blieb die Luft weg. Er schob sie in Richtung des Altersheims, sie konnte sich nicht wehren. Kaum war sie wieder zu Sinnen gekommen, zerrte er sie in einen Nebeneingang und schloss die Tür hinter ihnen. Ein dunkler Keller.

»Hilfe!«

Sofort verpasste er Franziska eine schallende Ohrfeige. Ihre Annahme, McBrise würde sie nicht körperlich angreifen, hatte sich spätestens jetzt als Irrtum herausgestellt.

»Halt den Mund, my dear! Ich verstehe keinen Spaß.«

Offensichtlich wusste er, wohin er wollte. Er versuchte, eine Tür zu öffnen. Sie war verschlossen. »Shit!«

Wieder griff er Franziska hart am Arm, sie stöhnte auf, er schob sie weiter. Die Stimme einer Frau erklang von vorn. Er zerrte Franziska schnell nach rechts in einen Gang. Sie standen vor einem Aufzug. Er drückte den Knopf mit dem Pfeil nach oben. Die Schritte der Frau näherten sich. Franziska traute sich nicht zu rufen, hoffte jedoch inständig, die Frau würde eher bei ihnen sein als der Aufzug. Eine zweite Stimme erklang, die Frau unterhielt sich mit jemandem, war offensichtlich stehen geblieben. Franziska zog vorsichtig ihr Handy aus der Hosentasche. McBrise merkte es sofort. »Her damit!« Er riss ihr das Telefon aus der Hand und warf es zu Boden. Der Aufzug kam, die Türen öffneten sich, er stieß sie hinein. Er drückte einen der Knöpfe, offensichtlich wahllos, Franziska meinte, es sei der zweite Stock gewesen. Der Aufzug hielt. Er bugsierte sie hinaus. Sie befanden sich in einem Flur mit zahlreichen Zimmertüren, jede mit einem Namen beschriftet.

»Such dir eine aus!«, sagte er grinsend.

Franziska kannte keinen der Namen. Sie deutete auf die Tür von Frau Rieker. Der Name flößte ihr Vertrauen ein.

Er öffnete die Tür und stieß sie in den Raum. Dann drehte er von innen den Schlüssel herum. Frau Rieker saß in einem Lehnsessel und sah zum Fenster hinaus. Ohne den Kopf zu drehen, fragte sie: »Marion, bist du das?«

Franziska sah den Mann an. »Sie sind McBrise, stimmt's?«

»Wo ist deine Mutter?«, fragte er.

»Marion, bist du das?«

Er gab Franziska mit einer Handbewegung zu verstehen, dass sie antworten solle.

»Ja, ja, ich bin's!«

»Oh, wie schön, hast du deinen Bruder auch mitgebracht?«

»Ja, der ist aber nicht gut drauf!«

»Nein, ich steh nicht auf«, sagte die alte Dame. »Mein Rücken tut so weh. Marion, bist du's?«

»Ja, Mutter.«

»Früher hast du immer Mama gesagt.«

Sie hatte keine Wahl. »Ja, Mama.«

»Also, Franziska, wo ist deine Mutter?«, fragte McBrise.

Sie sah ihn an. Das Gesicht konnte sie dem Foto aus New York zuordnen, die Figur nicht. Untersetzt, kräftig, teils schwammig, er musste ordentlich zugenommen haben seit dem Trip damals mit Karin. »Sie sind also nicht mein Vater und wollen das auch gar nicht sein?«

»Natürlich nicht, meinst du vielleicht, ich möchte so ein verzogenes Gör an der Backe haben? Never ever!«

»Ach tatsächlich. Aber damals haben Sie sich mit meinem Vater deswegen gestritten.«

Er zuckte zusammen. »Unsinn.«

»Ich weiß alles. Es gab sogar einen Vaterschaftstest.«

»Pah, der war sowieso gefälscht!«

»Was hast du gesagt, Marion?«

»Was wollen Sie überhaupt von ihr?«, fragte Franziska.

»Ich … My god … Ich muss sie einfach wiederhaben. Also, wo ist sie?«

»Mann, was soll das?«, rief Franziska, inzwischen mutiger geworden. »Sie terrorisieren mich tagelang, nur um herauszubekommen, wo die Frau ist, die *mich* vor zehn Jahren einfach hat sitzen lassen?«

»Was hast du gesagt, Marion?«

»Ach nichts, Mama, ich unterhalte mich gerade mit äh …« Auf dem Couchtisch lag ein geöffnetes Fotoalbum, zwei junge Leute waren zu sehen, »Marion und Jürgen« stand darunter.

»… äh mit Jürgen.«

»Ach so.« Frau Rieker blickte immer noch aus dem Fenster.

»Spar dir deine Beschimpfungen«, sagte er. »Das bringt nichts. Also, sag mir endlich, wo sie ist!«

»Sie sind ja voll der Nullchecker. Ich weiß nicht, wo sie ist. Und wenn Sie's interessiert, ich *will* es auch nicht wissen, klar!«

»Marion, bist du's?«

»Ja, Mama.«

»Glaub ich nicht!«, sagte McBrise.

»Mir doch egal«, antwortete Franziska.

»Ein Kind will immer wissen, wo seine Mutter ist!«, sagte er spöttisch.

»Jürgen, bist du's?«

»Shut up, du alte Schachtel!«

»Sie Proll!«, rief Franziska. »Die alte Frau kann doch nichts dafür. Und ich gehe jetzt.«

Bevor sie sich in Richtung Tür umdrehen konnte, schlug McBrise sie erneut ins Gesicht. Sie wurde gegen die Wand geschleudert, ein Bild fiel herunter, ihre Lippe blutete.

Es klopfte an der Tür. »Frau Rieker, alles in Ordnung bei Ihnen?«

*

Zur gleichen Zeit saß Gianni in seinem Büro und schrieb den Artikel über Claudia Jansen. Er ließ sich das Interview vom Abend zuvor noch einmal durch den Kopf gehen. Seine Notizen hatte er vor sich liegen. Auf dem einen Blatt prangte ein brauner Fleck. Gerstentrunk. Der Titel des Beitrags lautete: »Wiedersehen mit dem eigenen Bild.«

Eine Stunde später ließ er das verlagsinterne Rechtschreibprogramm über den fertigen Text laufen, las ihn ein letztes Mal durch und schickte ihn über das Netzwerk in den üblichen Genehmigungslauf. Er war zufrieden. Ein guter Aufmacher für den Offenbacher Lokalteil.

Noch wusste Gianni nicht, welche Auswirkungen sein Artikel haben sollte.

*

Jacky hatte sich in die äußerste Ecke der Gartenterrasse im Tennisclub gesetzt und eine Apfelschorle bestellt. Nach fünf Minuten begann sie, nervös mit dem Fuß zu wippen, nach weiteren fünf Minuten holte sie vorsorglich ihr Handy aus der Tasche, nach einer Viertelstunde rief sie Nina Heckmanns an.

Es dauerte eine Weile, bis sie ihr erklärt hatte, um was es ging, und warum sich Franziska und Jacky, entgegen der Verabredung, getrennt hatten. Offensichtlich hatte die

Kriminalhauptkommissarin noch nicht bemerkt, dass die SIM-Karte aus ihrer Schreibtischschublade verschwunden war. Als ihr klar wurde, was die beiden da angestellt hatten, schrie sie durchs Telefon. Seid ihr denn verrückt, das ist ja unglaublich und Ähnliches. Als sie sich wieder beruhigt hatte, entschied sie, dass Gefahr im Verzug sei, und meinte, sie käme sofort. Jacky solle im Tennisclub auf sie warten.

Wenige Minuten später hörte Jacky mehrere Polizeifahrzeuge, die sich mit Martinshorn näherten. Seltsamerweise hielten sie vor dem Seniorenzentrum statt vor dem Tennisclub. Irgendetwas schien dort vor sich zu gehen. Sie bezahlte und stieg seitlich über den Zaun. Vielleicht brauchte Franziska Hilfe. Vorsichtig schlich sie sich zwischen den Büschen hindurch zum Haus. Die Polizisten standen an der Straße und warteten auf ihren Einsatz. Sie überlegte, hinter einem Busch kauernd, ob sie Franziska anrufen sollte. Nein, das war zu gefährlich, falls das Telefon laut klingelte. Aber eine SMS konnte sie schicken. »Wo bist du?« Sie wartete. Keine Antwort. Dann entdeckte sie eine Tür, eine Art Hintereingang, vielleicht für Lieferanten. Mit ein paar schnellen Bewegungen war sie hindurch.

Ein dunkler Keller. Langsam ging sie weiter. Vor ihr tauchten zwei Frauen auf, die sich unterhielten. Schnell versteckte sie sich rechts in einem Seitengang. Sie erkannte einen Aufzug, der Rest des Kellers lag weitgehend im Dunkeln. Sie versuchte, sich zu orientieren. Etwas Helles auf dem Fußboden fiel ihr ins Auge. Sie ging darauf zu, ein Display, ein Handy – Franziskas Handy! Sie war auf der richtigen Spur. Jacky steckte das Handy ihrer Freundin ein. Den Aufzug zu nehmen, schien ihr zu riskant. Ein Stück weiter den Gang hinunter erkannte sie einen grün leuchtenden Hinweis auf den Notausgang. Sie öffnete die Tür und rannte die Treppe hinauf. Im ersten Stock spähte sie vorsichtig durch den Türspalt. Der Gang war leer. Sie sprintete die Treppe hinauf in den zweiten Stock. Kaum hatte sie die Flurtür ein wenig geöffnet, hörte sie Stimmen. Eine davon kam ihr bekannt vor – wer war das? Sie lugte vorsichtig um die Ecke: Frau Heckmanns! Zusammen mit diesem Bennert und zwei uniformierten Beamten stand sie vor Zimmer No. 214. Zwischen Jacky und den Polizisten lagen mehrere Zimmereingänge. Offensichtlich sprach die Kriminalhauptkommissarin durch die geschlossene Tür mit jemandem. War Franziska da drin? Mit McBrise?

Eine Idee schoss ihr durch den Kopf. Konnte sie das schaffen? Sie musste, schließlich hatte sie versprochen, auf Franziska aufzupassen. Sie rannte die Treppe hinunter und klopfte an die Tür von Zimmer 114.

»Herein!«, rief eine Männerstimme.

Sie öffnete die Tür und schloss sie sogleich wieder hinter sich. »Guten Tag, mein Name ist Jansen.«

»Guten Tag, was kann ich für Sie tun?«, fragte der alte Herr. Er war gut gekleidet, trug eine goldberandete Brille und hielt ein Buch in der Hand. Die Balkontür stand offen.

»Entschuldigen Sie, ich wollte eigentlich in Zimmer 214 …«

»Ach so, das ist genau über mir. Sie können ja am Balkon hochklettern«, lächelte er.

»Ja«, sagte Jacky, »gute Idee, hätte von mir sein können.«

Damit ging sie hinaus auf den Balkon, prüfte kurz die Verhältnisse, erkannte, dass es zwei durchgehende Stangen gab, die sich an beiden Ecken durch alle Balkons zogen und schwang sich auf das Balkongeländer.

»Aber Frau Jansen, Sie müssen mich doch nicht wörtlich …«

Den Rest hörte sie nicht mehr, denn sie stand bereits auf dem Balkon von Zimmer 214. Die Tür war angelehnt, neben ihr lag ein umgestürzter Blumentopf. Sie lugte durch die Scheibe. Eine alte Frau saß in ihrem Lehnsessel und stierte aus dem Fenster. Ansonsten war das Zimmer leer. Sie öffnete die Tür.

»Guten Tag, Entschuldigen Sie …«

»Marion, bist du's?«

»Äh, nein, ich bin Jaqueline Jansen, entschuldigen Sie bitte, haben Sie Franziska gesehen?«

»Marion, bist du's?«

Jacky hörte zwei dumpfe Schläge. Sie schaute sich um. Wieder diese Schläge, aus einem angrenzenden Raum. Das musste das Bad sein. Sie drehte den Schlüssel um und öffnete die Tür. Franziska saß gefesselt und geknebelt in der Badewanne. Ihre Wange war geschwollen. Im selben Moment wurde die Zimmertür von außen geöffnet. Eine dicke Frau mit einem großen Schlüsselbund kam herein, hinter ihr erschienen Frau Heckmanns und Bennert. Jacky kümmerte sich um Franziska, nahm ihr den Knebel aus dem Mund, befreite sie von den Fesseln und gab ihr das Handy zurück.

»Das schöne Betttuch!«, rief die dicke Frau. McBrise hatte ein Betttuch in Streifen gerissen und Franziska damit gefesselt.

Die Frau hatte die Polizei gerufen, weil die Tür zu Frau Riekers Zimmer entgegen der Absprache abgeschlossen gewesen war und sie verdächtige Geräusche gehört hatte.

»Wo ist er?«, fragte die Kriminalhauptkommissarin.

Franziska spülte sich den Mund aus. »Abgehauen über

den Balkon, nach oben, hat noch einen Blumentopf umgeworfen.«

Bennert ging hinaus auf den Flur und gab Anweisungen, die Eingänge abzusperren und weitere Kollegen von der Bereitschaftspolizei in Mühlheim anzufordern, die das Gebäude durchsuchen sollten. In diesem Moment wusste er noch nicht, dass dies alles nichts nutzen sollte. Und er ahnte nichts von McBrise' Durchhaltevermögen, der sich viele Stunden in einer Wäschekammer verstecken würde, um in der Nacht unerkannt zu entkommen.

Nina Heckmanns setzte eine ernste Miene auf. »Franzi, ich bin froh, dass dir nichts passiert ist, aber das war wirklich total … also, mach so etwas nie wieder mit mir, verstanden?«

Franziska sah zu Boden und nickte.

»Warum wolltest du dich eigentlich unbedingt mit McBrise treffen?«

»Na ja, weißt du …«

Jacky empfing einen fragenden Blick von Nina. »Ich glaube, sie wollte von McBrise erfahren, wo ihre Mutter ist.«

Die Hauptkommissarin hob die Augenbrauen. »Stimmt das, Franzi?«

Franziska nickte.

Von hinten rief Frau Rieker: »Bist du's, Marion?«

»Ja, Mama!«, antwortete Franziska.

*

Herbert und Andreas Falke trafen um kurz vor 12 Uhr am Tennisclub ein. Nina Heckmanns hatte sie angerufen. Während die Bereitschaftspolizei noch das Altersheim durchsuchte – Bennert leitete den Einsatz –, saßen die drei auf der Terrasse, aßen zu Mittag und beratschlagten, wie es weitergehen sollte. Franziska und Jacky hatten sich von einem Streifenwagen zu Oma Jansen bringen lassen.

Franziska war angegriffen worden, zum Glück nicht nennenswert verletzt, aber immerhin, der Gefährdungsgrad war deutlich gestiegen. Das Konzept, Franziska durchgehend von jemandem begleiten zu lassen, hatte sich zwar als tragfähig erwiesen, doch bei der ersten kleinen Abweichung war es gleich zu einem ernsten Zwischenfall gekommen. So konnte es nicht weitergehen.

Andreas erkundigte sich genau nach Franziskas Zustand, denn er hatte sie nach dem Vorfall noch nicht gesehen. Er war in großer Sorge. Zugleich wunderte er sich sehr über das Verhalten von McBrise, konnte es sich nicht erklären, musste jedoch nun zugeben, dass dieser gefährlich war und umgehend festgenommen werden musste.

Nina Heckmanns fasste die Tatsachen zusammen: Es war klar, dass der Mann, der Franziska im Zimmer von Frau Rieker gefesselt hatte, der Stalker war, denn woher hätte er sonst von dem Treffpunkt gewusst. Es gab auch einige Anzeichen, dass es sich bei diesem Mann um McBrise handelte. Wer sonst sollte nach Karin Falke suchen und wusste zugleich von dem Vaterschaftstest? Doch Nina Heckmanns reichte das nicht. Ein guter Anwalt, so meinte sie, würde McBrise da rauspauken. Der finale Beweis fehlte immer noch.

Während des Mittagessens musste die Hauptkommissarin mehrmals telefonieren, einmal mit Bennert, wobei es um organisatorische Fragen der Suchaktion im Seniorenzentrum ging, zweimal mit ihren Kollegen von der Fahndung, die die deutschlandweite Suche nach McBrise einleiten sollten, jetzt, wo ihm ein tätlicher Angriff vorgeworfen wurde. Ein weiteres Mal sprach sie mit ihrem Chef, dem Kriminalrat, der nicht begeistert war von Nina Heckmanns Wunsch, einen Antrag auf Aufhebung des Sperrvermerks in der McBrise-Akte zu stellen, denn die Erfolgschancen waren nur bei Kapitalverbrechen ausreichend hoch. Er wollte es dennoch versuchen.

Die entscheidende Idee kam von Herbert Falke. Sie wurde lange diskutiert. Besonders die persönlichen Auswirkungen auf Franziska mussten geklärt werden. Am Ende, als Herbert seine Grüne Soße, Andreas seinen Handkäs' mit Musik und Nina ihren Salat Nizza gegessen hatten, stand die Entscheidung fest: Herberts Plan sollte umgesetzt werden.

Herbert griff zum Mobiltelefon und rief Gianni an.

*

Franziska hatte sich von Jacky erbeten, ausnahmsweise allein im Dreiecksrefugium sitzen zu dürfen. Sie war traurig. Sie hatte Nina enttäuscht. Eigentlich nur, weil sie endlich wissen wollte, wo ihre Mutter war. Aber trotzdem, sie hatte sie hintergangen. Ein schreckliches Gefühl. Sie war ja auch nicht wirklich an ihrer Erzeugerin interessiert, sie wollte einfach nur wissen, wo sie sich aufhielt. Ihr Vater würde ziemlich sauer sein wegen ihres Alleingangs, sie hatte ihn noch nicht gesehen nach den Vorfällen im Seniorenzentrum. Und dann McBrise. Er hatte sich an sie herangemacht, indem er den Eindruck vermittelte, ihr Vater sein zu wollen. Wie schäbig! Am meisten ärgerte sie, dass er das gleiche Ziel hatte wie sie selbst. Opa Herbert war sicher auch enttäuscht, weil sie ihn nicht ins Vertrauen gezogen hatte. Ja, sie hatte es sich mit allen verscherzt.

Außer mit Jacky. Und mit Alex.

Der Brief!

Kurz entschlossen bat Franziska ihre Freundin, sie nach Hause zu bringen. Kaum angekommen ging sie in ihr Zimmer und schloss die Tür. Sie fuhr den Rechner hoch und rief den Brief auf, der bislang nur aus der Anrede »Lieber Alex« bestand. Sie schrieb: »Schade, dass du nicht hier bist! Deine Franziska.« Dann steckte sie den Brief in den vorbereiteten Umschlag. Nur die Briefmarke fehlte noch. Ihr Vater saß in der Küche und rührte sich nicht, wahrscheinlich war er sauer. Noch immer hatten sie die alten 58-Cent-Marken im Flurschrank, die mit einer extra für diesen Zweck herausgegebenen 2-Cent-Marke ergänzt werden musste, um das neue Briefporto zu erreichen. Sie zog eine selbstklebende 58-Cent-Marke vom Bogen und drückte sie auf den Brief. Die 2-Cent-Ausführung gab es nicht selbstklebend, sie leckte die Rückseite an und platzierte sie neben der anderen Marke. Fertig.

Der Brief. Der andere Brief! Der von McBrise. Auf diesem hatte auch eine 2-Cent-Marke geklebt. Vielleicht hatte er sie angeleckt. Sie wählte Ninas Nummer.

*

Gianni Mussner verfasste einen zweiten wichtigen Artikel an diesem Freitag. Er hatte lange mit Herbert und Frau Heckmanns telefoniert und anschließend noch einmal mit dem Chefredakteur gesprochen. Diesmal hatte sein Chef sofort zugestimmt, ohne jegliche Bedingung. Auch der Online-Redakteur wollte den Artikel so schnell wie möglich haben. Die dicke, schwarze Headline lautete: »Offenbach: 17-jährige Schülerin Opfer eines Stalkers.«

Darunter folgte eine genaue Beschreibung des Täters – soweit bisher bekannt –, ein Interview mit Kriminalhauptkommissarin Nina Heckmanns, einige Details zum Stalking und ein Bericht aus der Leibnizschule. Franziskas Name wurde nicht erwähnt.

SAMSTAG, 25. JULI

Herbert Falke saß beim Frühstück und blätterte im Offenbach-Kurier. Den Artikel über eine 17-jährige Schülerin als Opfer eines Stalkers hatte er erwartet. Trotzdem musste er tief durchatmen, als er die Überschrift in dicken Lettern auf der Titelseite des Lokalteils las. Jetzt war es öffentlich. Es gab kein Zurück mehr. Hoffentlich würde Franziska damit klarkommen. Andreas wollte sie ausführlich darauf vorbereiten, nur deswegen hatte Herbert zugestimmt.

Auf Giannis Ausführungen zu Claudia Jansen war er allerdings nicht vorbereitet. »Das Wiedersehen mit dem eigenen Bild.« Diese Titelzeile schockierte ihn fast. Was sollte das bedeuten? Erst als er den Text zweimal gelesen hatte, wurde ihm die Doppeldeutigkeit klar. Einerseits die Vorfreude auf die finale Version des eigenen Werks, verbunden mit dem skurrilen Ritus der selbst inszenierten Nabelschau, andererseits die inständige Hoffnung auf ein Wiedersehen mit den gestohlenen Bildern. Tief in Herberts Innern machte sich eine Ahnung breit, dass es noch eine dritte Deutung dieses Wiedersehens mit dem eigenen Bild gab. Er las weiter: »Ich habe so viel Enthusiasmus in meine Bilder gesteckt, noch nicht einmal diejenigen, die meine Bilder kaufen, wissen das wertzuschätzen.« Eine seltsame Aussage von Claudia Jansen. Ein Satz, der in extreme Sphären abtauchte. Es war ihm schon einmal aufgefallen, dass ihre Art, bestimmte Situationen zu beschreiben, an Grenzen ging. Diesmal griff sie sogar die Käufer an, die die Werke von Claudia Jansen ihrer Meinung nach nicht ausreichend respektierten.

»Irgendwie sind die Bilder so etwas wie meine Babys«, zitierte Gianni die Künstlerin. Meine Babys … nun ja, so etwas sagt man schnell dahin, aber wenn Claudia Jansen das äußerte, klang es für Herbert sehr ernsthaft. Mit einer Botschaft belegt.

Herbert schoss hoch, seine Kaffeetasse kippte um, sein Marmeladenbrötchen fiel auf den Boden. War das ein Motiv? Selbst die Käufer wussten ihre Werke nicht wertzuschätzen. Sie *wollte* sie gar nicht verkaufen. Und noch einen Schritt weiter: Sie holte sich die Bilder wieder zurück. Sie hatte ihre eigenen Gemälde gestohlen! Ihm wurde fast schlecht. Er öffnete das Fenster.

Was hatte Kamilla Beskow mit ihrem energischen Kopfschütteln sagen wollen? Claudia Jansen hatte gar keinen Zugang zur Galerie! Jedenfalls nicht zu dieser Zeit … nur in den Tagen vor einer Vernissage, zwecks Vorbereitung – natürlich! Das hatte sie bei ihrem ersten Treffen gesagt, er hatte es vergessen, verdrängt, missachtet. Die ganze Zeit über hatte er Claudia Jansen als Täterin ausgeschlossen, klar, wer stiehlt schon seine *eigenen* Bilder?

Er setzte sich wieder. Konnte das wahr sein? Er musste seine Gedanken ordnen.

Der Karatetritt in Seligenstadt fiel ihm wieder ein. Die Gehirnerschütterung. Er rief Gianni an.

»Bon di, Herbie, was gibt's denn Gutes?«

»Gianni, du hattest offensichtlich eine längere Unterhaltung mit Claudia Jansen.«

»Stimmt, gefällt dir mein Artikel?«

»Ja, sehr, insbesondere weil du möglicherweise damit den Fall gelöst hast. Den mit den Gemälden.«

»Wie bitte?«

»Wo hast du dich mit ihr getroffen?«

»Im Fitnessstudio am Kaiserlei, SportsAct.«

»Okay, kann man dort auch Kurse belegen?«

»Natürlich, Yoga, Pilates, Hard Iron …«

»Auch Karatekurse?«

»Äh, Moment mal, möglich, da stand etwas von Selbstverteidigung. Du meinst doch nicht etwa …?«

»Doch, genau das meine ich …«

»Madre mia! Ich schau mal auf der Website von SportsAct, Sekunde …«

Für einen Moment war es still am anderen Ende der Leitung.

»Gianni?«

»Du hast recht. Es gibt zwei Karatekurse. Einen für Männer und einen für Frauen.«

Herbert Falke atmete tief ein. »Komm bitte rüber, wir müssen zusammen überlegen, wie es weitergeht. Du kennst Frau Jansen besser als ich.«

»Bin schon unterwegs!«

Herbert legte auf. Dann wählte er Franziskas Handynummer.

*

Franziska hatte am Morgen mit ihrem Vater gesprochen. Sie hatten beide keinen Hunger, die Ereignisse des Vortags waren ihnen auf den Magen geschlagen. Es dauerte lange, bis Andreas Falke das Verhalten seiner Tochter verstanden hatte, erst als sie unumwunden zugab, den Aufenthaltsort ihrer Mutter zu suchen, hatte er sich beruhigt. Es wunderte ihn zwar, nach all den Äußerungen seiner Tochter, dass ihr die Mutter egal sei, inklusive Muttersperre, aber er konnte es nachvollziehen. Schließlich suchte er selbst nach Karin. Und offensichtlich gab es mit McBrise einen dritten Suchenden. Nur Karin Falke ließ das alles kalt. Sie blieb untergetaucht.

Dann erläuterte Franziskas Vater ihr die Entscheidung, ihren Stalkingfall in der Presse zu veröffentlichen. Sie fühlte sich überrumpelt, malte sich aus, was das für sie persönlich bedeutete, was ihre Freundinnen sagen würden. Zum Glück wurde ihr Name nicht in dem Artikel erwähnt. So blieben ihr wenigstens dreiste Anmerkungen der Nachbarin, Frau Petermann, erspart. Und eben solche von Schweinebacke und seinen Kumpanen. Sie wollte schon fragen, warum man sie nicht mit in die Entscheidung eingebunden hatte, doch nach ihrem missglückten Versuch, McBrise eine Falle zu stellen, konnte sie kaum Ansprüche auf eigenes Mitwirken geltend machen. Grummelnd akzeptierte sie das Vorgehen und wartete mit einem dumpfen Gefühl im Bauch auf dessen Folgen. Zum Glück waren jetzt Ferien, und sie musste sich keinen Diskussionen ihrer Mitschüler über den Zeitungsartikel stellen oder sogar Mutmaßungen teilen, wer damit gemeint sein könnte.

Die Auswirkungen dieser Aktion ließen nicht lange auf sich warten. Gegen 9 Uhr klingelte es. Franziska öffnete das Fenster zum Buchrainweg und sah hinunter.

»Nina?«

»Es gibt Neuigkeiten«, rief die Hauptkommissarin herauf, »die wollte ich euch gern persönlich mitteilen!«

Als Nina die Treppe heraufkam, mit diesem speziellen Blick, da wusste Franziska, dass es ein Gespräch werden würde, das ihr weiteres Leben beeinflusste. Sie sagte nichts, bat die Hauptkommissarin nur mit einer Geste herein. Ihr Vater wartete im Flur.

Nina Heckmanns lächelte. »Wir haben McBrise!«

»Was?«, riefen Vater und Tochter wie aus einem Mund.

»Wir haben ihn in einer Ferienwohnung am Wandlitzer See festgenommen, heute früh um 5.30 Uhr, als er noch schlief.«

»Am Wandlitzer See?«

»So schnell?«

»Die Online-Redaktion des Kurier hat den Artikel von Herrn Mussner bereits heute Nacht um 2 Uhr veröffentlicht, gegen 4 Uhr bekam der Redakteur vom Dienst eine Rückmeldung per E-Mail. Ein Tipp mit der Adresse einer Ferienwohnung, in der McBrise sich möglicherweise aufhalte.«

Franziska und ihr Vater sahen sich stumm an.

»Die Kollegen in Brandenburg haben festgestellt, dass McBrise die Wohnung seit 1997 besitzt und mehrmals mit einer groß gewachsenen, blonden Frau dort gesehen wurde.«

»1997? Nach unserer Hochzeit?«, fragte Andreas.

Nina Heckmanns nickte.

Franziska brauchte einige Zeit, um zu verstehen, was das bedeutete.

»Überall lagen Gauloises-Schachteln herum«, fuhr Nina fort. »Außerdem haben die Kollegen einen Karton entdeckt. Einen typischen Umzugskarton, voll mit Sachen, Krempel, eindeutig von einer Frau stammend. Dabei fanden sie dies hier!«

Franziska atmete tief ein und schloss die Augen. Sie spürte, wie Nina etwas in ihre Hand legte, sie umschloss es mit ihren Fingern. Ein Schlüssel. Sie erkannte ihn sofort, die Zacken am Schlüsselbart, das Gewicht – alles. So oft hatte sie den gleichen Schlüssel in der Hand gehalten, ihre Wohnungstür geöffnet, wieder verschlossen, zweimal herumgedreht. Bilder zogen an ihrem inneren Auge vorbei, und nur mühsam konnte sie die Augen öffnen. Die Form, die Gravur, alles passte. Ein Wohnungsschlüssel, einer der zu dem inzwischen ausgebauten Schloss passte. Sie sah ihren Vater an. Er nickte zustimmend. Auch er hatte den Schlüssel erkannt.

»Damit haben wir einen weiteren Hinweis darauf, dass McBrise der Stalker ist. Dennoch wäre mir sehr viel wohler, wenn der DNA-Vergleich mit den Anhaftungen auf der Briefmarke positiv ausfallen würde. Das Ergebnis bekommen wir am Montag.«

Franziska umklammerte die Hand ihres Vaters.

»Ich kann mir denken was euch, also … was Ihnen durch den Kopf geht. Die E-Mail …«

Franziska sah Nina an. Sie standen immer noch im Flur.

»Die E-Mail kam aus Argentinien. Sie war unterzeichnet mit K.«

Andreas Falke schossen die Tränen in die Augen. Franziska umarmte ihn stumm. Nina Heckmanns legte einen Ausdruck der Nachricht von K. auf den Flurschrank und verließ die Wohnung.

*

Jacky hatte sich von dem schrecklichen Gedanken nicht lösen können. Er wütete immer noch in ihr wie eine bösartige Geschwulst. Sie musste Klarheit bekommen.

Ihre Eltern waren nach Frankfurt zum Einkaufen gefahren.

Sie öffnete die Kellertür. Mehrmals lief sie durch verschiedene Kellerräume, um sich die Geometrie des Gebäudes im Untergeschoss einzuprägen. Schließlich erkannte sie, dass die Raumeinteilung exakt identisch war mit der im Erdgeschoss und im Obergeschoss bei ihrer Großmutter. Doch wo war der Zugang zum Dreiecksraum im Keller? Vor der Wand, die analog zu ihrem Refugium eine Tür enthalten musste, stand ein Regal. Sie versuchte, es wegzuschieben. Schwere Last, quietschende Scharniere, totale Anstrengung, Stück für Stück. Eine Tür kam zum Vorschein. Mit klopfendem Herzen drückte sie die Klinke herunter. Verschlossen. Flink rannte sie die Treppe hinauf. Ihre Oma stand in der Küche und wunderte sich über die Aufregung ihrer Enkelin. Ob es einen Schlüssel zu ihrem Dreiecksraum gebe, fragte Jacky. Ja, natürlich, meinte die Großmutter, aber wozu sie den brauche, es sei ja immer offen. Nur mal so, meinte Jacky, sie wolle etwas ausprobieren.

Mit dem Schlüssel in der Hand sprang sie die Treppe wieder hinab in den Keller. Er passte. Erneut drückte sie die Klinke hinunter. Langsam zog sie die Tür auf. Auf halbem Weg zögerte sie. Konnte sie mit den Folgen leben? Wie auch immer – die Wahrheit ließ sich nicht einsperren. Sie trat ein.

*

Franziska blieb kaum Zeit, sich zu erholen, schon klingelte ihr Mobiltelefon. Opa Herbert. Jeden anderen Anrufer hätte sie weggedrückt.

»Franziska, ich brauche dich. Wir wissen wahrscheinlich, wer die Jansen-Bilder gestohlen hat. Wir, also Gianni und ich … äh, du musst uns helfen. Bitte!«

»Ich komme«, sagte Franziska.

Es tat ihr fast leid, den Vater allein zu lassen, aber er gab ihr mit einem Handzeichen zu verstehen, dass er damit einverstanden war. Wahrscheinlich brauchte er sogar eine Zeit des Alleinseins, um die Neuigkeiten zu verarbeiten.

Franziska holte ihr Fahrrad aus dem Keller. Als sie das Haus verließ, sah sie ihren Vater oben am Fenster sitzen und über die Dächer in Richtung Stadtmitte blicken. Sie winkte, aber er bemerkte sie nicht. Der Gedanke an eine Sicherheitsbegleitung schoss ihr durch den Kopf – nein, das war nicht mehr notwendig. McBrise war gefasst. Sie schwang sich auf das Fahrrad, hob den Kopf und ließ sich den Fahrtwind um die Nase wehen.

Während sie durch die Beethovenstraße fuhr, fragte sie sich, wozu Opa Herbert und Gianni sie überhaupt noch brauchten, wenn sie die Lösung schon so dicht vor Augen hatten.

Ein paar Minuten später klingelte sie bei ihrem Großvater.

Sie umarmte ihn und gab Gianni die Hand, sie setzten sich an den Wohnzimmertisch, Papiere stapelten sich, Laptop und Getränke standen bereit, es war kurz vor 11 Uhr. Geschäftsmäßige Atmosphäre. Wie immer, wenn sie an einem Fall arbeiteten.

»Pass auf, Franzi«, begann Opa Herbert, »wir brauchen dich, weil es um Jacky geht.«

»Was?«

»Nicht direkt, aber sie ist auch betroffen. Eigentlich geht es um ihre Mutter.«

»Na klar«, meinte Franziska, »schließlich wurden ihre Bilder geklaut.«

»Ja, das stimmt. Hast du Giannis Artikel heute im Kurier gelesen, ich meine den über Claudia Jansen.«

»Ja, guter Artikel.« Sie nickte Gianni anerkennend zu.

»Richtig, habe ich auch gesagt. Abgesehen davon haben mich einigen Zitate von Frau Jansen stutzig gemacht.« Er reichte ihr die Zeitungsseite. Die auffälligen Passagen waren mit gelbem Leuchtstift markiert.

»Hmm«, machte Franziska. »Die sind allerdings … seltsam.«

»Ich habe etwas recherchiert«, fuhr ihr Opa fort. »Es gibt Künstler, die beim Verkauf ihrer Bilder vertraglich vereinbaren, ihre Werke jederzeit besuchen und ändern zu dürfen.«

»Wie? Was meinst du mit ändern?«

»Übermalen.«

Franziska verstand nicht. »Du meinst, der Künstler hat seine Bilder, die bereits verkauft waren, später beim Käufer vor Ort übermalt?«

»Genau.«

»Krass. Echt krass. Nur … was hat das mit Frau Jansen zu tun?«

»Es zeigt, wie sehr manche Künstler sich mit ihren Werken verbunden fühlen. Man nennt es auch das Cardillac-Syndrom. Stammt aus irgendeinem berühmten Buch, ich weiß aber nicht mehr, aus welchem.«

Franziska konnte nicht mehr klar denken. Ihr Kopf war leer.

Ihr Opa fuhr fort. »Manche Künstler können ihre Werke nicht wirklich loslassen, sie wollen sie immer sehen können, oder – wie bereits erwähnt – sogar verändern. Im Extremfall wollen sie die Werke sogar wieder in ihren Besitz bringen.«

Franziska fuhr hoch. »Du meinst, Frau Jansen hat ihre Bilder selbst gestohlen?«

»So ist es!«

»Nee, nee, Opa, also ...« Sie nahm ihren Fahrradschlüssel vom Tisch. »Jetzt reicht's mir, für heute hab ich genug. Was für ein Quatsch! Ich gehe jetzt.«

Gianni stand auf. »Franziska, tut mir sehr leid, aber wir haben Beweise für diese Theorie.«

Die sonore Stimme des Südtirolers beruhigte sie etwas. »Beweise? Echt?«

Gianni berichtete ihr ausführlich von seinem Gespräch mit Claudia Jansen, von dem Karatekurs bei SportsAct, von dem Zettel, den Nadine Esch gefunden hatte, und von der Aussage Kamilla Beskows. Er hatte sogar mit dem blonden Jüngling gesprochen und über geschickt gestellte Fragen herausbekommen, dass Claudia Jansen tatsächlich seit zwei Jahren am Karatetraining teilnahm. Jeden Donnerstag.

Franziska setzte sich wieder. Jetzt verstand sie, wozu sie hier gebraucht wurde: Jacky. Sie musste ihr beibringen, dass ihre Mutter zur Diebin und Betrügerin geworden war, Körperverletzung inklusive. Selbst ein erfahrener Strafverteidiger würde es schwer haben, sie vor dem Gefängnis zu retten. Wie von einer großen Welle der Erkenntnis überrollt, wurde ihr schlagartig klar, dass sie, Franziska Falke, die sich selbst eine Muttersperre verordnet hatte, aber trotzdem Sehnsucht nach ihrer Mama hatte, im Begriff war, ihrer besten Freundin die Mutter zu nehmen.

Sie rannte ins Bad und versuchte, den bitteren Geschmack von ihrer Zunge zu spülen, wieder und wieder, nahm sogar ihre Zahnbürste zu Hilfe, die immer noch bei ihrem Großvater deponiert war. Nichts half. Sie hatte keine Wahl, sie musste sich der Situation stellen. Franziska ging zurück ins Wohnzimmer.

Gianni plädierte dafür, Frau Jansen anzuzeigen. Opa Herbert wollte lieber Nina Heckmanns informieren, was zwar aufs Gleiche herauslief, jedoch von der Form her nicht einer Anzeige glich. Damit konnte alles, was folgen würde, keiner bestimmten Person zugeschrieben werden. Franziska war unschlüssig. Sie fürchtete den Zerfall der Familie Jansen, und das wollte sie Jacky auf keinen Fall antun. Sie wusste, dass Jacky und ihr Vater von der Gerechtigkeit als oberste Lebensinstanz überzeugt waren. Doch wie weit ging diese Überzeugung? So weit, dass sie Ehefrau und Mutter opfern würden?

Schließlich einigten sie sich darauf, mit Frau Jansen zu sprechen und sie zu einer Selbstanzeige zu bewegen.

Gianni griff zum Autoschlüssel.

*

Jackys Hand glitt automatisch zum Lichtschalter. Er befand sich an der gleichen Stelle wie im Obergeschoss. Das Licht flammte auf.

Sie kannte das alles: den Kragenwurf der Clowns, die plastischen Mainwellen und die vom Nordwind sich erhebenden Blütenblätter. Wunderschön. Sie starrte die Bilder an. Schockiert. Fasziniert. Minutenlang.

Die Motorgeräusche konnte sie in dem Kellerraum nicht hören. Auch nicht die Schritte ihrer Mutter, die jetzt in der Tür stand.

*

Franziska saß auf dem Rücksitz von Giannis Wagen, während dieser die Jansen-Villa ansteuerte. In einem gleichmäßig dahinrollenden Auto konnte sie am besten nachdenken. Wie ein Gedankenfilm spulte sie die Szenen der letzten Tage vor ihrem geistigen Auge ab. Jacky hatte ihr geholfen, immer wieder, hatte ihr zugehört, hatte sie mental gestärkt und sie mit ihrem sportlichen Können in Hanau vor McBrise beschützt.

Jetzt war es an ihr, Jacky zu helfen.

*

»Was machst du hier?«, fragte Frau Jansen. Sie kaute nervös auf ihrer Unterlippe. »Woher hast du den Schlüssel zu diesem Raum?«

»Sag mir lieber, was *du* hier machst«, rief Jacky und zeigte auf die Bilder. »Das sind die Originale, ich kenne sie.«

Claudia Jansen öffnete den Mund und schloss ihn wieder, ohne einen Laut von sich zu geben.

»Wo ist Papa?«, fragte Jacky.

»Er musste dringend in die Kanzlei, ich habe ihn dort abgesetzt.«

»Du hast uns also eine riesige Theatervorstellung gegeben?«

Ihre Mutter nickte.

»Einen Stalker gibt es gar nicht, oder?«

»Nein, den gibt es nicht.«

»Und diese angeblichen Geschenke, die hast du selbst bestellt, um der Polizei einen Unbekannten als Täter aufzutischen?«

Jackys Mutter nickte erneut.

»Was ist mit all den bösen Nachrichten, die der Stalker dir gesimst haben soll?«

»Habe ich selbst geschrieben, von meinem alten Handy aus, mit einer Prepaid-Karte, hab ich extra dafür gekauft.«

»Wie bist du überhaupt auf diese Idee gekommen? Hat das was mit Franzi zu tun?«

Claudia Jansen hatte sich die Unterlippe inzwischen fast blutig gebissen.

»Nun sag schon, Mama!«

»Na ja … ja, es hat mit Franzi zu tun.«

Schlagartig wurde Jacky der Zusammenhang klar. »Ach, so ist das also. Letzte Woche Donnerstag bist du früher vom Sportstudio zurückgekommen wegen des verstauchten Knöchels. Du bist über die Terrasse ins Haus gegangen, um die Treppe zu meiden, und hast Papa und mich belauscht. Dann hattest du die Idee, einen Stalker zu erfinden, ist ja modern, so ein Stalking, nicht wahr, man hört ja immer wieder davon in den Medien.«

Claudia Jansen machte keine Anstalten, die Vorwürfe ihrer Tochter zu entkräften.

»Wenn du wüsstest, was Franzi mitgemacht hat, wie sie sich gefühlt hat … die Angst, er könnte wieder in der Wohnung gewesen sein, all die Gedanken, wer er wohl ist, wo er lauert und was er plant; wenn du das alles gewusst hättest, dann wärest du nie und nimmer auf diese Idee gekommen, Mutter!«

»Wieso sagst du plötzlich ›Mutter‹ zu mir?«

»Keine Ahnung, lenk nicht ab. Im Kurier stand etwas von zwei persönlichen Gegenständen, die der angebliche Stalker bei dir hat mitgehen lassen.«

Claudia Jansen sah beschämt zu Boden. »Ein Schlafanzug und …«

»Und?«

»Na ja, einen BH.«

Jacky atmete tief ein. »Verstehe.«

»Ich habe beides in die Altkleidersammlung gegeben.«

»Und was war mit dem Mann in Seligenstadt?«

»Der hat mich entdeckt, ich wollte weglaufen, aber er hat mich verfolgt und angegriffen. Mit einer Schaufel. Das war Notwehr.«

»Hmm.«

»Glaubst du mir, Jacky?«

»Weiß ich noch nicht. Aber nun das Wichtigste: Warum? Warum hast du all das getan?«

»Das ist schwer zu erklären ...«

»Dann versuch es. Bitte!«

»Können wir hochgehen und uns setzen?«

»Nein, Mutter, hier im Keller, hier vor deinen schönsten Bildern will ich es hören. *Warum?*«

Claudia Jansen räusperte sich. Sie hielt sich am Türrahmen fest, so als könnte ihr dieser Raum Halt geben. »Es gibt zwei Sorten von Bildern. Diejenigen, in die all meine Emotionen geflossen sind, in denen ich mich verloren habe, bei deren Entstehung ich ... gar nicht nachzudenken brauchte. Und die anderen. Die anderen waren schlecht.«

»Sagst *du?*«

»Nein, sagen die Käufer. Niemand wollte sie haben.«

»Und diese ... emotionalen Bilder wurden gut verkauft?«

»Richtig. Aber ich konnte sie nicht gehen lassen. Sie wurden unter meinen Händen zu autobiografischen Szenen, zu meinem mentalen Eigentum. Als sie verkauft wurden, war das so als ... Ich weiß nicht ...«

»... als hätte ein Fremder Bilder aus deinem Familienalbum herausgerissen?«

»Ja, ja, ja! Genau so war es, du verstehst mich!« Ihre Mutter kam auf sie zu, wollte sie umarmen, doch Jacky wehrte ab.

»Moment! Ich verstehe deine Beweggründe, das ist aber noch lange kein Grund, in die Galerie einzubrechen, die Bilder zu stehlen, einen Mann niederzutreten und die Polizei an der Nase herumzuführen. Hausfriedensbruch, Diebstahl, Körperverletzung und Vortäuschung einer Straftat.«

Claudia Jansen lächelte. »Du bist ein kluges Mädchen, Jacky. Und deines Vaters Tochter.«

»Solche Dinge musste ich mir oft genug beim Abendessen anhören. Soweit ich das verstehe, war Kamilla nur die Besitzerin der Bilder. Mit deiner vertragsgemäßen Billigung, klar. Aber solange es keinen unterschriebenen Kaufvertrag und keinen Eigentumsübergang gab, warst du weiterhin die Eigentümerin. In dieser Phase hättest du die Bilder jederzeit zurückverlangen können. Warum musstest du also einbrechen?«

»Kamilla hat sich nach dem Überfall verändert. Damals war sie noch so … geschäftsmäßig, so klar und stark. Niemals hätte sie meinen Rückzug toleriert. Außerdem ist es schwer, solch eine Schwäche zuzugeben. Ich hatte Angst vor der öffentlichen Rechtfertigung, verstehst du? Und … ehrlich gesagt … noch mehr vor der Blamage innerhalb meiner Familie.« Sie sah zu Boden.

»Aber Mama!« Jacky machte einen Schritt nach vorn, zögerte. »Wir müssen das klären, Mutter, diese Situation bereinigen, das ist rechtlich nicht einwandfrei!«

»Ach, ist es das, was du willst? Eine rechtlich einwandfreie Mutter? Dann ruf deinen Vater an, er hat von alldem keine Ahnung. Oder Frau Heckmanns. Oder Franziskas Opa. Ich überlasse die Entscheidung dir.«

»Mir?«, kreischte Jacky durch den Keller.

»Tut mir leid, Kind. Ich habe dir viele Entscheidungen abgenommen, jahrelang. Aber *diese* Entscheidung musst du ganz allein treffen.«

»Okay, dazu muss ich nachdenken. Du fährst!«

*

Sie standen vor der Ampel auf der Linksabbiegerspur an der Kreuzung Taunusring/Buchrainweg und warteten auf grünes Licht. Ein Auto kam mit hoher Geschwindigkeit von links aus dem oberen Buchrainweg und bog auf den Taunusring in Richtung Autobahn.

»Da!«, rief Franziska, »der rote Golf, das ist Frau Jansen!«

»Ich glaube, Jacky ist auch dabei, auf dem Rücksitz!«, ergänzte Herbert Falke. »Los, hinterher!«

Gianni fädelte sich auf die rechte Spur ein und gab Gas.

Franziska tippte auf ihrem Smartphone herum.

»Mensch, Franzi, was machst du denn da schon wieder?«

»Nur cool bleiben, Opa, ich schreibe gerade eine Nachricht. An Jacky.«

*

Auf dem Rücksitz eines gleichmäßig dahinrollenden Autos konnte Jacky am besten nachdenken. Ein Relikt aus der Kindheit. Ihre Mutter fuhr schnell, die Landschaft rechts und links der Autobahn flog an ihr vorbei, Neu-Isenburg, Sprendlingen. Ihr Handy gab drei kurze Töne von sich. Sie konnte sich nicht um die SMS kümmern. Sie musste überlegen. Es ging um die vielleicht wichtigste Entscheidung ihres Lebens.

*

»Sollen wir nicht Nina anrufen?«, fragte Franziska.

»Nein«, antwortete Herbert, »*du* musst dabei sein, wegen Jacky, nicht Frau Heckmanns. Und bis wir ihr die ganze Situation erklärt haben, ist vielleicht schon was passiert.«

»Was soll denn passieren, Opa?«

»Ich bin nicht sicher, aber ich glaube, Jacky weiß Bescheid, und Frau Jansen könnte durchdrehen.«

»Was? Aber sie würde Jacky nie was antun!«

»Das glaube ich auch nicht, aber sie könnte ihre Situation als ausweglos ansehen und sich selbst etwas antun. Wir müssen jedenfalls dranbleiben.«

Franziska hielt sich die Hand vor ihre Augen und schüttelte den Kopf. Warum konnte das nicht einfach alles zu Ende sein? Sie könnten bei Jackys Oma gemütlich im Wohnzimmer sitzen und Kaffee trinken. Wenn es sein musste auch aus den kitschigen Tassen mit dem Blümchenmuster.

Sie griff nach ihrem Handy. Keine Antwort von Jacky.

*

Musste das Recht immer siegen? *Immer?* Das fragte sich Jacky. Zum ersten Mal in ihrem Leben. Zuvor wäre sie empört gewesen, wenn ihr jemand angetragen hätte, sich darüber Gedanken zu machen. Und sie fürchtete sich vor der Konsequenz, davor, zugeben zu müssen, dass das Recht für alle gelten sollte, aber nicht für ihre Mutter. Sie konnte ihre Bilder nicht loslassen. Vielleicht stimmte den Richter dies milde. Gab es ein Nicht-Loslassen-Syndrom? Mütter waren für so etwas bekannt. Eigentlich nichts Besonderes. Also keine mildernden Umstände. Vielleicht konnte Papa etwas erreichen. Schwierig, die eigene Ehefrau zu verteidigen, wie glaubhaft war das? Nein, auf diesem Weg war nichts zu erwarten. Ihre Mutter verließ die Autobahn. Auf einem Schild nahm Jacky unterbewusst wahr, dass es hier nach Offenthal ging. Alleebäume flogen vorbei. Vielleicht wäre es das Beste, wenn ihre Mutter gegen einen der Bäume steuerte, dann wäre alles vorbei. Sie schloss die Augen. Zwei Gesichter tauchten aus ihrem Inneren auf: das ihres Vaters und das von Franziska. Sie öffnete die Augen wieder. Sie hatten Offenthal passiert und fuhren in Richtung Urberach. Dann hatte sie eine Idee. Sie nahm ihr Handy und wählte die Mobilnummer von Kamilla Beskow.

*

»Hoffentlich bemerken sie uns nicht!«, sagte Franziska.

»Ja, fahr nicht so dicht auf!«, brummte Herbert.

»Ist ja gut«, erwiderte Gianni. »Ich mach das schon.«

»Können wir sie nicht einfach überholen und zum Anhalten … überreden?«, fragte Franziska.

»Nein, das ist viel zu gefährlich!«, antwortete ihr Großvater.

*

»Warum schaust du dauernd in den Rückspiegel, Mutter?«

»Wir werden verfolgt!«, sagte Claudia Jansen.

Jacky schüttelte den Kopf. Hatte ihre Mutter ein psychisches Problem? Vielleicht konnte man auf Unzurechnungsfähigkeit plädieren?

Sie warf einen Blick durch die Heckscheibe. Nein, auch das war kein Entlastungsgrund. Sie wurden tatsächlich verfolgt. Von Gianni Mussner und Herbert Falke. Bevor sie daraus Schlüsse ziehen konnte, erreichten sie Urberach, und ihre Mutter setzte den Blinker, um sich auf der Linksabbiegerspur zu einer Tankstelle einzuordnen.

*

»Was macht sie denn jetzt?«, rief Herbert Falke. »Will sie tanken?«

Gianni ließ ein anderes Fahrzeug zwischen sich und Frau Jansen auf die Abbiegespur, um nicht zu dicht auffahren zu müssen. Kurz bevor Claudia Jansen zur Tankstelle hätte abbiegen können, gab sie plötzlich Gas, fuhr regelwidrig geradeaus, ein anderes Fahrzeug musste scharf abbremsen, ein Hupkonzert folgte. Herbert Falke schüttelte den Kopf und sah den roten Golf einen Häuserblock weiter in eine Seitenstraße abbiegen, schon war er verschwunden. Giannis Auto war eingeklemmt zwischen dem Fahrzeug vor ihm und einem Stau, der sich rechts wegen des halsbrecherischen Manövers von Frau Jansen gebildet hatte. Er hob entschuldigend die Hände.

»Sie hat uns abgehängt!«, meinte Herbert lakonisch.

*

Jacky fragte sich, warum ihre Mutter ausgerechnet jetzt tanken wollte, dann ging alles sehr schnell. Sie schossen geradeaus, Jacky hörte Reifenquietschen und lautes

Hupen, in der nächsten Sekunde flogen sie um eine Kurve, Jacky wurde nach rechts geschleudert und schrie auf.

»Ich hab sie abgehängt!«, rief ihre Mutter euphorisch, gab weiter Gas, rauschte mit überhöhter Geschwindigkeit über mehrere Kreuzungen, übersah sogar eine rote Ampel.

»Fahr langsam, Mutter, du bringst uns ja um!«

»Na, und wenn schon!«

Jacky zitterte. Sie konnte noch ein Schild erkennen, »Ober-Rodener Straße«, ehe das Auto in eine Tiefgarage schoss. Zwei Zentimeter vor der Schranke kamen sie zum Stehen. Jacky atmete schwer. Ihre Mutter öffnete das Fenster und schlug nervös auf den roten Knopf, bis endlich ein Parkschein ausgeworfen wurde, den sie herausriss. Er segelte zu Boden, Jacky schnallte sich ab, um auszusteigen und den Parkschein aufzuheben, doch schon öffnete sich die Schranke und sie rasten mit quietschenden Reifen in das Dunkel des Parkdecks.

»Mutter, bleib stehen!«

Im Scheinwerferkegel erschien eine Betonwand, die immer näher kam.

»Mutter!«, schrie Jacky.

Der Motor heulte auf.

»Ich hab eine Entscheidung getroffen!«

Die Bremsen griffen, Sand und Dreck stoben in die Luft, Jacky wurde über die Mittelkonsole nach vorn geschleudert. Die Stoßstange berührte die Betonwand als der rote Golf zum Stillstand kam.

*

Endlich hatte sich Gianni aus dem Gewühl vor der Tankstelle befreit und bog in die nächste Seitenstraße nach links ab. Von dem roten Golf war nichts mehr zu sehen. Sie fuhren noch einige Seitenstraßen ab, ohne Ergebnis.

Gianni hielt in der Rodaustraße. »Was jetzt?«

Franziska hörte seiner Stimme an, dass er frustriert war. Sie sah ihren Großvater an. Auch er hob nur die Schultern.

Franziska nahm ihr Handy und wählte.

»Bernhard Jansen!«

»Hallo, Herr Jansen, hier ist Franziska Falke. Ich suche Jacky …«

»Hallo, Franzi, ja, die suche ich auch, und meine Frau ebenso, beide sind weggefahren und gehen nicht ans Handy. Ich weiß nicht, wo sie sind.«

»Ich wollte mich eigentlich mit Jacky …«, Franziska zögerte, »… in Urberach treffen.«

»In Urberach, ach so, dann ist es ja gut, dort wohnt meine Schwester. Claudia und Jaqueline ziehen gern mit ihr durch die Geschäfte im Urberach-Center. Ich muss jetzt Schluss machen, bin zum Tennis verabredet. Danke, Franziska!«

»Äh, ja, gerne, ich …« Doch Herr Jansen hatte schon aufgelegt.

Die beiden Männer sahen sie fragend an.

»Sie sind entweder bei Herrn Jansens Schwester, die wohnt hier im Ort, oder im Urberach-Center«, sagte Franziska.

Gianni gab in sein Navigationsgerät den Ortsnamen ein sowie das Sonderziel »Einkaufszentrum«. Parallel suchte Franziska über ihr Smartphone nach dem Namen Jansen in Urberach. Kein Treffer. Wahrscheinlich war die Schwester verheiratet und hatte ihren Namen geändert. Gianni war fündig geworden, er gab Gas. Fünf Minuten später bogen sie auf den Parkplatz des Urberach-Centers in der Ober-Rodener Straße ein.

*

»Also?«, fragte Claudia Jansen.

Jacky hielt sich den Kopf. »Können wir nicht rausgehen an die frische Luft?«

»Nein, ich möchte hier reden, hier im Auto vor dieser … verdammten grauen Wand!«

»Also gut!«, sagte Jacky.

*

Ein Samstagmittag im Juli vor einem Einkaufszentrum in Deutschland: Hunderte von Autos, noch mehr Menschen, Kindergeschrei, rappelnde Einkaufswagen und stechende Sonne.

Die automatischen Türen des Supermarkts öffneten sich. Kühle Luft schlug ihnen entgegen. Sie hatten sich mental darauf vorbereitet, das gesamte Gebäude zu durchsuchen, doch das war nicht nötig. Vor dem Zugang zum eigentlichen Markt befand sich eine Bäckerei mit Café. Jacky und ihre Mutter saßen dort bei Kaffee und Kuchen.

Franziska stürzte auf ihre Freundin zu und umarmte sie. Sie hielten sich lange fest.

Herbert stellte sich neben den Tisch. »Was sollte diese Amokfahrt, Frau Jansen?«

»Was meinen Sie mit ›Amokfahrt‹? Wir haben einen Ausflug gemacht zum Kaffeetrinken … Hier, sehen Sie!«

»Zum Kaffeetrinken bis nach Urberach?«

»Warum nicht? Ist ja nicht verboten. Wollen Sie auch einen?«

»Nein, danke!«, antwortete Herbert. »Frau Jansen, wo sind die Bilder?«

»Falls Sie die gestohlenen Bilder meinen, die Suche können Sie einstellen!«

Herbert hob die Augenbrauen.

»Wir werden die Anzeige zurückziehen.«

Die Stille des Erstaunens lag in der Luft. Gianni und Herbert sahen sich überrascht an.

»Wen meinen Sie denn mit ›wir‹?«, fragte Gianni.

»Frau Beskow und mich«, antwortete Frau Jansen. »Jacky und ich haben mit ihr telefoniert.« Zur Bekräftigung zeigte sie auf Jackys Handy.

»So einfach geht das nicht«, sagte Herbert. »Das unberechtigte Eindringen in die Galerie gilt zwar als Hausfriedensbruch und ist damit ein Antragsdelikt, sodass Frau Beskow diesen Strafantrag zurückziehen kann. Aber das mit den Bildern fällt unter die Kategorie ›Besonders schwerer Diebstahl‹ und ist damit ein Offizialdelikt, da *muss* die Polizei weiterermitteln.«

»Die Bilder waren und sind immer noch mein Eigentum«, sagte Claudia Jansen. »Es stand zwar ›verkauft‹ an der Wand, aber es war weder ein Kaufvertrag unterschrieben noch waren die Bilder an die Käufer übergeben, insofern war der … äh …«

»Eigentumsübergang!«, soufflierte Jacky.

»… ja, der Eigentumsübergang noch nicht erfolgt.«

Herbert Falke blieb der Mund offen stehen. Er überlegte, ob das stimmen konnte. Bei dem Gespräch mit Kamilla Beskow in ihrem Büro hatte sie zwar davon gesprochen, dass die »Blumen im Nordwind« bereits verkauft waren, von einem unterschriebenen Kaufvertrag hatte sie jedoch nichts gesagt. Im Gegenteil, der Vertrag liege noch bei ihrem Rechtsanwalt, so hieß es. In diesem Fall hatte Frau Jansen also ihr bestehendes Eigentum »gesichert«, wenn auch auf sehr ungewöhnliche Weise.

»Kamilla und ich möchten gern wieder Ruhe in unser Leben bringen«, fuhr Claudia Jansen fort. »Sie wird mit Bruno zusammenziehen und die Galerie schließen. Ich selbst muss … aufhören zu malen; ich bin ausgelaugt, meine Fähigkeiten sind erschöpft.«

Herbert stemmte die Arme in die Hüften. »Kann es sein, dass Sie damit Ihre Fähigkeiten im Loslassen meinen?«

Claudia Jansen sah ihn an. Ihre Augen zogen sich zusammen, so als wollte sie etwas anvisieren, scharf stellen. »Wohl kaum, Herr Falke. Ich lasse gerade los. Von der gesamten Malerei. Das fällt mir schwer genug.«

»Das wiederum glaube ich!«, entgegnete er.

Franziska hob den Kopf. »Bitte lass gut sein, Opa. Die Jansens haben echt … eine krasse Zeit hinter sich.«

»Aber Franzi!«, rief Herbert Falke.

»Bitte, Opa!«

»Und was ist mit der Körperverletzung in Seligenstadt?«

»Soweit bekannt«, sagte Jacky, »hat der Nachbar den Dieb regelrecht verfolgt und ihn mit einer Schaufel angegriffen, ein guter Strafverteidiger wird auf Notwehr plädieren.«

Herbert schüttelte ungläubig den Kopf. Bevor er etwas entgegnen konnte, fühlte er Giannis große Hand auf seiner Schulter und wurde zur Seite gezogen. »Herbie, denk mal an deine Aktion im Mai in Obertshausen. Du hast dich als Herr Müller ausgegeben und bist in eine Wohnung eingedrungen. Um Franzi zu retten. Du hättest alles für sie getan. Und was macht Jacky jetzt? Sie tut das Gleiche für ihre Mutter. Lass sie erwachsen werden – und Franzi auch. Bitte!«

Herbert Falke sah seinen Freund an. Wie ernst sollte man einen Rentnerjob nehmen? Wenn schon, denn schon – so hatte er das in seiner Jugend gelernt. Gianni hatte ihn überredet, offiziell als Privatdetektiv zu arbeiten, sich der Verantwortung zu stellen. Doch welche Verantwortung zählte nun mehr? Die für das Recht oder die für die Familie Jansen? Wenn alles stimmte, was Jacky und ihre Mutter soeben erzählt hatten, bestand keine große Distanz mehr zwischen den beiden moralischen Polen.

Franziskas Blick traf ihn. Er nickte ihr kaum merklich zu. »Lass uns gehen, Gianni!«, sagte er leise und drehte sich um. Er wollte Claudia Jansen nicht mehr in die Augen sehen.

»Bon di!«, rief Gianni zum Abschied.

»Bon di!«, antworteten Jacky, Franziska und Claudia Jansen wie aus einem Mund.

EPILOG

Franziska Falke freute sich auf die Ferien. Die erste Woche würde sie mit Jacky auf dem Balkon der Jansen-Oma verbringen, für die zweite Woche hatte sie einen ganz speziellen Plan. Den hatte sie niemandem verraten, noch nicht einmal Jacky. Franziska wusste nun, wo ihre Mutter sich aufhielt: in Argentinien. Ein großes Land. Sie war selbst gespannt, wie lange ihr diese Information ausreichen würde. Und während sie so darüber nachdachte lief im Radio »Let it be«. Sie hatte das Lied oftmals bei ihrem Großvater gehört, aber noch nie war ihr aufgefallen, dass Paul McCartney von seiner verstorbenen Mutter sang, die ihm während einer schwierigen Lebensphase im Traum erschien, ihn beruhigte, und ihm Mut zusprach mit den Worten »Let it be«. Zum ersten Mal seit ihre Mutter verschwunden war, meinte sie auf diese Weise ein wenig Trost von ihr zu verspüren.

*

Herbert Falke fiel es nicht leicht, der sehnlichen Bitte seiner Enkelin zu folgen und die Angelegenheit zu vergessen. Wieder und wieder war er das Gespräch in Urberach gedanklich durchgegangen. Erst als ihm Claudia Jansens Satz »Ich *muss* aufhören zu malen!« wieder präsent wurde, beruhigte er sich. Dieser Ausdruck klang nicht nach einem Wunsch, sondern eher nach Zwang. Der Verdacht gegen Kamilla Beskow, an dem Diebstahl der Bilder beteiligt gewesen zu sein, war ausgeräumt. Sogar Kommissar Olschewski gab endlich Ruhe. Somit hatte Herbert auch die Vereinbarung mit Kamilla Beskow erfüllt. Seine Erfahrungen zum Thema Stalking legte er in einer Falldokumentation auf seiner neuen Festplatte ab. Die Überschrift lautete: »Vier Stalkingfälle – ein echter, ein vorgetäuschter, einer aus wahrer und einer aus verschmähter Liebe.«

*

Andreas Falke saß die gesamte Nacht lang an seinem Lieblingsplatz vor dem Wohnzimmerfenster und blickte über die Dächer von Offenbach. Gegen Morgen stand er auf und beschloss, seine Suche nach Karin zu beenden.

*

Gianni Mussner konnte den Anzug aus oranger Ballonseide wieder zurückgeben. Sandra Peschke tauschte ihn anstandslos gegen einen aktuellen, schicken Sportanzug um. Gianni fand Gefallen daran, Fahrrad zu fahren, ohne von der Stelle zu kommen, und reduzierte auf diese Weise seinen Umfang im Gürtelbereich erheblich. Mehrmals traf er dabei Claudia Jansen. Sie verstanden sich gut. Manchmal unterhielten sie sich und tranken dabei einen Rhabarbertrunk, ab und zu einen Gerstentrunk. Nur über die drei verschwundenen Bilder redeten sie nie wieder.

*

Jaqueline »Jacky« Jansen kam sich ein wenig vor wie der Zauberlehrling. Zuerst hatte sie Herbert gerufen, um kräftig zu kehren. Dann war sie ihn fast nicht mehr losgeworden. Doch diesmal war sie nicht sauer auf ihn. Sie verstand seinen Zweifel, diesen nagenden innerlichen Protest gegen die eigenen Gefühle, der sie selbst noch in Urberach geplagt hatte, der sie fast hätte gegen die Wand fahren lassen. Sie rang lange mit sich selbst, ob sie die ganze Geschichte ihrem Vater erzählen sollte. Doch je länger sie darüber nachdachte, desto weniger fand sie die Kraft, alles erneut aufzurollen und zu rechtfertigen. So blieb das Wissen um die verschwundenen Bilder ihrer Mutter in einer geheimen Seelenschublade verborgen, die sie nie wieder öffnen wollte.

Manchmal, an ganz besonderen Tagen, rückte sie das Regal im Keller zur Seite und betrat den dahinterliegenden dreiecksförmigen Raum. Wenn sie dann vor den Bildern stand, war sie unendlich stolz auf ihre Mutter.

*

Nina Heckmanns war enttäuscht. Zum einen von Franziska. Auch wenn sie den Grund für den Griff in ihre Schreibtischschublade verstehen konnte, war es dennoch ein Vertrauensbruch. Sie bemühte sich, das zu vergessen, zumal sich Franziska mit einem wunderschönen Bild aus dem Kunstunterricht bei ihr entschuldigt hatte. Sie war sich aber nicht sicher, ob sie es schaffen würde, dieses Ereignis aus ihrem Gedächtnisspeicher zu löschen. Zum andern war sie enttäuscht davon, dass sie den Fall Claudia Jansen nicht gelöst hatte. Sie wurde zwar gelobt, schließlich hatte sie McBrise dingfest gemacht, der als britischer Diplomat tätig gewesen war. Der DNA-Vergleich zwischen den Anhaftungen auf der Briefmarke und der Haarprobe aus dem Testlabor erwies sich als positiv. Damit hatte sie gerichtsverwertbare

Beweise. Nebenbei hatte die Kriminalhauptkommissarin Brisko Günther überführt – keine schlechte Bilanz.

Nachdem Frau Jansen gemeldet hatte, dass die unerwünschten Geschenkbestellungen versiegt waren und auch sonst keine Nachstellungen mehr erfolgt waren, hatte die Staatsanwaltschaft beschlossen, die Akte »Claudia Jansen – Stalking« zu schließen. Frau Beskow hatte den Strafantrag wegen Hausfriedensbruch in ihrer Galerie zurückgezogen. Nach einem erneuten Gespräch mit dem Nachbarn von Kamilla Beskows ehemaliger Galerie in Seligenstadt hatte Nina Heckmanns herausgefunden, dass dieser den Einbrecher tatsächlich verfolgt und mit einer Schaufel angegriffen hatte. Daraufhin hatte der Nachbar seinen Strafantrag wegen Körperverletzung zurückgezogen.

Nur die drei Bilder blieben verschwunden. Und irgendwie wurde Nina Heckmanns das Gefühl nicht los, dass Herbert Falke mehr darüber wusste, als er zugab. Doch da weder Frau Jansen noch Frau Beskow ein weiteres Interesse am Ergreifen des Täters zeigten und Nina Heckmanns sich um ein Tötungsdelikt in Erlensee kümmern musste, gab sie die Verantwortlichkeit zurück an den Kollegen Olschewski vom K13.

*

Der in Kamilla Beskows Haus festgenommene Schläger wurde der Frankfurter Polizei übergeben. Nachdem er zunächst geschwiegen hatte, gab er in der Hauptverhandlung endlich zu, dass Brisko Günther ihn zu dem Angriff auf Frau Beskow angestiftet hatte, er sei Brisko noch einen Gefallen schuldig gewesen. Brisko war schon lange total sauer auf Frau Beskow, so die Aussage des Schlägers, weil sie ihm irgendeine Künstlerin weggeschnappt habe, die er selbst nicht kannte.

Deswegen sollte er die Bilder in Frau Beskows Haus von der Wand reißen. Er wurde zu einer Freiheitsstrafe verurteilt.

*

Claudia Jansen malte nie wieder ein Bild. Überhaupt wollte sie mit der Malerei nichts mehr zu tun haben. Nur manchmal, an ganz besonderen Tagen, da rückte sie das Regal im Keller zur Seite, ihre Hände zitterten dabei, und betrat den dreiecksförmigen Raum dahinter. Ihr Frankfurter Kollege hätte wohl wieder von einem künstlerischen Höhepunkt gesprochen. Für sie war es die Erinnerung an eine Zeit, die nie wiederkehren durfte.

*

Hauptkommissar Hans Olschewski war sauer, weil die Kollegin Heckmanns ihm den Bilder-Fall weggenommen hatte. Sie wusste immer, sich medienwirksam zu inszenieren. Und dann noch diese übertriebene Fürsorge für die kleine Falke-Göre. Als er den Fall zurückbekam, hatte er das Interesse daran verloren. Die Versicherung von Frau Beskow hatte den Verdacht des Versicherungsbetrugs fallen gelassen. Außerdem musste er sich einer Bande von Wohnungseinbrechern widmen. Es bleib ihm nichts anderes übrig, als die Akte »Claudia Jansen – Bilder« mit der Empfehlung der Verfahrenseinstellung an die Staatsanwaltschaft zu übergeben.

*

Kamilla Beskow gab ihre Galerie in der Heyne-Fabrik auf. Ein Jahr nach dem Überfall heiratete sie Bruno Waden, so lange brauchte ihr Gesicht, um abzuschwellen und den normalen Teint wieder anzunehmen. Mit ihrem blonden Pagenkopf und einem kleinen, weißen Schleier gab sie eine sehr hübsche Braut ab. Fanden jedenfalls Franziska und Jacky. Bruno Waden führte eine Physiotherapiepraxis in Seligenstadt. Kamilla stieg mit ein und übernahm die Organisation. Einmal im Jahr veranstaltete sie eine Gemäldeausstellung unbekannter Künstler in den Praxisräumen.

*

Friedrich Günther, genannt Brisko, wurde wegen Betrugs und Anstiftung zur Körperverletzung zu einem Jahr Freiheitsstrafe verurteilt. Als Wiederholungstäter schied eine Bewährungsstrafe aus. Der Staatsanwalt hatte zwei Jahre gefordert, aber Herrn Jansen war es gelungen, die Strafe zu reduzieren. Eine Beteiligung an dem Diebstahl der drei echten Jansen-Bilder konnte Friedrich Günther nicht nachgewiesen werden. Seine einzige Genugtuung bestand darin, dass Kamilla Beskow ihre Galerie nach all den Vorfällen aufgab, seiner Meinung nach aufgeben *musste*. Nachdem er die Strafe verbüßt hatte, wanderte Günther nach Mallorca aus und verdiente seinen Lebensunterhalt auf den Plätzen von Palma mit dem Zeichnen von Touristenkarikaturen. Seinen Wunsch nach einer eigenen Galerie konnte er zeitlebens nicht verwirklichen.

*

Florian Kannenmacher hatte durch das Vertrauen, das Kamilla Beskow und Anna Andresen in ihn gesetzt hatten, deutlich an Selbstbewusstsein gewonnen. Er nahm sich eine eigene Wohnung in Frankfurt, was seine in Gelnhausen lebenden Eltern sehr betrübte, wechselte ins abstrakte Fach und konnte sich damit einen bescheidenen Wohlstand sichern.

*

Kriminaloberkommissar Bennert gelang es, auf dem Heimweg vom Polizeipräsidium einen Handtaschenräuber festzunehmen. Daraufhin gab er eine Gartenparty, zu der auch Herbert Falke eingeladen war. Natürlich nahm Herbert nicht teil, schickte aber als kleines Dankeschön eine neue Krawatte. Blau, passend zur Polizeiuniform, schrieb er dazu.

*

Nadine Esch schwor sich, nie wieder einen Fehler mangels Lese- und Schreibkenntnissen zu begehen. Sie belegte einen Abendkurs, und ihre Kinder halfen ihr beim Buchstabieren und Lesen. Sie war so glücklich darüber, dass sie Herbert Falke einen handgeschriebenen Dankesbrief schickte.

*

René Isère, den alle Duc nannten, kam nicht mehr nach Deutschland zurück. Er studierte Weinbau, verliebte sich in eine Winzertochter und heiratete in deren Domaine ein. Seine Frau hieß Francine.

*

Selbst das Argentinische Tageblatt, die einzige deutschsprachige Zeitung in Buenos Aires, berichtete von der

Festnahme des ehemaligen britischen Diplomaten Kilian McBrise. In einem Café mit Blick auf den Río de la Plata saß eine schlanke, blonde Frau mittleren Alters und las den Artikel. Sie lächelte.

*

Zu Beginn der zweiten Ferienwoche landete Flug LH553 von Tunis kommend auf dem Frankfurter Flughafen. Ein junger Mann mit dunklem Teint und schwarzen, lockigen Haaren trat durchs Gate. Franziska ging auf ihn zu. Ihr dunkler Pferdeschwanz wippte lustig auf und ab.

»Hallo, Alex!«

»Hallo, Franzi!«

Sie umarmten sich.

»Ich freue mich, dass du wieder aus Tunis zurück bist!«

»Und ich erst! Stell dir vor, ich habe eine Einladung nach New York zum Draft bekommen!«

Franziska riss die Augen auf. »Was denn …? Was heißt das?«

»Beim Draft werden junge Nachwuchsspieler für die NBA gesichtet, wenn ich Glück habe, bekomme ich einen Vertrag bei einem der großen Basketballclubs.«

»Und dann gehst du in die USA? Für immer?«

»Ja klar. Ist doch perfekt, oder?«

»Ja«, sagte Franziska. »Perfekt.«

ENDE

DANKSAGUNG

Ich danke allen lieben Menschen, die mich bei der Recherche und der Erstellung des Manuskripts unterstützt haben. Insbesondere danke ich meiner Muse, die »Falkenspur« bereits zu einem sehr frühen Zeitpunkt der Entstehung begleitet und beeinflusst hat.

Mein Respekt gilt den beiden Experten, die mir bereits seit Jahren mit Rat und Tat zur Seite stehen: Rechtsanwalt Sascha-Frank Loubal und Leitender Kriminaldirektor a.D. Peter Ingenerf.

Bernd Köstering

BERND KÖSTERING
Goetheglut

978-3-8392-1181-6 (Paperback)
978-3-8392-3717-5 (pdf)
978-3-8392-3716-8 (epub)

»Hendrik Wilmut, der literarische Ermittler, in seinem zweiten Fall. Ein spannender Streifzug durch die Weimarer Klassik.«

Weimar im Sommer 2004. In der Ilm wird ein Toter gefunden. Hendrik Wilmut, Literaturexperte aus Frankfurt am Main, gerät unter Mordverdacht. Seine Freunde ziehen sich zurück, nur sein Cousin Benno lässt ihn nicht im Stich. Mit seiner Hilfe vollzieht Wilmut eine erstaunliche Wandlung: Er wird vom Gejagten zum Jäger, vom Angeklagten zum Ermittler. So kommen sie dem Geheimnis des Kassibers sehr nahe. Doch dann verbrennt der vermutliche Beweis seiner Unschuld in der Herzogin Anna Amalia Bibliothek. Jetzt gibt es nur noch eine Frau, die ihn retten kann …

GMEINER SPANNUNG

WWW.GMEINER-VERLAG.DE
Wir machen's spannend

Das Neueste aus der Gmeiner-Bibliothek

Unser Lesermagazin

Bestellen Sie das kostenlose Krimi-Journal in Ihrer Buchhandlung oder unter www.gmeiner-verlag.de

Informieren Sie sich ...

www ... auf unserer Homepage:
www.gmeiner-verlag.de

@ ... über unseren Newsletter:
Melden Sie sich für unseren Newsletter an unter www.gmeiner-verlag.de/newsletter

f ... werden Sie Fan auf Facebook:
www.facebook.com/gmeiner.verlag

Mitmachen und gewinnen!

Schicken Sie uns Ihre Meinung zu unseren Büchern per Mail an gewinnspiel@gmeiner-verlag.de und nehmen Sie automatisch an unserem Jahresgewinnspiel mit »mörderisch guten« Preisen teil!